BASTEI
LÜBBE

ROGER ZELAZNY
ROBERT SHECKLEY

Ein Schauspiel, teuflisch bös und unmoralisch

Roman

Ins Deutsche übertragen
von Frauke Meier

BASTEI
LÜBBE

BASTEI LÜBBE TASCHENBUCH
Band 20 325

Erste Auflage: Februar 1998

Deutsche Lizenzausgabe 1998 by
Bastei-Verlag Gustav H. Lübbe GmbH & Co.,
Bergisch Gladbach
Originaltitel: A Farce To Be Reckoned With
Lektorat: Ruggero Leo / Stefan Bauer
Titelbild: Don Maitz
Umschlaggestaltung: QuadroGrafik, Bensberg
Satz: Fotosatz Steckstor, Rösrath
Druck und Verarbeitung:
Brodard & Taupin, La Flèche, Frankreich
Printed in France
ISBN 3-404-20325-9

Der Preis dieses Bandes versteht sich einschließlich der gesetzlichen Mehrwertsteuer

Für Nancy Applegate in Dankbarkeit
für Blut, Schweiß und Tränen
Roger Zelazny

Für meine Frau, in Liebe
Robert Sheckley

Teil 1

Kapitel 1

Ylith beglückwünschte sich selbst zu ihrer guten Wahl. Sie hatte sich für ihre Reise vom Himmel zu dem ordentlichen kleinen Friedhof außerhalb von York, England, wirklich einen wunderbaren Tag ausgesucht. Es war Ende Mai, und die Sonne strahlte in ganzer Pracht am Himmel. Allerlei Vögel tollten über die moosbewachsenen Äste der Bäume und erfreuten die ganze Umgebung mit ihrem Gesang. Das beste aber war, daß das Dutzend kleiner Engel, das sich in ihrer Obhut befand, ganz besonders gut war, sogar für Engel.

Der Nachwuchs war mit netten gemeinsamen Spielen beschäftigt, und Ylith wollte sich gerade ein wenig entspannen, als plötzlich eine Wolke aus schwefeligem Rauch keine zehn Fuß von ihr entfernt aus dem Nichts auftauchte. Als der Qualm sich verzog, kam ein kleiner, rothaariger, fuchsgesichtiger Dämon in einem schwarzen Umhang zum Vorschein.

»Azzie!« rief Ylith. »Was machst du denn hier?«

»Ich dachte mir, ich könnte ein bißchen Urlaub von meinen infernalen Pflichten nehmen, um mir einige Heiligengräber anzusehen.«

»Aber du hast nicht vor, die Seiten zu wechseln, richtig?« fragte Ylith.

»Ich bin nicht wie du«, entgegnete er in Anspielung auf Yliths zurückliegende Laufbahn als Hexe. »Netter Haufen«, sagte er dann und deutete auf die kleinen Engel.

»Sie sind ganz schrecklich gut, wie du sehen kannst«, bemerkte Ylith zufrieden.

»Daß Engel Gutes tun, ist nicht gerade eine überwältigende Neuigkeit«, entgegnete Azzie.

Tatsächlich liefen die Engel inzwischen wetteifernd durch die Grabreihen, und ihre hohen Stimmen riefen in zuckersüßem Tonfall durcheinander.

»Schaut, was ich gefunden habe! Es ist das Grab von Sankt Athelstan, dem Leisetreter!«

»Ach ja? Ich habe hier den Grabstein von Sankt Anne, der Ängstlichen, und sie war viel wichtiger!«

Die Engel mit ihren honigblonden Pagenköpfen, die in diesem Jahrhundert so überaus modern waren, und ihren kleinen Stupsnasen sahen einander alle sehr ähnlich.

Alle trugen, verborgen unter ihren weißen und rosafarbenen Reisemänteln, unfertige, noch flaumige Flügel. Es gehörte zu den Gebräuchen der Engel, bei einem Besuch auf der Erde ihre Flügel zu verstecken.

Allerdings wäre kaum jemand überrascht gewesen, wenn ihm im Jahre 1324 auf Erden ein Engel begegnet wäre. Es war allgemein bekannt, daß Engel regelmäßig Besuche auf Erden machten. Dies taten auch Kobolde, Teufel und alle anderen übernatürlichen Wesen, die nicht durch den Wechsel der Gottheiten untergegangen waren. Hinzu kamen noch etliche ungewöhnliche, fremdartige Unsterbliche, die bis dahin noch niemand identifiziert hatte. Im Sinne der diversen Gottheiten war die Renaissance ein wahrhaft eklektisches Zeitalter.

»Und was tust du hier, Ylith?« erkundigte sich Azzie.

Die schöne dunkelhaarige Hexe erklärte ihm, daß sie sich bereit erklärt hatte, eine Gruppe pubertierender Engel auf einer Rundreise zu den berühmten Heiligengräbern Englands zu begleiten. Diese Rundreise war von der Religionssommerschule der Engel veranstaltet worden. Vielleicht aufgrund ihrer Vergangenheit als Hexe im Dienst der Finsternis – die sie aus Liebe zu einem jungen Engel namens Babriel aufgegeben hatte – lag Ylith ganz besonders viel daran, die jungen Engel in religiösen Belangen zu unterrichten.

Schließlich mußten sie etwas lernen, damit sie den

Himmel nicht in Verlegenheit bringen konnten, wenn die Menschen sie etwas fragten.

Auf der ersten Station ihrer Reise, dem Märtyrerfriedhof in Nordengland, gab es eine Menge berühmter Gräber, und die kleinen Engel waren mit Feuereifer dabei herauszufinden, wer wo begraben lag.

»Hier haben sie Sankt Cäcilia, die Gedankenlose, beerdigt«, rief einer der jungen Engel. »Gerade kürzlich habe ich mich im Himmel mit Sankt Cäcilia unterhalten. Sie bat mich, ein Gebet an ihrem Grab zu sprechen.«

»Die Kinder scheinen gut zurechtzukommen«, sagte Azzie. »Was hältst du davon, mich zu begleiten? Ich lade dich zum Essen ein.« Als sie noch beide als böse Kreaturen im Dienste der Finsternis gestanden hatten, waren sie ein Paar gewesen. Ylith konnte sich noch gut erinnern, wie verrückt sie nach diesem ehrgeizigen, spitzmäuligen jungen Fuchsdämon gewesen war, obwohl seither natürlich schon eine lange Zeit vergangen war.

Als sie nun Azzies Wink folgte, war sie dennoch mehr als nur ein bißchen überrascht, als plötzlich ein grelles Licht aufblitzte und die Szenerie sich abrupt veränderte. Von einem Moment zum anderen schien sie sich am Ufer eines großen Gewässers zu befinden. Palmen wiegten sich im Wind, und am Horizont leuchtete eine große, rote Sonne.

Gleich am Wasser stand ein Tisch, der mit allerlei guten Sachen zum Essen und Trinken gedeckt war. Außerdem stand direkt neben dem Tisch auch noch ein breites Bett mit Satinlaken und unzähligen Kissen in allen möglichen Größen und Formen. Vor dem Bett sang ein Satyren-Chor das Lied der Verführung.

»Leg dich einfach dorthin!« sagte Azzie, der Ylith in diese andere Umgebung geführt hatte. »Ich werde dich mit Weintrauben und Fruchtsorbets verwöhnen, und wir werden wieder genau soviel Spaß haben wie früher – vor einer Ewigkeit.«

»Hey, immer mit der Ruhe!« entgegnete Ylith, um sich

Azzies amourösem Vorstoß zu entziehen. »Du vergißt anscheinend, daß ich immer noch ein Engel bin.«

»Aber nein«, widersprach Azzie. »Ich dachte nur, du könntest eine Pause gebrauchen.«

»Dennoch müssen wir die Regeln beachten.«

»Und wie vertragen sich diese Regeln mit der kleinen Episode mit Doktor Faust?«

»Das war ein Fehler«, sagte sie. »Ein Fall von fehlerhaftem Urteilsvermögen meinerseits, während ich unter großem emotionalen Streß stand. Außerdem habe ich es später bereut, und nun bin ich wieder genauso wie vorher.«

»Abgesehen von der Kleinigkeit, daß du und Babriel euch deswegen getrennt habt.«

»Wir sehen einander immer noch. Woher weißt du das überhaupt?«

»Die Tavernen im Limbus sind eine großartige Nachrichtenbörse in bezug auf himmlische und höllische Neuigkeiten.«

»Ich kann mir kaum vorstellen, daß mein Liebesleben wichtig genug ist, um in die Gerüchteküche aufgenommen zu werden.«

»Hey, du warst immerhin mal wer. Du warst schließlich mit mir zusammen, erinnerst du dich?«

»Oh, Azzie, du bist wirklich unmöglich«, tadelte sie. »Wenn du mich verführen willst, dann solltest du mir erzählen, wie schön und begehrenswert ich bin und nicht, wie wichtig du bist.«

»Es ist eine Tatsache, daß du furchtbar gut aussiehst«, sagte Azzie.

»Und du bist furchtbar gewitzt, wie üblich«, konterte Ylith. Sie ließ ihre Blicke über das Ufer schweifen. »Du hast hier eine sehr hübsche Illusion aufgebaut, Azzie, aber ich muß wirklich zurück zu den Kindern.«

Sie verließ die Küstenillusion und kam gerade rechtzeitig wieder auf den Friedhof, um Engel Ermita daran zu hindern, Engel Dimitri an den Ohren zu ziehen.

Gleich darauf tauchte Azzie wieder neben ihr auf. Trotz der Zurückweisung machte er keinen besonders betrübten Eindruck. »Wie auch immer ... ich glaube nicht, daß es dir wirklich um mich geht. Was ist los mit dir, Azzie?« fragte Ylith. »Warum bist du wirklich hier?«

»Ich stecke mitten zwischen zwei Aufträgen«, entgegnete er mit einem bitteren Lachen. »Ich bin arbeitslos. Also bin ich hergekommen, um darüber nachzudenken, was ich nun anfangen soll.«

»Hierher? Nach England?«

»Ins Mittelalter, um genau zu sein. Es ist eines meiner Lieblingszeitalter auf der Erde.«

»Aber wieso bist du arbeitslos? Ich dachte, die Mächte des Bösen hätten genug für dich zu tun, ganz besonders, nachdem du so meisterhaft in das Spiel mit Faust eingegriffen hast.«

»Ach! Erzähl mir bloß nichts über die Sache mit Faust!«

»Warum denn nicht?«

»Die höllischen Richter haben mich um die Ehre gebracht, die ich mir verdient habe, nachdem Mephistopheles alles verpfuscht hatte. Aber diese Idioten in der Hölle verhalten sich, als ob ihre Positionen für alle Ewigkeit gefestigt wären. Dabei wird unsere Existenz von einer großen Gefahr bedroht. Wir könnten nämlich aus der Mode kommen und für immer aus den Gedanken der Menschen verschwinden.«

»Die Mächte der Finsternis sind in Gefahr zu verschwinden? Aber was geschieht dann mit den Mächten des Lichtes?«

»Die würden auch verschwinden.«

»Das ist völlig unmöglich«, widersprach Ylith. »Die Menschheit kann ohne klare Vorstellungen von Gut und Böse gar nicht existieren.«

»So, glaubst du? Das hat sie aber schon. Die Griechen und die Römer sind ohne derartige Absolutismen gut zurechtgekommen.«

»Davon bin ich nicht überzeugt«, entgegnete Ylith. »Aber selbst wenn das stimmen sollte, kann ich mir immer noch nicht vorstellen, daß die Menschheit wieder zu einem moralisch derart bankrotten Heidentum zurückkehren wird.«

»Warum nicht?« fragte Azzie. »Gut und Böse sind schließlich nicht so wichtig wie Wasser und Brot. Die Menschen können auch gut ohne uns leben.«

»Ist es das, was du willst, Azzie?« erkundigte sich Ylith. »Eine Welt ohne Gut und Böse?«

»Selbstverständlich nicht! Das Böse ist meine Aufgabe, Ylith, meine Berufung. Ich glaube daran. Ich will etwas zu Ehren derer tun, die die Menschen böse nennen, etwas, das die Menschen wachrüttelt und ihre Aufmerksamkeit wieder an das gute alte Drama zwischen Gut und Böse, Gewinnen und Verlieren fesselt.«

»Glaubst du, daß du das kannst?« fragte sie.

»Natürlich. Ohne angeben zu wollen, kann ich behaupten, daß ich alles tun kann, was ich wirklich will.«

»Nun, zumindest hast du keine Probleme mit deinem Ego«, kommentierte Ylith.

»Wenn ich nur Ananke dazu bringen könnte, die Dinge aus meinem Blickwinkel zu betrachten!« klagte Azzie bei dem Gedanken an die personifizierte Macht der Notwendigkeit, die Götter und Menschen gleichermaßen in ihrer unergründlichen Weise regierte. »Aber diese dumme alte Kuh beharrt einfach auf ihrer doppelsinnigen Unklarheit.«

»Du hast doch etwas vor«, sagte Ylith. »Aber ich muß jetzt trotzdem gehen.«

»Wie hältst du das nur die ganze Zeit mit diesen Gören aus?« fragte Azzie.

»Wenn es dir gelingt, dich selbst davon zu überzeugen, daß dir gefällt, was du tust, dann ist die halbe Arbeit schon getan.«

»Und die andere Hälfte?«

»Besteht daraus, nicht auf die Schmeicheleien ehemaliger Liebhaber hereinzufallen. Ganz besonders dann, wenn es sich um dämonische Liebhaber handelt! Auf Wiedersehen, Azzie, und viel Glück.«

Kapitel 2

Als Händler verkleidet ging Azzie durch die Straßen der nahe gelegenen Stadt York. Menschenmassen drängten zur Ortsmitte, und Azzie fand Genuß daran, sich einfach durch die engen, gewundenen Straßen mittreiben zu lassen. Die Menschen waren in Festtagsstimmung, doch Azzie wußte nicht, was es hier zu feiern gab.

Auf der hölzernen Bühne des großen Platzes in der Stadtmitte wurde ein Schauspiel vorbereitet. Azzie beschloß, es sich anzusehen. Bühnenstücke für die Öffentlichkeit gab es noch nicht allzu lange, doch sie hatten sich sehr schnell zu einer Modeerscheinung entwickelt, die nun in ganz Europa ihre Anhänger gefunden hatte.

Diese Art des Schauspiels war gewöhnlich recht einfach und geradlinig. Schauspieler traten auf die Bühne und gaben vor, jemand anderes zu sein. Wenn man noch nie einer solchen Aufführung beigewohnt hatte, dann konnte sie ein recht spannendes Erlebnis sein, doch Azzie hatte in seinem Leben schon viele verschiedene Schauspiele gesehen – einem Leben, das immerhin schon die Zeit der primitiven Tänze der alten Hellenen gesehen hatte –, und er betrachtete sich als eine Art Experten auf diesem Gebiet. Schließlich war er sogar bei der Premiere von Sophokles' großen Dramen dabeigewesen. Dennoch unterschied sich diese Darbietung in York von den Tänzen der Hellenen ebenso wie von Sophokles' Dramen. Dies war ein realistisches Stück, und die beiden Schauspieler sprachen wie Mann und Frau miteinander.

»Also, Noah, was gibt es Neues?« fragte Noahs Frau.

»Frau, mir ist gerade eine göttliche Offenbarung zuteil geworden.«

»Das nennst du neu?« erkundigte sich seine Frau verächtlich. »Du tust doch nie etwas anderes, als durch die Felder zu laufen und Offenbarungen zu empfangen, Noah. Stimmt´s nicht, Kinder?«

»Sicher, Mama«, sagte Jeptah.

»Genau«, sagte Ham.

»Richtig«, sagte Shem.

»Der Herr, unser Gott, hat zu mir gesprochen«, fuhr Noah fort. »Er befahl mir, das Boot, das ich gebaut habe, zu nehmen, und mit euch allen an Bord zu gehen, denn Er wird einen großen Regen schicken, der alles überfluten wird.«

»Woher weißt du das?« fragte Frau Noah.

»Ich hörte die Stimme Gottes.«

»Du und deine verrückten Stimmen!« schimpfte Frau Noah. »Wenn du glaubst, daß ich mit dir und den Kindern in dieses dumme Boot steige, nur weil du wieder eine Stimme gehört haben willst, dann mußt du vollkommen wahnsinnig sein.«

»Ich weiß, es wird ein wenig eng werden«, erklärte Noah. »Ganz besonders, wenn wir all die Tiere an Bord nehmen. Aber mach dir keine Sorgen, der Herr wird uns beschützen!«

»Tiere?« fragte Frau Noah. »Du hast bisher noch nichts von Tieren gesagt.«

»Zu diesem Punkt wollte ich gerade kommen. Das ist es, was der Herr von mir will, die Tiere vor der Sintflut zu schützen, die Er uns schicken wird.«

»Über welche Art von Tieren reden wir hier? Schoßtiere?«

»Gott will nicht allein die Schoßtiere retten«, entgegnete Noah.

»Welche denn noch?«

»Nun, alle.«

»Wie viele von allen?«

»Von jedem ein Paar.«

»Von allen Tieren? Wirklich allen?«

»Genau das ist Sein Plan.«

»Auch Ratten?«

»Ja, zwei Ratten.«

»Und Rhinozerosse?«

»Ich gebe ja zu, daß es ein bißchen eng werden kann. Ja, auch Rhinozerosse.«

»Walrosse?«

»Ja, natürlich auch Walrosse! Gottes Anweisungen waren klar und deutlich! Zwei von jeder Art.«

Frau Noah bedachte ihren Mann mit einem Blick, der so viel sagte wie: ›Armer, versoffener, alter Mann, jetzt phantasierst du wieder.‹

Das Publikum war begeistert. Etwa hundert Menschen saßen auf Bänken in dem improvisierten Theater, pfiffen Frau Noah aus oder stampften mit den Füßen auf, um ihrer Anerkennung Ausdruck zu verleihen. Die meisten Zuschauer, die sich hier versammelt hatten, um der Aufführung eines zweifelhaften Wunders mit Namen Noah zu folgen, waren arme, grobschlächtige und ungebildete Menschen.

Azzie saß auf einer der Emporen, die vor und neben der Bühne aufgestellt worden waren. Diese Sitzplätze waren den bessergestellten Bürgern vorbehalten. Von hier aus konnte er beobachten, wie einige der Schauspieler ihre Kostüme wechselten, und er konnte sich im Dunst der ungewaschenen Menschenansammlung, für die diese streitbeladenen, langweiligen Moralstücke aufgeführt wurden, bequem zurücklehnen.

Die Aufführung ging weiter. Noah ging an Bord, und der Regen setzte ein. Ein Bauerntrampel mit einer Gießkanne simulierte von einer Leiter aus vierzig Tage und Nächte des Regens. Azzie wandte sich zu dem gutgekleideten Herrn hinter ihm um. »Tu, was Gott dir sagt, und alles wird gut werden!« kommentierte er. »Was für eine triviale Schlußfolgerung. An jedem einzelnen Tag im Leben wird sie ständig widerlegt, wenn die Dinge sich ohne jede Rücksicht auf Ursache und Wirkung in sonderbarster Weise entwickeln.«

»Weise Worte«, entgegnete der Mann. »Aber bedenkt, Sir, daß diese Stücke nicht das wirkliche Leben wiedergeben sollen. Sie geben nur grundsätzliche Hinweise darauf, wie der Mensch sich in den verschiedensten Situationen betragen sollte.«

»Nun, offensichtlich, Sir«, sagte Azzie. »Aber dennoch ist es bloße Propaganda. Wünscht Ihr Euch denn nicht auch, einmal ein wahrhaft schöpferisches Stück zu sehen, anstelle dieser Einheitskost, in der Predigten aneinandergereiht werden, wie ein Metzger Würste aufreiht?« Würdet Ihr nicht auch gern ein Stück sehen, das nicht auf den einfältigen Bedingungen einer standardisierten Moral beruht?«

»Das wäre recht erfrischend, nehme ich an«, antwortete der Mann. »Aber derart philosophische Werke werden die Kleriker, die für diese Stücke verantwortlich zeichnen, kaum jemals schreiben. Vielleicht habt Ihr Interesse daran, später bei einem Humpen Bier noch etwas zu diskutieren, wenn das Stück vorbei ist?«

»Mit Vergnügen«, stimmte Azzie zu. »Ich bin Azzie Elbub, von Beruf Gentleman.«

»Und mein Name ist Peter Westfall«, stellte sich der Fremde vor. »Ich importiere Weizen. Mein Geschäft befindet sich ganz in der Nähe von St. Gregory´s in the Field. Aber ich sehe gerade, daß die Schauspieler wieder auf die Bühne treten.«

Die Aufführung wurde immer noch nicht besser. Als sie endlich vorbei war, begleitete Azzie Westfall und seine Freunde zum Gasthaus *Zur gescheckten Kuh* in der Holbeck Lane nahe der High Street. Der Wirt brachte ihnen volle Bierkrüge, und Azzie bestellte Hammelfleisch mit Kartoffeln für alle.

Westfall hatte sich eine nicht unbedeutende Bildung in

einem Kloster in Burgund erworben. Er war ein großer, fast kahlköpfiger Mann von gesunder Gesichtsfarbe, der seine Worte mit einer übertriebenen Gestik untermalte. Er war in seinen besten Jahren, und Azzie sah, daß der Poet bereits mit der Gicht zu kämpfen hatte. Da er das Fleisch ablehnte, nahm Azzie an, daß er Vegetarier war, eine Eigenart, an der man einen ketzerischen Katharer sicher erkennen konnte. Zwar war es Azzie gleichgültig, doch er speicherte die Information in seinem Gedächtnis, für den Fall, daß sie später einmal von Nutzen sein könnte. Währenddessen diskutierte er mit Westfall und seinen Freunden über das Stück.

Als Azzie sich über die mangelnde Originalität des Schauspiels beklagte, sagte Westfall: »Nun, Sir, es soll ja auch gar nicht originell sein. Diese Stücke dienen nur dazu, die Zuschauer zu erbauen.«

»Das bezeichnet Ihr als erbaulich?« erkundigte sich Azzie. »Sei geduldig und alles wird gut werden? Ihr wißt so gut wie ich, daß ein quietschendes Rad geschmiert werden muß, und daß sich nichts ändert, solange sich niemand beklagt. In Noahs Geschichte gebärdet sich Gott wie ein Tyrann. Noah hätte widersprechen müssen! Wer sagt denn, daß Gott immer recht hat? Hat ein Mann denn nicht mehr das Recht, sich sein eigenes Urteil zu bilden? Wenn ich ein Stückeschreiber wäre, dann würde ich mir etwas Besseres einfallen lassen.«

Westfall fiel auf, wie provokativ und unorthodox Azzies Worte waren. Für einen Augenblick wollte er den Fremden tadeln, doch ihm war die sonderbare und bestimmende Aura des jungen Burschen nicht entgangen, und er wußte, daß Mitglieder des Hofes sich manchmal als Gentlemen verkleidet unter das Volk zu mischen pflegten, um den Unachtsamen ihre ehrliche Meinung zu entlocken. Also verkniff er sich jeglichen Kommentar und verabschiedete sich mit der Ausrede, daß es schon spät geworden sei. Nachdem Westfall und seine Freunde gegangen waren, blieb Azzie noch eine Weile sitzen und überlegte, was er nun tun sollte. Er dachte darüber nach, ob er Ylith folgen und erneut versuchen sollte, sie zu verführen, doch er war sich der Tatsache bewußt, daß dies kein guter Schachzug wäre. Statt dessen beschloß er, auf den Kontinent zu reisen, so wie er es ursprünglich vorgehabt hatte. Er dachte daran, selbst ein Stück zu inszenieren. Ein Stück, das all diesen moralischen Aufführungen mit ihren abgeschmackten Botschaften zuwiderlaufen würde. Ein unmoralisches Stück.

Kapitel 3

Der Gedanke, ein eigenes Stück zu inszenieren, hatte von Azzie Besitz ergriffen und beschäftigte nun seine ganze Vorstellungskraft. Er wollte große Dinge wirken, so wie damals, zuerst in der Sache mit dem Märchenkönig und dann in der Angelegenheit um Johann Faust. Nun wollte er erneut zuschlagen und die Welt – die materielle und die spirituelle – in Erstaunen versetzen.

Ein Schauspiel! Ein unmoralisches Schauspiel! Eines, das neue Legenden über das Geschick der Menschheit hervorbringen und die Waage des Glücks auf die Seite des Bösen kippen lassen würde!

Er wußte, daß er sich viel vorgenommen hatte; er wußte, daß eine anstrengende Arbeit vor ihm lag. Doch er wußte auch, wer der Mann war, der ihm beim Schreiben eines solchen Stückes helfen konnte: Pietro Aretino, der eines Tages große Berühmtheit unter den Stückeschreibern und Poeten der Renaissance erlangen sollte. Wenn Aretino überzeugt werden konnte ...

Irgendwann nach Mitternacht stand Azzies Entschluß fest. Ja, er würde es tun! Er verließ die Stadt York und ging hinaus auf die Felder. Es war eine großartige Nacht. Die Sterne funkelten herrlich von ihren starren Sphären herab, und alle guten und gottesfürchtigen Menschen waren schon vor Stunden zu Bett gegangen. Nachdem er sich vergewissert hatte, daß niemand in der Nähe war, gottesfürchtig oder nicht, zog er seinen doppelreihigen Satinmantel aus und öffnete seine karmesinrote Gürteltasche. Er hatte eine beeindruckend muskulöse Statur; übernatürlichen Wesen war es möglich, ihren Körper gegen ein bescheidenes Entgelt auf magische Weise fitzuhalten, indem sie sich an das höllische Dienstleistungsunternehmen *Gesunder Körper – böser Geist* wandten. Nackt löste er die Leinengurte, mit denen er seine fledermausartigen Flügel an seinen Körper gebunden hatte, um sie während seiner Reise durch menschliche Gefilde zu verbergen. Wie gut es sich anfühlte, die Schwingen auszustrecken. Mit den Leinengurten vertäute er seine Kleider auf dem Rücken, wobei er darauf achtete, daß sein Geld sicher verstaut war. Nur aufgrund seiner eigenen Nachlässigkeit hatte er bereits einmal Geld verloren. Dann nahm er einen Anlauf von drei Schritten und erhob sich in die Luft.

Während der Reise glitt er auch in der Zeit voran und erfreute sich dabei an dem scharfen Geruch, der solche Zeitreisen begleitete. Bald befand er sich über der Straße von Dover, von der aus er in südöstlicher Richtung weiterflog. Eine steife Brise in seinem Rücken trug ihn in Rekordzeit bequem an der französischen Küste entlang.

Am Morgen schwebte er über der Schweiz. Als die Alpen in Sicht kamen, stieg er weiter auf. Bald passierte er den Großen Sankt-Bernhard-Paß, und gleich darauf überflog er Norditalien. Hier war die Luft unverkennbar wärmer, trotz Azzies großer Flughöhe.

Italien! Azzie liebte es. Italien war sein Lieblingsland, und die Renaissance war sein Lieblingszeitalter, und in genau dem war er gerade angekommen. Er betrachtete sich selbst sogar als eine Art Renaissancedämon. Er flog über Weingärten und gepflügte Felder, kleine Hügel und glitzernde Wasserläufe hinweg.

Nun wandte er sich nach Osten, paßte seinen Flügelschlag der schweren Luft an, die vom Land aufstieg, und flog so lange, bis Land und Wasser sich gegenseitig zu durchdringen und einen weitläufigen grüngrauen Morast zu bilden schienen, der sich an die Adriaküste anschloß. Dort erreichte er die Außenbezirke Venedigs.

Die letzten gelben Strahlen der untergehenden Sonne beleuchteten die vornehme alte Stadt und zauberten glitzernde Reflexionen auf das Wasser in den Kanälen. In der einbrechenden Dämmerung konnte er gerade noch die Gondeln erkennen, die sich mit einer Lampe im Heck durch den Canal Grande bewegten.

Kapitel 4

Die Dienstmagd Meg war noch mit dem Putzen des Schankraumes beschäftigt, als Peter Westfall eintrat, um sich seinem morgendlichen Kübel Bier zu widmen.

»Meister Peter«, sagte sie. »Habt Ihr in der letzten Nacht etwas verloren? Ich habe das hier an dem Tisch gefunden, an dem Ihr mit den anderen Herren gesessen habt.«

Sie reichte ihm einen kleinen Beutel aus Rehleder oder besonders hochwertigem Gemsenleder. Irgend etwas lag darin.

»O ja«, entgegnete Westfall und fummelte in seiner Brieftasche herum, bis er einen Viertelpenny gefunden hatte. »Hier, gönn dir ein Bier für deine Mühe.«

Westfall ging zurück zu seinem Haus in der Rotten Lane, wo er sich sogleich in sein Privatgemach zurückzog. In der Decke des geräumigen Zimmers waren schräge Fenster eingelassen, und über den Raum verteilt befanden sich drei schwere Eichentische. Auf diesen Tischen bewahrte Westfall seine diversen alchemistischen Werkzeuge auf. In jenen Tagen hatte jedermann Zugang zu den Geheimnissen der Alchemie.

Westfall griff nach einem Stuhl und setzte sich, dann löste er den Knoten in der Kordel, die den Beutel verschlossen hielt. Vorsichtig öffnete er den Beutel und nahm den glatten gelben Stein heraus, den er in seinem Inneren entdeckte. In die Oberfläche des Steins war ein Symbol eingraviert, das Westfall für den hebräischen Buchstaben Aleph hielt.

Westfall wußte, daß dieser Stein ein Talisman oder ein Zauberstein sein mußte, ein Objekt der Macht. Derartige Gegenstände befanden sich üblicherweise nur im Besitz großer Magier. Mit diesem Stein würde er die verschiedensten Beschwörungen durchführen und, je nachdem, wie der Talisman eingestellt war, einen oder mehrere Geister herbeirufen können. Westfall hatte sich schon immer einen Talisman gewünscht, denn ohne ein solches Hilfsmittel hatte sich seine Magie stets als recht nutzlos erwiesen. Er vermutete, daß der junge Bursche ihn verloren hatte, mit dem er sich in der vorangegangenen Nacht über die Aufführung der Geschichte Noahs unterhalten hatte.

Dieser Gedanke ließ ihn einen Moment lang stutzen. Er dachte nach. Dieser Stein war nicht sein Talisman. Der Eigentümer würde aller Wahrscheinlichkeit nach zurückkehren, wenn er den Verlust dieses wertvollen und einzigartigen Gegenstandes erst einmal entdeckt hatte. Wenn es soweit wäre, dann würde Westfall ihn selbstverständlich sofort zurückgeben.

Gerade wollte er den Stein wieder in seinen weichen Beutel zurückgleiten lassen, als ihm ein Gedanke kam: Es würde sicher nicht schaden, wenn er ein bißchen mit dem Talisman spielte, bis sein Eigentümer sich bei ihm meldete. Ganz bestimmt gab es daran nichts auszusetzen.

Westfall war allein in seinem Dachzimmer. Er drehte den Talisman in seinen Händen. »Also gut, dann an die Arbeit«, murmelte er. »Ich weiß nicht, welche magischen Beschwörungen ich benutzen soll, aber wenn du ein echter Zauberstein bist, dann wird wohl ein einfaches Zeichen genügen. Hole mir einen Geist, der mir zu Willen ist, und beeil dich ein bißchen!«

Vor seinen Augen schien sich der kleine steinerne Talisman seufzend auszudehnen. Die schwarze Gravur in der Oberfläche veränderte ihre Farbe, wurde erst golden, dann tiefrot. Der Stein begann zu vibrieren, als würde ein kleiner, aber machtvoller Dämon in seinem Inneren hocken. Gleichzeitig ertönte ein hoher Summton.

Im Zimmer wurde es dunkler, als würde der Talisman die Sonnenstrahlen absorbieren. Staub wirbelte vom Boden auf und begann gegen den Uhrzeigersinn zu kreisen. Dumpfe Geräusche ertönten scheinbar direkt aus der Luft, als würde eine unvorstellbar riesige Kuh brüllen. Eine Wolke aus grünem Dunst breitete sich im Zimmer aus und reizte Westfall zum Husten. Während er sich bemühte, wieder zu Atem zu kommen, legte sich der Rauch und enthüllte die Gestalt einer jungen Frau mit glänzendem schwarzen Haar.

Die Frau war auf eine freche Art schön, und sie trug einen langen Plisseerock und eine rote Seidenbluse, die mit gestickten Drachen aus goldenen Fäden verziert war. Ihre Füße steckten in zarten, hochhackigen Schuhen, und sie war mit geschmackvollen Juwelen geschmückt. In diesem Augenblick war sie aber vor allem furchtbar wütend.

»Was soll das?« herrschte Ylith Westfall an. Tatsächlich war es Ylith, die der Talisman eingefangen hatte, was daran liegen mochte, daß Azzies letzte Gedanken ihr gegolten hatten, bevor er den Stein verloren hatte. Vermutlich hatte der Stein seine Empfindungen gespeichert.

»Na, ich habe dich beschworen«, entgegnete Westfall.

»Du bist ein Geist, und nun mußt du mir dienen, richtig?« fragte er voller Hoffnung.

»Falsch!« konterte Ylith. »Ich bin ein Engel oder auch eine Hexe, aber kein einfacher Geist, und ich bin nicht an diesen Talisman gebunden. Ich schlage vor, du überprüfst die Einstellungen und versuchst es noch einmal.«

»Oh, das tut mir leid«, sagte Westfall, doch noch während er sprach, verschwand Ylith wieder. Westfall wandte sich wieder dem gelben Stein zu. »Sei ein bißchen vorsichtiger. Und nun bring mir den Geist her, der an dich gebunden ist. Los!«

Der Stein erbebte, als würde ihn die Maßregelung betrüben. Aus seinem Inneren erklang zweimal ein musikalischer Ton, dann wurde es erneut dunkel in dem Raum, ehe das Licht wieder ungehindert eindringen konnte. Rauch entstand aus dem Nichts, und ein Mann trat aus ihm hervor. Er trug einen aufwendigen schwarzen Satinanzug, hatte einen kegelförmigen Hut auf dem Kopf, und von seinen Schultern fiel ein nachtblauer Mantel herab, der über und über mit goldenen, magischen Symbolen bedeckt war. Das Gesicht des Mannes, der einen äußerst verstimmten Eindruck machte, wurde von einem Vollbart geziert.

»Was ist los?« fragte er. »Ich hatte doch jedermann darauf hingewiesen, daß ich vor Abschluß meiner Experimentalserie nicht gestört werden darf. Wie soll ich denn meinen Forschungen nachgehen, wenn man mich einfach nicht in Ruhe läßt? Wer bist du, und was willst du?«

»Ich bin Peter Westfall«, erklärte Westfall. »Ich habe dich mit der Macht dieses Talismans beschworen.« Er hielt den Stein hoch.

Der bärtige Herr entgegnete: »Du hast mich beschworen? Wovon sprichst du überhaupt? Zeig mir das Ding!« Er betrachtete den Talisman eingehend. »Original ägyptisch, kommt mir irgendwie bekannt vor. Wenn ich mich nicht sehr irre, dann ist das einer der Steine, in die König Salomo vor langer Zeit eine ganze Geistersammlung gebannt hat. Allerdings dachte ich, daß diese Steine längst aus dem Verkehr gezogen wurden. Woher hast du ihn?«

»Das tut nichts zur Sache«, sagte Westfall. »Ich habe ihn, das allein zählt. Und du mußt mir nun dienen.«

»Muß ich das wirklich? Nun, laß mich darüber nachdenken!« Der Mann wuchs plötzlich zur doppelten Größe heran und kam drohend auf Westfall zu. Westfall packte den Talisman und drückte ihn zwischen den Fingern; Hermes zuckte mit einem gequälten Kreischen zurück.

»Immer mit der Ruhe!« rief er. »Du mußt ja nicht gleich grob werden.«

»Dieser Zauberstein verleiht mir Macht über dich.«

»Ja, sieht ganz so aus«, entgegnete der Mann. »Aber, verdammt, das ist einfach lächerlich! Ich bin ein ehemaliger griechischer Gott und ein herausragender Magier – Hermes Trismegistus ist mein Name.«

»So, und jetzt bist du auf die Nase gefallen, Hermes«, spottete Westfall.

»Scheint so«, knurrte Hermes. »Wer bist du? Kein Magier, dessen bin ich sicher.« Er sah sich um. »Auch kein König, denn das hier ist ganz bestimmt kein Palast. Du bist ein ganz gewöhnlicher Mensch, richtig?«

»Ich bin Getreidehändler«, sagte Westfall.

»Und wie bist du an dieses Amulett gekommen?«

»Das geht dich nichts an.«

»Hast es wohl rein zufällig gefunden!«

»Es ist vollkommen gleichgültig, woher ich es habe!« Westfalls Faust schloß sich krampfhaft um den Stein.

»Ganz ruhig«, sagte Hermes unter Schmerzen. »Gut, so ist es besser.« Hermes atmete tief durch und führte eine kurze Beschwörung durch, um sich zu beruhigen. Dies war wirklich nicht der richtige Augenblick, um wütend zu werden, ganz gleich, wie berechtigt es auch war. Dieser verblödete Sterbliche hatte dank dieses antiken Steines tatsächlich Macht über ihn. Wie war er bloß an diesen Talisman gekommen? Er mußte ihn wohl gestohlen haben, denn er wußte offensichtlich wenig oder auch gar nichts über die Kunst der Magie.

»Meister Westfall«, erklärte Hermes. »Ich erkenne Eure Macht über mich an. Ich werde Euch tatsächlich zu Diensten sein müssen. Sagt mir also, was Ihr von mir verlangt, und laßt uns nicht noch mehr Zeit verschwenden.«

»So gefällst du mir schon besser«, entgegnete Westfall. »Zuerst einmal will ich einen Sack voller fein geprägter Goldmünzen, die überall zum Zahlungsmittel taugen. Englische, spanische oder französische Geldstücke sind in Ordnung, aber keine italienischen, die sind nicht gut geprägt. Außerdem will ich einen altenglischen Schäferhund mit Stammbaum, so einen, wie ihn der König hat. Das reicht für den Anfang, aber ich werde später noch weitere Wünsche haben.«

»Nicht so schnell«, widersprach Hermes. »Wie viele Wünsche soll ich Euch denn erfüllen?«

»So viele, wie ich will!« schrie Westfall. »Weil ich das Amulett habe!« Er schüttelte den Stein, und Hermes zuckte gepeinigt zusammen.

»Nicht so heftig! Ich werde das Zeug ja besorgen! Gebt mir nur ein, zwei Tage Zeit!« Mit diesen Worten verschwand Hermes.

Für Hermes war es ein leichtes, Westfalls Forderungen zu erfüllen, schließlich verwahrte er in einer Höhle unter dem Rhein unzählige Säcke voller Goldstücke. Sie wurden von Zwergen bewacht, die seit der Götterdämmerung arbeitslos waren. Auch der altenglische Schäferhund bereitete keine großen Probleme. Hermes entführte einfach einen aus einem Zwinger in der Nähe von Spottiswode. Dann kehrte er in Westfalls Dachzimmer in York zurück.

Kapitel 5

»Guter Hund. Jetzt leg dich in die Ecke!« sagte Westfall. Der halbwüchsige altenglische Schäferhund sah ihn an und bellte.

»Besonders gut erzogen ist er nicht«, beschwerte sich Westfall.

»Hey, Ihr habt nichts davon gesagt, daß er bereits erzogen sein sollte«, protestierte Hermes. »Außerdem hat er einen Stammbaum, so lang wie Euer Arm.«

»Es ist ein hübscher Hund«, lenkte Westfall ein. »Und das Gold ist äußerst zufriedenstellend«, fügte er mit einem Blick auf den wohlgefüllten Beutel aus festem Leder zu seinen Füßen hinzu.

»Ich freue mich, Euch zufrieden zu sehen«, sagte Hermes. »Wenn Ihr nun dem Amulett befehlen würdet, mich freizugeben, und mich aus Eurer Macht entlassen würdet, dann könnten wir beide wieder unserem Tagewerk nachgehen.«

»Nicht so schnell«, entgegnete Westfall. »Ich habe noch einige Wünsche, die du mir erfüllen mußt.«

»Aber ich habe zu tun!« klagte Hermes.

»Du mußt Geduld haben. Ich brauche dich noch eine Weile, mein lieber Trismegistus, aber wenn du tust, was ich verlange, dann werde ich darüber nachdenken, ob ich dich freilassen soll.«

»Das ist nicht fair!« schimpfte Hermes. »Aus Respekt für den Talisman, den Ihr unrechtmäßig in Euren Besitz gebracht habt, bin ich bereit, Euch ein oder zwei Wünsche zu erfüllen, aber Ihr nutzt die Situation schamlos aus.«

»Magie dient dazu, Situationen auszunutzen«, belehrte ihn Westfall.

»Fordert Euer Glück nicht heraus«, entgegnete Hermes. »Ihr wißt nicht einmal, womit Ihr hier herumspielt.«

»Genug geredet«, erklärte Westfall. »Hör mir jetzt gut zu, Hermes. Bevor ich dich beschworen habe, hat der Talisman mir jemand anderen gebracht. Eine Frau. Eine sehr schöne Frau. Weißt du, von wem ich spreche?«

Hermes schloß die Augen und konzentrierte sich. Nach einer Weile öffnete er die Augen wieder.

»Meine postkognitiven Sinne sagen mir, daß Ihr einen Engel Gottes hergerufen habt, eine ehemalige Hexe namens Ylith.«

»Wie kannst du das wissen?« fragte Westfall.

»Das zweite Gesicht gehört zu meinen natürlichen Gaben«, sagte Hermes. »Wenn Ihr mich freigebt, dann werde ich es Euch beibringen.«

»Das interessiert mich nicht. Ich will diese Dame – Ylith hast du sie genannt? Ich will, daß du sie mir bringst.«

»Ich bezweifle, daß sie herkommen will«, gab Hermes zu bedenken, wobei er Westfall interessiert betrachtete. Mit einer so überraschenden Wendung hatte er nicht gerechnet.

»Es ist mir egal, ob sie herkommen will oder nicht«, antwortete Westfall. »Ihr Anblick hat meine Vorstellungskraft entflammt, und ich will sie.«

»Ylith wird begeistert sein«, bemerkte Hermes trocken. Er wußte, daß Ylith eine eigensinnige Frau war, die für die Gleichstellung weiblicher Geister im Kosmos gekämpft hatte, lange bevor man auf Erden auch nur einen Gedanken an derartige Dinge verschwendete.

»Sie wird sich an mich gewöhnen müssen«, erwiderte Westfall. »Ich beabsichtige, die Dame auf jede Art und Weise zu besitzen, auf die ein Mann ein Mädchen besitzen kann.«

»Ich kann sie nicht dazu bringen, sich Euch zu fügen«, sagte Hermes. »Auch meine Macht hat ihre Grenzen, und auf die weibliche Psyche habe ich keinen Einfluß.«

»Du mußt sie zu gar nichts überreden«, entgegnete

Westfall. »Das werde ich schon selbst erledigen. Du mußt sie nur meinem Willen ausliefern.«

Hermes dachte eine Weile nach, dann sagte er: »Westfall, ich muß offen zu Euch sein. Der Besitz magischer Kräfte hat Euren gesunden Menschenverstand umnebelt. Diese Sache mit Ylith ist bestimmt nicht gut. Ihr mischt Euch hier in Angelegenheiten ein, mit denen Ihr wirklich nichts zu tun haben solltet.«

»Schweig und tu, was ich dir sage!« Westfalls glänzende Augen waren geweitet.

»Ihr müßt selbst wissen, was Ihr tut«, sagte Hermes und beschwor sich selbst fort, wobei er sich über die Regelmäßigkeit wunderte, mit der Menschen sich stets selbst in Schwierigkeiten brachten. Außerdem erkannte er allmählich die Grundzüge eines Planes, der nicht nur ihm selbst von Nutzen sein konnte, sondern auch all den anderen Olympern, die nun in einer nichtrealen Welt namens Nachglut zusammengepfercht ihr Dasein fristeten. Zuerst aber mußte er Ylith für Westfall herbeischaffen, und das, so vermutete er, würde sich als arg schwierige Aufgabe erweisen.

Kapitel 6

Hermes suchte einen seiner bevorzugten Heiligenschreine auf, der sich auf der Kykladeninsel Delos im Ägäischen Meer befand und der bereits seit Tausenden von Jahren seiner Verehrung gewidmet war. Dort setzte er sich nieder, ließ seinen Blick über die weindunkle See schweifen und bedachte seine Lage.

Obwohl auch er einer der zwölf echten Olymper war, hatte Hermes nicht das gleiche Schicksal wie die anderen Götter ereilt. Die ganze griechische Welt war nämlich kurz nach dem Tod Alexanders des Großen und der

Geburt des abergläubischen Rationalismus in Byzanz untergegangen. Die anderen Götter waren nicht fähig gewesen, sich der neuen Welt, die der Hellenismus mit sich gebracht hatte, anzupassen. Als die neue Religion sich festigte, blieb ihnen nicht einmal mehr die kleinste Chance. All ihre Verehrer hatten sie verlassen; man erklärte sie für nichtexistent. Später wurden sie mit Gewalt in die Schattenexistenz des Reiches Nachglut vertrieben. Nachglut war ein trostloser Ort, der sich kaum von der antiken griechischen Unterwelt unterschied. Hermes war wirklich glücklich, daß er nicht dort leben mußte.

Ihm war dieses Schicksal aufgrund seiner langjährigen Erfahrung mit der Magie erspart geblieben. Bereits in alter Zeit hatte er sich mit der Kunst der Zauberei beschäftigt und ein enormes Wissen angesammelt, das auf seinen Eingebungen und Erkenntnissen beruhte. Das *Corpus Hermeticum*, welches Cornelius Agrippa und anderen zugeschrieben wurde, war zur Seele der Renaissance-Zauberei herangewachsen, und Hermes war seine führende Gottheit.

Er hatte sich auch in anderer Hinsicht als nützlicher Begleiter der Menschheit erwiesen. So war er fähig, allerlei verschollene Dinge aufzuspüren, und er hatte sich lange Zeit mit der Medizin befaßt, um dem Merkurstab die Ehre zu erweisen, den er als Souvenir aus seiner Zeit als Thoth in Ägypten behalten hatte.

Alles in allem war er ein freundlicher Gott und zugänglicher als die meisten anderen. Im Laufe der Jahre hatte er sich häufig mit menschlichen Magiern unterhalten, und sie alle hatten ihn mit äußerstem Respekt heraufbeschworen. Dies war das erste Mal, daß ihn jemand gewaltsam herbeigerufen und gezwungen hatte, ihm ohne Widerspruch zu dienen. Hermes war darüber alles andere als glücklich, doch er wußte nicht recht, was er dagegen tun sollte.

Unter der großen Eiche mit Blick auf das Meer brütete

er über dieser Frage, als ein leises Wispern erklang. Er hörte genauer hin. Eine Stimme sagte zu ihm: »Mein Junge, bist du in Schwierigkeiten?«

»Zeus, bist du das?« erkundigte sich Hermes.

»Ja, ich bin es«, sagte Zeus. »Aber nur als geistige Essenz. Mein wirkliches Ich ist im Reiche Nachglut, wohin wir alle verbannt wurden. Alle, bis auf dich, selbstverständlich.«

»Es war nicht meine Entscheidung, als Hermes Trismegistus in die neue Welt übernommen zu werden«, entschuldigte sich Hermes.

»Niemand verübelt es dir. Ich habe nur die Tatsache an sich erwähnt.«

»Ich verstehe nicht, wie du überhaupt hier sein kannst«, erklärte Hermes. »Nicht einmal, wenn du nur als geistige Essenz anwesend bist.«

»Ich verfüge über eine besondere Gabe, die es mir erlaubt, meine Essenz überall zu manifestieren, wo Eichen gedeihen. Angesichts meiner derzeitigen Daseinsbedingungen und der großen Menge Eichen auf Erden ist das gar nicht so schlecht. Du scheinst Sorgen zu haben, Hermes. Was ist denn los? Du kannst es deinem alten Vater ruhig erzählen.«

Hermes zögerte. Er traute Zeus nicht. Kein Olymper traute ihm. Sie alle erinnerten sich daran, was er Kronos, seinem eigenen Vater angetan hatte – er hatte den alten Knaben kastriert und in Einzelteilen ins Meer geworfen. Die Olymper wußten, daß Zeus fürchtete, ihm könnte ein ähnliches Schicksal bevorstehen. Darum achtete Zeus streng darauf, daß niemand einen Racheakt einleiten konnte.

Allein der Gedanke daran machte ihn schnell reizbar. Wenn er sich verräterisch und wankelmütig verhielt, so nur deshalb, weil es der sicherste Weg war, seine *Cojones* zu behalten. Hermes wußte das, doch er wußte auch, daß Zeus ein guter Gesprächspartner war. »Vater Zeus, ein Mensch hat Macht über mich.«

»Tatsächlich? Wie konnte das passieren?«

»Erinnerst du dich an die Siegel, mit denen König Salomo einige von uns gebannt hat? Nun, anscheinend sind sie nicht alle aus dem Verkehr gezogen worden.«

Hermes erzählte Zeus, was geschehen war, und fragte schließlich: »Was kann ich tun?«

Ein Rascheln erklang aus Zeus' Laub. »Dieser Mensch hat dich ohne Zweifel in der Gewalt. Du wirst wohl mitspielen müssen. Achte darauf, ob irgend etwas geschieht, das dir nutzen kann, und wenn es soweit ist, dann mußt du schnell und drastisch handeln.«

»Das weiß ich auch«, murrte Hermes. »Warum erzählst du mir, was ohnehin offensichtlich ist?«

»Weil ich deine Skrupel kenne, mein Sohn. Du hast mit diesen neuen Leuten und ihren verdrehten Gedanken über die alten Götter gelebt. Du hast dich an ihrem ständigen Palaver beteiligt, und du hältst ihre Magie für wichtig. Nun, glaube mir, es ist alles nur eine Frage der Macht. Nichts anderes ist Magie, und die Macht besteht zu neun Zehnteln aus geschickten Gaunereien.«

»In Ordnung, es reicht«, sagte Hermes. »Wie kann ich diese Hexe für Westfall herbeischaffen?«

»Das ist dein geringstes Problem. Geh zu deiner Schwester Aphrodite und bitte sie, dir die Büchse der Pandora zu leihen. Sie hat sie in letzter Zeit als Schmuckkästchen benutzt. Die Büchse ist ein erstklassiger Seelenfänger.«

»Aber natürlich, ein Seelenfänger! Und was mache ich dann damit?«

»Du bist doch so ein großer Magier, finde es selbst heraus.«

Etwas später erschien Hermes in der Verkleidung eines exzentrischen alten Herren auf einem Friedhof in York. Unter dem Arm trug er ein in braunes Papier gewickeltes, verschnürtes Päckchen. Er ging zu Ylith und sagte mit verstellter Stimme: »Miss Ylith? Ihr Freund bat mich, Ihnen das zu geben.«

»Azzie hat mir ein Geschenk dagelassen?« rief Ylith aus. »Wie nett von ihm!«

Sie packte das Päckchen aus und öffnete das Kästchen, ohne nachzudenken. In den Deckel war ein Spiegel eingelassen, ein funkelnder, vernebelter, mehrfarbiger Spiegel. Ylith erinnerte sich, so etwas schon einmal in Babylonien und Ägypten gesehen zu haben. Es war ein magischer Spiegel, ein Seelenfänger, verdammt, jemand wollte sie mit diesem alten Trick hereinlegen! Schnell wandte sie den Blick ab, doch es war zu spät; ihre Seele entfleuchte in genau diesem Augenblick wie ein winziger, durchsichtiger Schmetterling durch ihren geöffneten Mund und wurde von dem magischen Spiegel eingefangen. Yliths seelenloser Körper brach zusammen. Hermes fing sie auf und ließ sie sanft zu Boden gleiten. Dann schloß er die Büchse der Pandora, und der Deckel fiel mit einem endgültigen Schnappen ins Schloß. Mit einer goldenen Kordel verschnürte er die Büchse, ehe er zwei Arbeitern Geld gab, damit sie den Körper der Hexe quer durch die Stadt zu Westfalls Zimmer trugen. »Und seid vorsichtig! Beschädigt sie nicht!« Die Arbeiter wirkten ein bißchen verwirrt. Offenbar waren sie nicht davon überzeugt, das Richtige zu tun. Dann aber erzählte Hermes ihnen, er sei Arzt und könne die unglückliche Dame wieder ins Leben zurückholen, da sie augenscheinlich durch bösartige Einflüsse aus den Sternen nur einen Schock erlitten habe. Diese glaubwürdige und hochwissenschaftliche Erklärung reichte den Arbeitern, und sie stellten keine weiteren Fragen. Schließlich folgten sie ja lediglich den ärztlichen Anweisungen.

Kapitel 7

Westfall fragte sich, warum Hermes so lange nicht zurückkehrte. Schließlich nahm er an, daß es wohl nicht so leicht war, eine Frau einfach so zu stehlen. Er war über sich selbst erstaunt; dies war wirklich nicht die Art und Weise, in der er gewöhnlich vorzugehen pflegte. Vielleicht hatte eine übernatürliche Kreatur von seinem Geist Besitz ergriffen und ihm eingeflüstert, die Frau zu begehren. Irgendwie hatte er das Gefühl, daß hier etwas Außergewöhnliches vorging, etwas, das auch die Gesetze der Magie sprengte, etwas, das ganz eigene Ziele verfolgte und sich irgendwann zu erkennen geben würde oder auch nicht, ganz wie es ihm gefiel.

Der lange Nachmittag neigte sich dem Ende zu. Westfall entdeckte in seiner Vorratskammer einen Rest Käse und ein Stück Brot. Auf seinem kleinen Ofen, den er in der Ecke des Zimmers aufgestellt hatte, erhitzte er die Suppe vom vorangegangenen Abend und tauchte das Brot hinein. Mit einem Krug Wein spülte er es hinunter, ehe er sich in seinen Lehnstuhl setzte und schlummerte. Es war eine friedvolle Zeit, bis plötzlich ein Geräusch ertönte, als würde die Luft selbst zersplittern. Ruckartig sprang er auf und schrie: »Hast du mir die Frau gebracht?«

»Ich habe meinen Teil der Abmachung erledigt«, entgegnete Hermes. Mit der Hand vertrieb er die Rauchwolke, die seine Ankunft begleitet hatte. Er war gekleidet wie zuvor, doch unter seinem Arm trug er ein kleines, kostbar aussehendes Holzkästchen.

»Was ist in dem Kasten?« fragte Westfall.

Genau in diesem Augenblick ertönten schwere Schritte auf der Treppe.

Eine gedämpfte Stimme rief: »Macht bitte mal jemand die Tür auf?«

Westfall ging hin und öffnete. Zwei große Arbeiter traten herein. Zwischen sich trugen sie den schlaffen Leib einer Frau, bewußtlos und leichenblaß.

»Wo sollen wir sie hinlegen?« fragte der Arbeiter, der Kopf und Schultern der Frau hielt.

»Legt sie gleich hier auf die Couch, aber vorsichtig!«

Hermes bezahlte die beiden Männer und geleitete sie zur Tür. »Ich habe sie Eurer Macht ausgeliefert«, sagte er dann. »Nun habt Ihr ihren Körper, aber ich rate Euch, nicht ohne ihre Erlaubnis mit ihm herumzuspielen.«

»Aber wo ist sie?« fragte Westfall. »Ihr Bewußtsein, meine ich.«

»Ihr meint ihre Seele«, korrigierte Hermes. »Sie ist hier, in diesem Kästchen.« Er legte die Büchse der Pandora auf einen von Westfalls Tischen. »Öffnet sie, wenn es Euch gefällt, dann wird ihre Seele herausflattern und ihren Körper wieder zum Leben erwecken. Aber seid vorsichtig. Die Dame ist mehr als nur ein bißchen verärgert. Es gefällt ihr gar nicht, gewaltsam beschworen zu werden. Erst recht nicht, wenn sie gerade mit anderen Dingen beschäftigt ist.«

»Ihre Seele ist wirklich in diesem Kästchen?« fragte Westfall. Er griff nach der kleinen Holzkiste mit den Silberintarsien und schüttelte sie. Wie aus weiter Ferne hörte er ein Kreischen und gedämpftes Fluchen.

»Ihr seid nun auf Euch selbst gestellt«, sagte Hermes.

»Aber was soll ich denn jetzt tun?«

»Das werdet Ihr wohl selbst herausfinden müssen.«

Westfall griff erneut nach der Büchse der Pandora und schüttelte sie sanft. »Miss Ylith? Sind Sie dort drinnen?«

»Darauf kannst du wetten, du unaussprechlich schweinische Kreatur«, ertönte es aus dem Kästchen. »Öffne den Deckel, damit ich hier raus kann, dann werde ich es dir schon zeigen.«

Westfall erbleichte und preßte den Deckel mit beiden Händen zu. »O Gott.« Er sah Hermes hilfesuchend an.

Hermes zuckte die Schultern.

»Sie ist wütend?«

»Was Ihr nicht sagt«, entgegnete Hermes.

»Aber was soll ich denn jetzt mit ihr anfangen?«

»Ihr wolltet sie doch haben«, erklärte Hermes. »Ich dachte, über diesen Punkt hättet Ihr Euch längst Gedanken gemacht.«

»Nun, nicht so ganz.«

»Ich schlage vor, Ihr versucht, Euch mit der jungen Dame zu verständigen. Ihr werdet so oder so keine andere Wahl haben.«

»Vielleicht sollte ich die Kiste einfach eine Weile wegpacken«, sagte Westfall.

»Das wäre ein Fehler.«

»Warum?«

»Weil das, was in der Büchse der Pandora steckt, herauskommen kann, wenn man nicht ständig auf sie achtgibt.«

»Das ist nicht fair.«

»Ich war fair zu Euch, Westfall. Ihr hättet wissen müssen, daß solche Dinge stets einen Haken haben. Ich wünsche Euch viel Glück.«

Er begann sich selbst fortzubeschwören.

»Vergiß nicht«, sagte Westfall. »Ich habe noch immer den Talisman und kann dich herbeirufen, wann es mir gefällt.«

»Dazu kann ich Euch nicht raten«, entgegnete Hermes und verschwand.

Westfall wartete, bis die Rauchwolke sich lichtete, in der Hermes verschwunden war. Dann wandte er sich erneut der Büchse zu. »Miss Ylith?«

»Was ist?«

»Können wir uns vielleicht ein bißchen unterhalten?«

»Öffne die Box und laß mich heraus, dann werde ich dir schon etwas erzählen.«

Die Wut in ihrer Stimme jagte Westfall Schauer über den Rücken. »Vielleicht sollten wir doch noch eine Weile abwarten«, sagte er. »Ich muß erst über diese Sache nachdenken.«

Er ignorierte ihre Flüche und ging zum anderen Ende des Raumes, wo er sich setzte und überlegte. Die Büchse ließ er dabei keine Sekunde aus den Augen.

Westfall bewahrte die Büchse auf seinem Nachttisch auf. Zwar mußte er schlafen, doch er gönnte sich nur kurze Perioden der Ruhe. Zwischendurch vergewisserte er sich immer wieder, daß Ylith noch gefangen war. Er fürchtete, daß sie sich selbst aus ihrem Gefängnis befreien konnte. Einige Male träumte er, daß sie den Deckel öffnete oder daß er einfach in der Nacht aufschnappte. Manchmal erwachte er schreiend.

»Hören Sie, Miss«, sagte er. »Wie wäre es, wenn wir diese ganze Angelegenheit einfach vergessen? Ich lasse Sie heraus, und Sie gehen einfach Ihrer Wege und tun mir nichts. Wäre Ihnen das recht?«

»Nein«, entgegnete Ylith.

»Aber was wollen Sie denn dann?«

»Genugtuung«, sagte Ylith. »Du wirst doch wohl kaum annehmen, daß du so einfach davonkommst, Westfall.«

»Was werden Sie tun, wenn Sie hier herauskommen?«

»Das kann ich dir wirklich noch nicht sagen.«

»Sie werden mich doch nicht töten oder?«

»Doch, das könnte schon passieren.«

Die Lage war aussichtslos.

Kapitel 8

Pietro Aretino war einigermaßen überrascht, als er im Jahre 1524 vor seinem Haus in Venedig einen rothaarigen Dämon entdeckte. Aber er war nicht übermäßig überrascht.

Schließlich hatte er es sich zur Regel gemacht, niemals die Fassung zu verlieren.

Er war ein großer Mann, dessen ebenfalls rotes Haar zurückging und allmählich einer Stirnglatze den Weg ebnete. In diesem Monat hatte er seinen zweiunddreißigsten Geburtstag gefeiert, und er hatte mittlerweile sein ganzes Leben der Poesie und Stückeschreiberei gewidmet. Seine äußerst skurrilen Verse, die sich durch besonders wohlklingende Reime auszeichneten, waren in ganz Europa zu vernehmen.

Er erhielt im Überfluß teure Geschenke von Königen, Edelleuten und Prälaten, die mit ihren Gaben verhindern wollten, daß sich der Dichter in einem seiner Werke über sie lustig machte. Aretino wurde so reich beschenkt, daß er bequem davon leben konnte. »Bitte, lieber Aretino, nehmt dieses herrliche Goldtablett, aber verschont mich mit Euren Attacken.«

Aretino hatte erwartet, daß wieder einer dieser Bittsteller vor der Tür sein würde. Er selbst hatte dem Besucher die Tür geöffnet, da sein Diener für den Rest des Tages beurlaubt war. Ein einziger Blick reichte ihm zu der Erkenntnis, daß der Bursche, der vor ihm stand, nicht von dieser Welt stammte. Nein, diese fuchsgesichtige Person mit den leuchtenden Augen war von einer Aura des Übernatürlichen umgeben, von der Aretino zwar schon gehört hatte, der er aber noch nie begegnet war.

»Guten Abend, mein Herr«, sagte Aretino in dem respektvollen Tonfall, dessen er sich stets befleißigte, solange er nicht wußte, wen er anderenfalls beleidigen würde. »Sind wir einander schon vorgestellt worden? Ihr kommt mir gar nicht bekannt vor.«

»Nein, wir sind uns bisher noch nicht begegnet«, entgegnete Azzie. »Dennoch scheint es mir, als würde ich den göttlichen Aretino allein durch den Scharfsinn seiner Verse kennen, die eine gesunde Moral mit einer guten Portion Humor vereinen.«

»Es freut mich, daß Euch meine Arbeit gefällt«, sagte Aretino, »doch es gibt viele Menschen, die der Ansicht sind, daß meine Zeilen überhaupt keine Moral beinhalten.«

»Das sind Geblendete«, widersprach Azzie. »Wer sich über die Anmaßungen der Menschen belustigt, wie Ihr, mein lieber Meister, es ganz sicher tut, der kommt nicht umhin, mit dem Finger auf die Taten all jener Exzellenzen zu deuten, die die Kirchen nur allzu gerne von sich weisen.«

»Das sind kühne Worte im Sinne jener Taten, die die Menschen als böse ansehen.«

»Und doch geben sich die Menschen den sieben Todsünden mit viel mehr Elan hin, als sie jemals für das ach so edle Konstrukt des Guten aufwenden. Selbst die reine Untätigkeit ruft mehr Begeisterung hervor, als es die gute Tat zu tun vermag.«

»Mein Herr«, erklärte Aretino, »Ihr seht die Dinge auf meine Weise. Doch laßt uns nicht hier auf der Schwelle stehen und wie ein Paar alter Vetteln schwatzen. Kommt in mein Haus und laßt mich Euch ein Glas des guten Weines kredenzen, den ich erst kürzlich aus der Toskana mitgebracht habe.«

Aretino führte Azzie herein. Sein Haus, besser gesagt, sein Palazzo, war zwar nicht groß, aber luxuriös. Auf den Böden lagen Unmengen von Teppichen, die der Doge selbst Aretino geschickt hatte; große, dünne Wachskerzen brannten in bronzenen Kandelabern, und ihre Flammen beleuchteten die cremefarbenen Wände.

Aretino geleitete den Dämon zu einem Salon mit einer niedrigen Decke, der mit Brücken und Wandteppichen dekoriert war. Eine große Kohlenpfanne vertrieb die winterliche Kälte, die noch immer in der Luft hing, aus dem Raum. Aretino bedeutete Azzie, es sich bequem zu machen, und brachte ihm ein Glas perlenden Rotweines aus einer Kristallkaraffe, die auf einem intarsienverzierten kleinen Tisch stand.

»Nun gut, mein Herr«, sagte Aretino, nachdem sie einander zugeprostet hatten. »So sagt mir doch, wie ich Euch zu Diensten sein kann.«

»Sagen wir lieber, ich möchte Euch zu Diensten sein«, widersprach Azzie. »Schließlich seid Ihr der herausragendste Poet und Satiriker Europas. Ich dagegen bin nur ein bescheidener Förderer der Künste, der es sich zum Ziel gesetzt hat, ein besonderes Unterfangen in die Wege zu leiten.«

»Was genau stellt Ihr Euch da vor?« fragte Aretino.

»Ich möchte ein Schauspiel produzieren.«

»Was für eine wundervolle Idee«, rief Aretino verzückt. »Ich habe einige Stücke, die Euren Zwecken angemessen sein dürften. Erlaubt mir, die Manuskripte herbeizuholen.«

Azzie hob die Hand. »Wenn ich auch nicht an der vorzüglichen Perfektion aller Eurer Werke zweifle, mein lieber Aretino, so wird etwas, das ihr bereits geschrieben habt, doch nicht das Richtige sein. Ich möchte selbst an dieser neuen Unternehmung teilhaben, es soll ein Stück sein, daß sich eines bestimmten Konzeptes bedient, das ich bereits erdacht habe.«

»Aber gern«, entgegnete Aretino, dem es nicht fremd war, daß seine Auftraggeber ihre eigenen Vorstellungen hatten, die ermüdende Arbeit des Schreibens aber jemand anderem überlassen wollten. »Und was, mein Herr, habt Ihr Euch als Thema vorgestellt?«

»Ich möchte, daß mein Stück einige ganz einfache Wahrheiten widerspiegelt«, sagte Azzie. »Es geht um Fakten, die weisen Männern schon seit Jahrhunderten bekannt sind, die jedoch von den Dramatikern kaum anerkannt werden. Ich spreche von all jenen Schreiberlingen, die in sklavischer Abhängigkeit auf Aristoteles beharren und sich nie darüber hinaus wagen, Banalitäten darzustellen. Zum Beispiel, daß der Lohn der Sünde der Tod sei, daß die Unersättlichen in der Gosse enden werden, daß die Lüsternen enttäuscht werden und die

Leichtlebigen dazu verdammt sind, niemals wahre Liebe zu erfahren.«

»Das sind die üblichen Themen moralischer Stücke«, entgegnete Aretino. »Beabsichtigt Ihr, sie zu widerlegen?«

»Allerdings, das tue ich«, bestätigte Azzie. »Auch wenn diese Dinge als Volksweisheiten gewertet werden können, so gibt es doch einige unter uns, die wissen, daß die Dinge sich keineswegs immer so entwickeln müssen. Mein Stück wird das Gegenteil von dem zeigen, was diese vor sich hin mümmelnden Gutmenschen verbreiten. In meinem Stück werden die Sieben Todsünden als der wahre Weg zu einem guten Leben dargestellt werden, zumindest aber wird mein Stück zeigen, daß die Todsünden in keinem Fall ein Hindernis darstellen können. Kurz gesagt, mein lieber Aretino, ich möchte ein unmoralisches Schauspiel produzieren.«

»Was für ein edler Plan!« schwärmte Aretino. »Oh, ich applaudiere Euch, Herr, für diese großartige Idee, mit der Ihr eigenhändig einer jahrhundertealten Propaganda entgegentreten wollt, von der die Menschen sich stets selbst zu überzeugen gesucht haben. Und das nur, um ihren Konventionen die Treue zu halten, ganz gleich, wie sehr sie sie auch in Wahrheit ablehnten. Doch laßt mich zu bedenken geben, daß es nicht einfach sein wird, ein solches Stück zu spielen. Die ganze heuchlerische Wut von Kirche und Staat wird sich auf das Schauspiel richten. Und außerdem, wie finden wir Schauspieler oder eine Bühne, die die Kirche nicht für sich beansprucht?«

»In meinem Stück werden wir nicht formell vorgehen. Wir brauchen keine Schauspieler, keine Bühne und kein Publikum. Das Stück wird sich ganz natürlich entfalten; wir werden unseren Akteuren nur ein generelles Gefühl für die Situation mitgeben und sie dann selbst entscheiden lassen, wie sie ihre Rolle zu spielen gedenken, ganz frei und absichtslos.«

»Aber wie soll denn Euer Stück für seine Moral plädieren, wenn Ihr das Ende nicht vorausplant?«

»Ich habe da so meine Vorstellungen«, entgegnete Azzie. »Wenn wir uns über das Projekt einig werden, dann werde ich Euch einweihen. Für den Augenblick muß es genügen, daß ich in der Lage bin, die Mechanismen weltlicher Antriebe und Ziele weit genug zu manipulieren, um die gewünschten Ergebnisse zu erzielen.«

»Nur ein übernatürliches Wesen ist zu so etwas fähig«, entfuhr es Aretino.

»So hört mir gut zu«, gebot Azzie.

»Ich höre«, erwiderte Aretino einigermaßen verblüfft über Azzies plötzlich so gebieterischen Tonfall.

»Ich bin Azzie Elbub, ein Dämon von edlem Blut, zu Euren Diensten, Aretino«, erklärte Azzie, wobei er mit einer nachlässigen Geste seiner Hand blau funkelnde Blitze herbeizauberte.

Aretinos Augen weiteten sich. »Schwarze Magie!«

»Ich habe mich dieses theatralischen infernalen Effekts bedient«, fuhr Azzie fort, »damit Ihr ganz genau wißt, mit wem Ihr es zu tun habt.«

Azzie rieb die Hände aneinander und brachte einen großen Smaragd zum Vorschein, dann noch einen und noch einen. Schließlich legte er sechs der wertvollen Steine nebeneinander auf den kleinen Tisch, auf dem die Weinkaraffe stand. Dann fuhr er kurz mit der Hand über sie hinweg, und die Steine begannen zu zittern, bis sie zerschmolzen und sich zu einem einzigen vereinigten, zu dem größten Smaragd, den die Welt je gesehen hatte.

»Phantastisch!« rief Aretino.

»Sie werden sich nach einer Weile wieder in ihre natürliche Gestalt zurückverwandeln«, erzählte Azzie. »Aber der Effekt ist doch ganz nett, nicht wahr?«

»Phantastisch!« entfuhr es Aretino ein zweites Mal. »Kann man diese Kunst erlernen?«

»Nur, wenn man ein Dämon ist«, entgegnete Azzie. »Trotzdem kann ich eine Menge für Euch tun, Aretino.

Nehmt mein Angebot an, und Ihr werdet nicht nur reicher bezahlt werden, als Ihr es Euch in Euren wildesten Träumen vorstellen könnt, sondern Euer bereits jetzt beachtlicher Ruhm wird sich bis ins Unendliche steigern, denn Ihr werdet der Autor des Stückes sein, das der guten alten Erde eine neue Legende einbringen wird. Wenn wir nur ein bißchen Glück haben, dann wird dieses Stück ein Zeitalter der Aufrichtigkeit einläuten, wie es die heuchlerische alte Welt noch nie gesehen hat.« Flammen tanzten in Azzies Augen, während er sprach. Er war kein zurückhaltender Dämon, wenn er auf dem richtigen Wege war, und deshalb setzte er gerne einige magische Tricks ein, um sein Gegenüber zu beeindrucken.

Azzies Darbietung brachte Aretino zum Stolpern. Er trat gegen einen Fußschemel und wäre fast gefallen, hätte Azzie nicht seinen schlanken Arm mit dem weichen roten Pelz ausgestreckt, um den vollkommen verblüfften Poeten aufzufangen.

»Ich kann Euch gar nicht sagen, wie verwirrt ich bin«, entschuldigte sich Aretino. »Und wie nervös, da Ihr mit diesem einzigartigen Vorhaben gerade zu mir gekommen seid. Ich stimme Euren Wünschen voll und ganz zu, mein lieber Lord Azzie, doch die Angelegenheit ist nicht ganz einfach. Ich würde keinesfalls weniger als mein Bestes geben. Gebt mir eine Woche Zeit, mein Lord, damit ich mir die Sache überlegen, darüber meditieren und alte Geschichten und Legenden zu Rate ziehen kann. Die Grundlage für Euer Stück muß eine Geschichte sein, ganz gleich, wie Ihr es später inszenieren wollt. Der Suche nach dieser Geschichte will ich mich voll und ganz ergeben. Sagen wir, nächste Woche zur gleichen Zeit?«

»Das paßt mir gut«, stimmte Azzie zu. »Ich bin hocherfreut, daß Ihr diese Angelegenheit nicht auf die leichte Schulter nehmt. Ihr sollt Eure Woche haben.«

Mit diesen Worten führte Azzie eine schnelle Geste aus und verschwand.

Teil 2

Kapitel 1

Wenn ein Dämon die Erde in Richtung des Reiches der Finsternis verläßt, so sind daran Mächte beteiligt, die zu entdecken denjenigen vorbehalten ist, die auch übernatürliche Dinge wahrzunehmen vermögen.

An diesem Abend, nicht lange nach dem Gespräch mit Aretino, sah Azzie zu den unzähligen Sternen am nächtlichen Himmel auf. Er schnippte mit den Fingern – gerade kürzlich hatte er einen neuen Fingerschnippzauber erworben, und dies war eine gute Gelegenheit, ihn zu testen. Der Zauber rastete ein und zog ihn in die Luft hinauf. Bald darauf reiste er mit atemberaubender Geschwindigkeit durch den Raum, wobei er einen helleren Schweif zog als eine Sternschnuppe.

Azzie donnerte durch die Grenzbezirke, hinter denen sich die himmlischen Sphären des Alls befanden. Gemäß den physikalischen Gesetzen über die Fallgeschwindigkeit, denen sich sogar Teufel fügen mußten, legte er unterwegs an Gewicht zu. Die Sterne schienen ihm unterwegs zuzunicken und zu winken, und der Wind, der zwischen den Welten heulte, jagte eisige Kälte durch seinen Leib. Eiszapfen bildeten sich um seine Nase und seine Augenbrauen. Trotz der grausamen Temperaturen dieses unwirtlichen Raumes behielt er seine Geschwindigkeit bei. Ihn trieb eine wahrhaft teuflische Eile. Wenn Azzie sich erst einmal etwas in den Kopf gesetzt hatte, dann war er nicht mehr aufzuhalten.

Um ein so herausragendes Ereignis wie ein unmoralisches Schauspiel zu realisieren, brauchte er Geld. Er mußte die menschlichen Schauspieler bezahlen, und der Kauf der Spezialeffekte würde ebenfalls furchtbar teuer werden. Er benötigte einige zufällige Wunder, die hier und da erscheinen würden, um seine Akteure auf ihrem Weg zum unverdienten Glück bei Laune zu halten. Azzie erinnerte sich, daß er seinen Bonus für die beste Böse Tat des Jahres noch nicht erhalten hatte, eine Auszeichnung, die man ihm für seine Rolle in der Faustaffaire zuerkannt hatte.

Endlich war er schnell genug, um in die Barriere einzudringen, die ein Wesen von einer Welt in die andere schleuderte. Plötzlich befand er sich nicht mehr in einer materiellen Welt aus Atomen und physikalischen Teilchen. Er hatte die unsichtbare und nicht greifbare Grenze passiert, die gewöhnliche Objekte wie Mesonen und Tachyonen von den unendlich feineren Strukturen der spirituellen Welt trennte.

Nun flog er durch einen Raum voller riesiger, nebelhafter Gestalten und verschwommener Farben, in dem enorme, ungleichmäßige Objekte durch eine honigfarbene Atmosphäre schwebten. Er war zu Hause.

Direkt vor ihm erstreckten sich die großen, grausigen, schwarzblauen Mauern von Höllenstadt, denen einst die Mauern des alten Babylon nachempfunden worden waren. Wachteufel patrouillierten über das Bollwerk. Azzie zeigte ihnen seinen Ausweis und sauste weiter.

Er durchquerte die satanischen Vororte und erreichte schließlich das Regierungsviertel von Höllenstadt, in dem die Verwaltungsbehörden ihren Sitz hatten. In dem Gewirr aus bürokratischen Einrichtungen kam er an dem Büro für Öffentlichkeitsarbeit vorbei, ließ es jedoch links liegen, da es zu diesem Zeitpunkt für ihn nicht von Interesse war, und fand schließlich das richtige Gebäude. Sofort eilte er durch einen langen Gang, in dem sich etliche andere Dämonen und einige Teufelchen in Pagenuniform aufhielten. Hier und dort traf er auf die unvermeidlichen Sukkuben in ihren Kimonos, die den gealterten Offiziellen ihre Pausen zu versüßen pflegten. Endlich erreichte er die Rechnungsabteilung.

Eigentlich hätte er sich am Ende der langen Reihe der

Bittsteller anstellen sollen, die ungeduldig darauf warteten, daß sich jemand ihres Falles annehmen würde. Aber es war nur ein abgerissenes und heruntergekommenes Pack, was da wartete. Azzie ging einfach an ihnen vorbei an den Anfang der Schlange, wobei er mit einer Goldkanten-Umgehungskarte herumwedelte, die Asmodeus ihm einst geschenkt hatte, als er hoch in der Gunst des Seniorteufels gestanden hatte.

Der Beamte hinter dem Schalter für überfällige Zahlungen war ein unattraktiver transsilvanischer Teufelskobold mit einer langen Nase und einem, sogar für höllische Verhältnisse wahrhaft grauenvollen Mundgeruch. Wie alle seine Kollegen war auch er darauf dressiert, so wenig wie möglich zu arbeiten und neben seiner eigenen Kraft vor allem die höllischen Finanzmittel zu schonen. Folglich beklagte er auch gleich, daß Azzie seine Anträge nicht korrekt ausgefüllt hätte und daß es so oder so die falschen Formulare wären. Azzie hielt ihm eine Verzichtserklärung für Korrektheit unter die Nase, die Beelzebub höchstpersönlich unterschrieben hatte. Die Urkunde bescheinigte ihrem Inhaber, daß es unter keinen Umständen möglich sei, Zahlungen an ihn zu verweigern oder zu verzögern. Das brachte den Teufelskobold arg unter Druck, doch er fand noch eine weitere, letzte Ausrede.

»Ich bin nicht autorisiert, derartige Dinge zu genehmigen, schließlich bin ich lediglich ein armer, kleiner, verbeamteter Teufelskobold. Sie müssen sich an jemanden anderen wenden. Gehen Sie die Halle hinunter und durch die erste Tür auf der rechten Seite, dann die Treppe hinauf ...«

Azzie konnte dem wenig abgewinnen. Statt dessen zog er ein weiteres Dokument hervor, eine Sofort-Bearbeitungs-Berechtigungs-Bestätigung, die besagte, daß bei Zahlungsforderungen ihres Eigentümers keinerlei Entschuldigungen toleriert werden dürfen. Außerdem hieß es in diesem Schriftstück, daß jegliche Vernebelungstaktik des diensthabenden Beamten durch Geldstrafen geahndet würde.

Dieses Dokument schließlich erzielte auf den Beamten eine ebenso plötzliche wie erfreuliche Wirkung. »Es ist ja schließlich nicht mein Geld«, sagte der Teufelskobold. »Wo ist mein Stempel?« Er rumorte auf seinem Schreibtisch herum, fand ihn und stempelte Azzies Papiere mit dem Vermerk *Eilt sehr – sofort zahlbar* in feurigen Buchstaben ab. »Gehen Sie jetzt bitte durch die Halle bis zur Kasse, und seien Sie so freundlich, dann gleich zu verschwinden. Sie haben mir den Tag schon genug ruiniert.«

Azzie tat ihm den Gefallen, doch er legte ein feierliches Gelübde ab, mit noch gemeineren Hinterhältigkeiten zurückzukehren, falls er nun noch auf irgendwelche Schwierigkeiten stoßen sollte. Der Kassenbeamte jedoch zeichnete widerspruchslos seine Papiere mit dem Dringlichkeitsvermerk ab und händigte ihm ohne jedes Zögern einige Säcke mit Goldstücken aus – genau die Summe, die Azzie zustand.

Kapitel 2

Als Azzie wieder nach Venedig zurückkehrte, waren auf der Erde genau sechs Tage irdischer Zeitrechnung vergangen. Das Wetter war milder geworden, die Sonne schien freundlich vom Himmel, und die Pflanzen in den Parkanlagen begannen zu blühen. Überall streckten weiße und gelbe Blumen ihre Köpfe der sanften Sonne entgegen. Die Damen Venedigs promenierten bei dem schönen Wetter durch die Straßen, begleitet von ihren Männern, die über die Edelleute und ihre Gattinnen tratschten. Der sinkende Wasserstand schwemmte Müll und Schutt der Einwohner ins Meer hinaus, und eine frische Brise vertrieb den muffigen Dunst, der Venedig zu einem ganz besonders geeigneten Ausgangspunkt für allerlei Seuchen in Europa machte. Alles in allem war es eine gute Zeit, um am Leben zu sein.

Er hatte die Absicht, das Arsenal, die wohl größte Schiffsbauanlage in Europa, zu besichtigen, doch kaum hatte er die kleine Kopfsteinpflasterstraße erreicht, an der die Werft lag, als er auch schon gegen einen großen, Kerl mit blauen Augen prallte, der ihn nur kurz ansah und ihm dann voller Wärme auf die Schulter klopfte.

»Azzie! Ich glaube es kaum, du bist es doch, nicht wahr?« sagte der Bursche.

Es war der Engel Babriel, ein alter Bekannter aus vergangenen Abenteuern. Obwohl sie in dem immerwährenden Machtkampf zwischen den Mächten des Lichtes und denen der Finsternis auf verschiedenen Seiten kämpften, waren sie doch im Verlauf der Ereignisse Freunde geworden – und wenn schon nicht wirkliche Freunde, so doch mehr als nur einfache Bekannte. Außerdem hatten sie eines gemein: ihre Liebe zu einer wunderschönen, schwarzhaarigen Hexe namens Ylith.

Azzie überlegte, ob Babriel, der zur Zeit für den Erzengel Michael arbeitete, in Venedig war, um ein Auge auf ihn zu haben. Womöglich hegte er sogar bereits einen Verdacht und hatte dank einer unbekannten Himmelskunst bereits eine Ahnung von dem Plan, den Azzie gerade ausbrütete.

Nachdem Babriel seiner Überraschung angesichts Azzies Anwesenheit in Venedig Ausdruck verliehen hatte, entgegnete Azzie: »Ich habe mir ein bißchen Urlaub von meinen höllischen Pflichten gegönnt und will mich an den Sehenswürdigkeiten dieser schönen Stadt erfreuen. Dies ist in dieser Generation ganz sicher das Paradies auf Erden.«

»Nun, es war wirklich schön, dich wiederzusehen«, sagte Babriel, »aber ich muß wieder zu den anderen zurückgehen. Zur Vesperzeit wird der Engel Israfel erscheinen und uns alle wieder zum Himmel zurückbringen. Wir haben nur ein Wochenende Ausgang gehabt.«

»Na dann, gute Reise«, antwortete Azzie.

So gingen sie ihrer Wege. Azzie hatte nicht den mindesten Hinweis darauf, daß Babriel in Venedig sein könnte, um hinter ihm herzuspionieren, dennoch wunderte es ihn, daß der Engel ausgerechnet zur selben Zeit wie er in der Lagunenstadt weilte.

Kapitel 3

Babriel ging immer gerne wieder in den Himmel zurück. Es war einfach schön dort. Kleine weiße Häuser standen in langen Reihen auf saftigen grünen Wiesen, die mit edlen alten Bäumen bewachsen waren, und in der Luft hing ein allgegenwärtiger Hauch edelmütiger Güte. Natürlich sah nicht der ganze Himmel so aus, aber dies hier war das Westviertel, die bessere Seite des Paradieses, der Bezirk, in dem die Erzengel wohnten und die Verkörperungen des reinen Geistes den Sommer verbrachten. Die Verkörperungen des reinen Geistes waren große, attraktive Frauen. Ein Engel konnte wahrhaft unschönere Dinge erleben als eine Verbindung mit einer dieser Schönheiten – im Himmel war es gestattet, daß sich zwei hochkarätige Wesen miteinander paarten. Doch so schön diese Frauen auch waren, so wenig war Babriel an ihnen auf die Weise interessiert, auf die sich ein Mann für ein Mädchen interessieren würde. Sein Herz gehörte Ylith. Vielleicht war sie aufgrund ihrer Vergangenheit für ihn so unwiderstehlich. Damals, als sie noch den Mächten der Finsternis gedient hatte, war sie nämlich als Hure von Athen und als Vizehure von Babylon tätig gewesen. Ylith ihrerseits schien Babriel manchmal zu lieben, manchmal aber auch nicht.

Über eine Abkürzung ging er in Richtung Osthimmel zu Yliths Haus. Er wollte ihr nur ›Guten Tag‹ sagen, doch sie war nicht zu Hause. Ein aufgedonnerter Naturgeist, der aussah wie ein pausbäckiger Cherub, war damit beschäftigt, den Rasen zu mähen – eine Buße für vorangegangene Indiskretionen. Er erzählte ihm, daß Ylith mit einer Gruppe junger Engel zu den Heiligengräbern der Erde gereist war.

»Ach, wirklich?« erkundigte sich Babriel. »Welche Zeit besuchen sie denn?«

»Ich glaube, man nennt sie Renaissance«, sagte der Naturgeist.

Babriel dankte dem Naturgeist und ging in Gedanken versunken davon. War es tatsächlich nur ein Zufall, daß Azzie ebenfalls diese Zeitperiode besuchte? Babriel war normalerweise kein mißtrauischer Engel, tatsächlich galt er sogar für himmlische Verhältnisse als geradezu unglaublich vertrauensselig. Andererseits hatte er auf die harte Tour gelernt, daß, so wenig er das auch verstehen konnte, nicht jedermann so war wie er. Ganz besonders galt das für Azzie, bei dem die Heuchelei eine so mächtige zweite Natur bildete, daß die erste – was immer sie auch sein mochte – vollkommen überschattet wurde. Trotz ihrer enthusiastischen Hingabe an Nettigkeiten aller Art zweifelte Babriel auch an Yliths Orthodoxie. Er glaubte zwar nicht, daß sie sich vom Himmel abwenden würde, doch sie könnte schon auf den Gedanken gekommen sein, ihren alten Freund wiederzusehen – oder umgekehrt, was wahrscheinlicher war. Wenn das der Fall war, warum trafen sie sich dann ausgerechnet in der Renaissance? Oder war es vielleicht doch nur ein Zufall?

Babriel brütete noch immer über dieser Frage, als er die *Schattige-Oliven-Straße* hinaufging und zu der großen Villa oben auf dem Hügel kam, in der Michael wohnte. Der Erzengel beschäftigte sich gerade mit den Rosen in seinem Vorgarten, und die umgekrempelten Ärmel seines weißen Leinenhemdes gaben den Blick auf seine gebräunten Unterarme frei.

»Willkommen daheim, Babriel!« sagte der Erzengel, legte die Rosenschere weg und wischte sich den süßen Schweiß anständiger Arbeit von der Stirn. »Hat dir der Aufenthalt in Venedig gefallen?«

»Unermeßlich, Herr. Ich habe die Gelegenheit wahrgenommen, meine Kenntnisse der Künste zu erweitern. Natürlich nur zu Ehren des Guten.«

»Natürlich«, entgegnete Michael mit einem freundlichen Zwinkern seiner tiefliegenden Augen.

»Ich bin Azzie Elbub begegnet, Herr.«

»So, du hast also den alten Azzie getroffen, ja?« Michael rieb sich nachdenklich das Kinn. Nach der letzten Begegnung mit dem Dämon während der Faustaffaire konnte er sich noch gut an ihn erinnern. »Was hat er gemacht?«

»Er sagte, er würde nur ein bißchen Urlaub von der Hölle machen. Allerdings hege ich den Verdacht, daß er dort ist, weil er den Engel Ylith treffen möchte. Sie weilt ebenfalls gerade auf Erden.«

»Möglich«, murmelte Michael. »Es könnte aber auch noch andere Gründe geben.«

»Was für andere Gründe.«

»Da gibt es viele Möglichkeiten«, entgegnete Michael vage. »Ich sollte darüber nachdenken. In der Zwischenzeit gibt es eine Menge Korrespondenz zu erledigen, falls du dich genug ausgeruht hast.« Michael war ein Pedant, wenn es um die Beantwortung seiner Fanpost ging, die ihn aus allen Teilen der spirituellen Welt und sogar von der Erde erreichte.

»Ich werde sofort damit anfangen«, sagte Babriel. Er eilte in das kleine Büro in dem Flügel des Hauses, der früher einmal die Dienerschaft beherbergt hatte, nun aber als Flügel für ›Verehrte Gäste von minderer Bedeutung‹ bezeichnet wurde.

Teil 3
Kapitel 1

Für Ylith war es eine sehr peinliche Situation, in der Büchse der Pandora gefangen zu sein. Mit derartigen Geschichten hatte sie nichts mehr zu tun gehabt, seit der liebestolle König Priam von Troja seinerzeit ein ganz spezielles Kästchen gebaut hatte, um sie darin einzusperren. Aber er hatte sie nie gefangen. Nun war Troja lange untergegangen und König Priam gleich mit, doch Ylith war noch immer da. Nun, jedenfalls mehr oder weniger, schließlich war jetzt eine Büchse ihr neuer Lebensraum.

Das ist vermutlich die Strafe für übertriebenen Stolz, dachte sie. *Hier bin ich nun, gefangen in einer Kiste.*

Ein fahles Leuchten erfüllte das Innere ihres Gefängnisses und enthüllte Felder, Hecken und eine Bergkette im Hintergrund.

Gleich neben ihrem Ohr hörte sie die sanfte Stimme eines Mannes.

»Ylith, was machst du hier? Du scheinst in Schwierigkeiten zu sein. Laß mich dir helfen.«

Das Licht in der Büchse wurde heller.

»Mit wem spreche ich denn?« fragte Ylith.

»Ich bin es, Zeus«, sagte die Stimme. »Ich kann noch immer einiges bewirken, trotz meiner derzeit recht reduzierten Möglichkeiten. Aber du hast mir noch nicht erzählt, was du hier tust.«

»Irgendein Kerl hat mich entführt und hier eingesperrt.«

Ylith hatte Vater Zeus einmal getroffen, als sie sich für die Rolle eines Naturgeistes in der griechischen Periode Roms vorgestellt hatte. Zeus hatte ihr damals versichert, er würde sich bei ihr melden, und sie hatte seither nicht mehr daran gedacht.

»Warum läßt er dich nicht gehen?« erkundigte sich Zeus.

»Er hat Angst, daß ich ihn umbringen könnte, und genau das werde ich auch tun!«

Zeus seufzte.

»Du klingst genau wie meine Tochter Artemis, so unversöhnlich. Warum versuchst du es nicht mit ein bißchen Heuchelei?«

»Was soll das heißen?«

»Sage deinem Entführer, daß es dir in der Büchse gefällt und du dich darüber freust, hier eingesperrt zu sein.«

»Das würde er mir niemals glauben.«

»Versuch es! Entführer sind dumm. Sag ihm einfach irgend etwas, damit er dich freiläßt!«

»Ich soll lügen?«

»Selbstverständlich.«

»Das wäre nicht anständig.«

»Du kannst es ja später richtigstellen. So habe ich es immer gehalten, vorausgesetzt, ich konnte mich noch erinnern. Auf jeden Fall wärest du dann wieder frei.«

»Aber wir sollen nicht lügen«, widersprach Ylith, doch ihre Stimme klang nicht sehr überzeugend.

»Nun, meine Liebe, dann sprich eben noch einmal mit diesem Menschen und bring ihn dazu, die Dinge aus deinem Blickwinkel zu betrachten. Aber geh wieder in die Welt hinaus. Du bist viel zu schön, um eingesperrt zu sein.«

Später, nachdem sie sich ein wenig beruhigt und ihr Make-up in Ordnung gebracht hatte, rief Ylith: »Westfall? Bist du noch da?«

»Ja, ich bin hier.«

»Solltest du nicht zur Arbeit gehen oder so?«

»Natürlich, aber offen gestanden habe ich Angst davor, Sie hier allein zu lassen. Ich meine, vielleicht könnten Sie sich befreien – oder mich zumindest verwünschen.«

»Das kann ich so oder so«, hauchte Ylith verführerisch. »Aber glaubst du wirklich, daß ich so eine bösartige Hexe bin?«

»Nun, so wie Sie mir Angst eingejagt haben«, sagte Westfall, »nahm ich an, daß es besser wäre, wenn ich mich auf das Schlimmste vorbereite.«

»Du hast mich verärgert«, erklärte Ylith. »Keine Frau mag es, wenn sie einfach von ihrer Arbeit fortgerissen, in eine Büchse eingesperrt und einem Mann ausgeliefert wird, als wäre sie eine Handelsware. Hexen sind nun einmal auch nur Menschen, weißt du? Und das gilt auch für die engelhaftesten unter uns. Wir wollen wie Damen behandelt und nicht wie alte Nutten herumgeschubst werden.«

»Jetzt verstehe ich das«, seufzte Westfall. »Aber nun ist es zu spät.«

»Nicht unbedingt«, entgegnete Ylith mit honigsüßer Stimme.

»Wirklich?« fragte Westfall.

»Öffne den Deckel, Westfall. Ich werde dir nicht weh tun. Ich gebe dir mein Wort als Engel. Laß uns einfach sehen, wie wir zurechtkommen.«

Westfall atmete tief durch und öffnete die Büchse.

In einer Rauchwolke sprang Ylith wie die Verkörperung der Hekate aus der Büchse der Pandora heraus.

Westfall schrie. »Sie haben versprochen, mir nicht weh zu tun.«

Von einem Augenblick zum anderen war der Raum vollkommen leer. Westfall befand sich in einer düsteren Ecke des Limbus, und Ylith war in die Luft aufgestiegen, um Michael Bericht zu erstatten. Pandoras Büchse aber war noch immer offen und glänzte matt vor sich hin.

Kapitel 2

Auf die Minute eine Woche nach ihrem ersten Gespräch traf Azzie wieder bei Aretino ein. Aretino hieß den Dämon in seinem Haus willkommen und führte ihn in einen Salon im oberen Stockwerk, in dem sie sich in bequeme Brokatsessel setzten und dem Schauspiel der Lichter Venedigs in den Kanälen zuschauten. Der Dichter kredenzte einen Wein, den er sorgfältig der Gelegenheit angemessen ausgewählt hatte, und ein Diener brachte ihnen Gebäck zur Stärkung.

Sanftblaues Zwielicht lag über der Stadt, das den allgegenwärtigen Hauch der Magie und der Mysterien um ein Hundertfaches verstärkte. Von draußen drang das Lied eines Gondolieres an ihre Ohren: »Ho, was für eine Freude, ein Gondoliere zu sein!« Mann und Dämon lauschten eine Weile schweigend dem Gesang.

Für Azzie gehörte diese Zeit zu den besten seines Lebens. Dies war der erste Augenblick in der Anfangsphase eines neuen Abenteuers. Seine nächsten Worte würden große Veränderungen für viele Leben herbeiführen; Nur Augenblicke trennten ihn davon, seine Befähigung als Antriebsfeder, als übergeordnete Kraft zu erproben. Bald wäre er derjenige, der das Schicksal bestimmte, statt ihm einfach nur ausgeliefert zu sein. Macht und die Erhöhung seiner selbst, das war alles, worum es hier ging.

In Azzies Vorstellung entwickelte sich sein neues Projekt, bis es kurz vor der Vollendung stand. Fast schien es, als wäre alles schon vorbei, kaum daß es erdacht worden war.

Dennoch hatte er nur eine vage Vision von seinem Vorhaben, vage, aber großartig.

Er brauchte einen Augenblick Zeit, um in die Realität zurückzukehren und zu erkennen, daß noch immer alles auf die Vollendung wartete. »Ich bin ungeduldig zu erfahren, was Ihr Euch ausgedacht habt, mein lieber Aretino. Oder seid Ihr womöglich zu der Erkenntnis gelangt, daß Ihr Euch zu einem solchen Stück nicht befähigt fühlt?«

»Ich denke, ich bin der einzige, der diese Arbeit tun kann«, entgegnete Aretino. »Doch urteilt selbst, nachdem ich Euch erzählt habe, welche Legende ich dem Stück zugrunde legen will.«

»Eine Legende? Wie schön!« rief Azzie verzückt. »Ich liebe Legenden. Ist es eine, die ich kenne?«

»Es ist eine Legende über Gott, über Adam und Luzifer.«

»Alles alte Bekannte. Fahrt fort, Pietro.«

Aretino lehnte sich zurück, nippte an dem Wein, um seine Kehle zu schmieren, und begann zu sprechen ...

Adam lag am Ufer eines Baches im Garten Eden, als Gott zu ihm kam und sagte: »Adam, was hast du gerade gemacht?«

»Ich?« Adam setzte sich auf. »Ich liege nur hier und denke gute Gedanken.«

»Ich weiß, daß du gute Gedanken denkst«, erwiderte Gott. »Ich erkunde stets von Zeit zu Zeit, was du gerade tust. Das ist persönliches göttliches Engagement vom allerfeinsten. Aber was hast du getan, bevor du begonnen hast, gute Gedanken zu denken?«

»Ich weiß nicht genau.«

»Versuche, dich zu erinnern. Du warst doch mit Eva zusammen, richtig?«

»Nun, ja, sicher. Das ist doch in Ordnung, oder? Ich meine, sie ist doch meine Frau ...«

»Niemand sagt irgend etwas dagegen, Adam. Ich wollte die Fakten festhalten. Du hast dich mit Eva unterhalten, nicht wahr?«

»Genau, das habe ich. Sie wollte mir irgend etwas erklären, was die Vögel ihr erzählt hatten. Weißt du,

Gott, ganz unter uns: für eine erwachsene Frau hält sie sich ein bißchen viel mit Vögeln auf.«

»Was hast du sonst noch mit Eva gemacht?«

»Wir haben nur über die Vögel geredet. Sie spricht ständig nur über Vögel. Sei ehrlich zu mir. Hat die Frau noch alle beisammen? Ich meine, ist sie normal? Ich habe ja keine Vergleichsmöglichkeiten, weil ich noch nie eine andere Frau getroffen habe. Du hast mir ja nicht einmal eine Mutter gegeben. Natürlich will ich mich nicht beklagen, aber trotzdem, dieses ständige Gerede über Vögel, ich meine, also wirklich.«

»Eva ist nun einmal ganz und gar unschuldig«, erklärte Gott. »Das ist schließlich kein Fehler, oder bist du anderer Ansicht?«

»Nein.«

»Was ist los? Habe ich dich gekränkt?«

»Du? Mich? Sei nicht dumm. Du bist Gott, wie solltest du mich kränken?«

»Was hast du außer Reden sonst noch mit Eva gemacht?«

Adam schüttelte den Kopf. »Ich glaube nicht, daß du das wirklich hören willst. Ich meine, wo steht geschrieben, daß ein Mann schmutzige Dinge im Angesicht Gottes erzählen soll?«

»Ich spreche nicht von der Sache mit dem Sex«, entgegnete Gott verächtlich.

»Wenn du so oder so schon weißt, was ich getan oder nicht getan habe, warum machst du dir dann die Mühe, mich noch zu fragen?«

»Ich will auf etwas Bestimmtes hinaus.«

Adam murmelte etwas so leise vor sich hin, daß Gott ihn bitten mußte, lauter zu sprechen.

»Ich habe nur gesagt, daß du nicht so böse mit mir sein solltest. Schließlich hast du mich nach deinem Ebenbild geschaffen, was erwartest du also?«

»Ach, so denkst du darüber? Und du bildest dir ein, daß die Tatsache, daß ich dich nach meinem Ebenbild geschaffen habe, jegliches Fehlverhalten deinerseits entschuldigt?«

»Na ja, ich meine, schließlich ...«

»Ich habe dir alles gegeben. Leben, Intelligenz, gutes Aussehen, eine niedliche Frau, Vorstellungsvermögen, gutes Essen, ein mildes Klima, einen hervorragenden Literaturgeschmack, Talent zu verschiedenen Sportarten, künstlerische Begabung, die Fähigkeit zu addieren und zu subtrahieren und eine ganze Menge mehr. Ich hätte dich ebensogut mit nur einem Finger auf die Erde setzen und dein ganzes Leben lang bis eins zählen lassen können. Statt dessen gab ich dir zehn Finger und die Befähigung, unendlich weit zu zählen. Das alles habe ich für dich getan, und ich habe nichts weiter von dir verlangt, als dich mit den Dingen zu beschäftigen, die ich dir gab, und du solltest die Finger von all dem lassen, was ich dir verboten habe. Stimmt das oder stimmt das nicht?«

»Ja, das stimmt«, murmelte Adam.

»Ich habe gesagt: ›Siehst du den Baum dort drüben, den wir den Baum der Erkenntnis nennen? Und siehst du den Apfel?‹ Und du hast mir geantwortet, du sähest ihn. Und ich sagte: ›Tu mir den Gefallen und iß diesen Apfel nicht, verstanden?‹ Du hast geantwortet: ›Sicher, Gott, ich habe verstanden, und das ist ja auch keine große Sache.‹ Aber gestern, als du mit Eva zusammen warst, da hast du die verbotene Frucht gegessen oder etwa nicht?«

»Apfel?« fragte Adam in verwundertem Tonfall.

»Du weißt sehr gut, was Äpfel sind«, tadelte Gott. »Sie sind rund und rot und sie schmecken süß, nur solltest du gar nicht wissen, wie sie schmecken, weil ich dir verboten habe, sie zu kosten.«

»Ich habe nie verstanden, warum wir das nicht essen sollten.«

»Auch das habe ich dir erklärt«, schimpfte Gott. »Wenn du dir die Mühe gemacht hättest, mir zuzuhören ... Der Apfel gab dir das Wissen um Gut und

Böse. Das war der Grund, warum du ihn nicht essen solltest.«

»Was ist denn so schlimm daran, wenn wir wissen, was Gut und Böse bedeutet?«

»Hey, jede Art des Wissens ist wertvoll«, entgegnete Gott. »Aber du mußt schon etwas Wissen besitzen, um mit Wissen umgehen zu können. Ich war dabei, dich und Eva freundlich und langsam zu dem Punkt zu führen, an dem ihr die Frucht vom Baum der Erkenntnis hättet essen können, ohne gleich auszuflippen oder zu glauben, daß ihr nun alles wüßtet. Aber Eva hat dich mit dem Apfel in Versuchung geführt, nicht wahr?«

»Es war meine eigene Idee«, sagte Adam. »Gib Eva nicht die Schuld. Sie kennt sich sowieso nur mit Vögeln aus.«

»Trotzdem hat sie dich verleitet, richtig?«

»Vielleicht hat sie das, aber was ändert das? Es gab Gerüchte darüber, daß du gar nicht so böse wärest, wenn einer von uns den Apfel essen würde.«

»Wer sagt das?«

»Ich kann mich nicht erinnern«, behauptete Adam. »Bienchen und Blümchen vielleicht. Eva und ich mußten den Apfel einfach irgendwann kosten. Die Gesetze der Dramatik und der Notwendigkeit sagen, daß nichts, was ist, auf ewig unangetastet bleiben kann. Wir können schließlich nicht für immer im Garten Eden bleiben, nicht wahr?«

»Das könnt ihr tatsächlich nicht«, sagte Gott. »Vielmehr werdet ihr Eden auf der Stelle verlassen, und glaubt nur nicht, daß ihr zurückkehren könntet.«

Und so wurden Adam und Eva aus dem Paradies verbannt. Gott schickte einen Engel mit einem flammenden Schwert, um die Sache zu erledigen, also waren Adam und Eva auch der erste Mann und die erste Frau, die jemals von Staats wegen zwangsgeräumt worden sind.

Adam und Eva sahen sich den Ort, der ihr Zuhause gewesen war, noch einmal lange an, und dann verließen sie ihn für immer. Später lebten sie an vielen verschiedenen Orten, doch keiner davon wurde jemals zu einem Zuhause.

Gerade als sie das Paradies verlassen hatten, bemerkte Adam, daß Eva gar keine Kleider trug.

»Heiliges Kanonenrohr!« rief Adam und starrte Eva an. »Du bist aber mächtig nackt.«

»Genau wie du«, entgegnete Eva.

Beide starrten nun nach Lust und Laune die persönlichsten Körperzonen ihres Partners an, bis sie schließlich in lautes Gelächter ausbrachen. So wurde der erotische Humor erfunden.

Als sie schließlich damit fertig waren, über die Geschlechtsmerkmale des jeweils anderen zu lachen, sagte Adam: »Ich glaube, wir sollten unsere Scham doch lieber bedecken. Wir lassen einfach zu viel heraushängen, falls du verstehst, was ich meine.«

»Komisch, daß wir das nie zuvor bemerkt haben«, sagte Eva.

»Du hast doch außer Vögeln sowieso nichts wahrgenommen«, entgegnete Adam.

»Ich kann mir gar nicht vorstellen, warum«, erklärte Eva.

»Was ist das da vorne?« fragte Adam.

»Wenn ich nicht wüßte, daß das gar nicht sein kann«, antwortete Eva langsam, »dann würde ich behaupten, daß es andere Menschen sein müssen.«

»Aber wie ist das möglich?« rief Adam aus. »Wir sind die einzigen Menschen.«

»Jetzt nicht mehr«, entgegnete Eva. »Wir haben uns über eine solche Möglichkeit schon einmal unterhalten, erinnerst du dich?«

»Natürlich«, stimmte Adam zu. »Jetzt erinnere ich mich. Wir haben festgestellt, daß andere Menschen die Grundvoraussetzung für eine heimliche Affaire sind.«

»Daran mußtest du dich natürlich erinnern«, kommentierte Eva.

»Ich habe allerdings nie mit der Möglichkeit gerechnet, daß Er das tatsächlich tun würde. Ich dachte immer, daß wir die einzigen Menschen bleiben sollten.«

Gott hatte schnell gearbeitet. Am Anfang waren Adam und Eva die einzigen Menschen, doch sie hatten einen Fehler begangen. Sie waren ungehorsam geworden. Also strafte Gott sie, indem er andere Menschen erschuf. Allerdings war es nicht ganz einfach zu verstehen, was Er damit beabsichtigt hatte.

Adam und Eva gingen weiter, bis sie zu einer Stadt und zu einem bestimmten Haus kamen.

Adam fragte die erste Person, die ihnen begegnete: »Wie heißt diese Stadt?«

»Dies ist Nächstbestendorf«, entgegnete der Mann.

»Das ist ein interessanter Name«, stellte Adam fest. »Was bedeutet er?«

»Er bedeutet, daß Eden der beste Ort der Welt ist, aber dorthin kann niemand zurückkehren, als leben wir in Nächstbestendorf.«

»Woher weißt du von Eden?« erkundigte sich Adam. »Ich habe dich dort nie gesehen.«

»Hey, schließlich muß man nicht dort gelebt haben, um zu wissen, daß es ein guter Ort ist.«

Adam und Eva ließen sich in Nächstbestendorf nieder. Bald trafen sie ihren direkten Nachbarn, Gordon Luzifer, einen Teufel, der die erste Anwaltspraxis des Ortes eröffnet hatte.

»Wir glauben, daß wir die Hilfe eines Anwaltes benötigen«, sagte Adam eines Tages zu Luzifer. »Wir sind der Ansicht, daß wir zu Unrecht aus dem Garten Eden vertrieben worden sind. Wir haben beispielsweise niemals einen schriftlichen Räumungsbefehl erhalten, und es gab auch keine ordentliche gerichtliche Anhörung. Außerdem hatten wir keinen Rechtsbeistand.«

»Da seid ihr bei mir an der richtigen Stelle«, sagte Luzifer und führte sie in sein Büro. »Alle Verfehlungen wieder zurechtzurücken ist das Motto der Mächte der

Finsternis, der Firma, für die ich arbeite. Versteht mich nicht falsch, ich will nicht behaupten, daß der Große Bursche nicht in Ordnung wäre. Gott meint es im allgemeinen gut, aber Er ist zu selbstherrlich in diesen Dingen. Ich glaube, wir können diesen Fall vor Gericht bringen. Ich sollte einen Antrag an Ananke richten, deren unverständlicher Rechtsprechung wir alle unterliegen.«

Ananke, die Gesichtslose, widmete sich Luzifers Bitte in ihrem grauen Wolkenzimmer, dessen große Fensterflügel sich zum Meer der Zeit hinaus öffneten, und durch dessen Vorhänge der Wind der Ewigkeit wehte.

Ananke entschied, daß die Vertreibung Adams aus dem Paradies nicht gerecht gewesen sei und er die Erlaubnis erhalten sollte zurückzukehren. Adam war begeistert. Er bedankte sich, bat Eva, auf ihn zu warten, und ging los, um den Garten Eden zurückzugewinnen. Lange Zeit suchte er nach dem Weg zu seinem ehemaligen Paradies, doch er konnte nicht einmal seine eigene Nasenspitze finden; Gott hatte das ganze Gebiet mit absoluter Dunkelheit bedeckt. Adam sprach erneut bei Gordon Luzifer vor und erzählte ihm, was geschehen war. Gordon schüttelte betrübt den Kopf und rief seinen Boß herbei.

»Nun, das ist wirklich nicht fair«, erklärte Satan. »Er versucht, das Urteil zu umgehen. Aber ich werde dir helfen. Hier sind sieben Kerzenhalter mit großen Kerzen, die über magische Eigenschaften verfügen. Benutze sie mit Umsicht, und du kannst dir selbst den Weg zum Paradies zurück leuchten.«

Adam machte sich erneut auf den Weg. Sechs der Kerzenhalter trug er in einem Kamellederbeutel auf dem Rücken, den siebten dagegen hielt er in der Hand. Das unirdische blauweiße Licht der Kerze schnitt mit surrealistisch anmutender Präzision einen Keil in die Düsternis. Dieses Licht bot ihm einen einmaligen Blick auf den vor ihm liegenden Weg, und er schritt kühn voran.

Nachdem er eine Weile mit der Kerze in ihrem edlen

Halter die Dunkelheit zu beiden Seiten durchdrungen hatte, kam er zu einer niedrigen, efeuberankten Mauer in der Nähe eines stillen Sees. Dies schien genau der Ort zu sein, an dem er so oft geruht und geträumt hatte, als er noch im Paradies gelebt hatte. Er blieb stehen und sah sich um. Sofort erlosch die Kerze. »Zum Teufel damit!« fluchte Adam, dem keine härtere Formulierung bekannt war, denn zwischen seinem Dasein und der Geburt wirklich schlimmer Flüche lag noch ein ganzes Zeitalter. Er zog einen neuen Kerzenhalter aus seinem Beutel hervor.

Der Docht entflammte von selbst, und Adam ging weiter. Als die Flamme dieses Mal die Dunkelheit verdrängte, kam er zu einer Bucht, die sich strahlend hell aus dem Zwielicht erhob. In der Ferne sah er eine kleine Insel, und warme Luft umschmeichelte die Szenerie. Wieder blieb er stehen, wieder verlöschte seine Kerze, und Dunkelheit umgab ihn erneut.

Dieser Vorgang wiederholte sich immer und immer wieder. Gottes Dunkelheit verwirrte Adams Geist und zeigte ihm Orte, die für einen Augenblick sein verlorenes Paradies zu sein schienen, doch mit dem Erlöschen der Kerze erkannte er jedesmal seinen Irrtum. Als schließlich die letzte Kerze verlöscht war, fand Adam sich an derselben Stelle wieder, an der sein Weg begonnen hatte. Dort ließ er sich nolens volens nieder.

Nach Adams siebtem Versagen kam Ananke zu dem Schluß, daß es sich in diesem Fall wohl um Vorsehung handeln müsse, womit sie ihr eigenes früheres Urteil außer Kraft setzte. Sie erklärte, daß Adam schon deswegen nicht nach Eden zurückkehren konnte, weil seine Vertreibung das Dharma begründet und das Samsara-Rad in Bewegung gesetzt hätte. Außerdem habe sein Versagen trotz der Unterstützung durch die sieben Kerzenhalter einen der grundlegenden Schlüssel der Möglichkeiten des Universums freigelegt. Anankes Ausführungen zufolge klang es ganz so, als wäre die ganze Welt der fühlenden Wesen auf einem Fehler aufgebaut. Dieser sei gleich zu Anfang begangen worden, als nämlich der Geheimcode zur Regentschaft der karmischen Maschinerie bekanntgegeben worden war. Adam konnte mit Fug und Recht als erstes Opfer göttlicher Weisungen erklärt werden.

Kapitel 3

Mit diesen Worten endete Aretinos Geschichte, und er und Azzie saßen noch lange schweigend in dem inzwischen dunklen Raum. Es war bereits tiefe Nacht, und die Kerzen waren in ihren Zinnhaltern zu winzigen Stummeln niedergebrannt. Endlich rührte Azzie sich wieder und sagte: »Woher habt Ihr diese Geschichte?«

»Nur eine unbekannte gnostische Erzählung«, entgegnete Aretino achselzuckend.

»Ich habe noch nie von dieser Geschichte gehört, obwohl ich als Dämon mehr über theologische Spekulationen wissen müßte als ein Poet. Seid Ihr wirklich sicher, daß Ihr sie nicht selbst erdichtet habt?«

»Würde das einen Unterschied machen?« fragte Aretino.

»Nicht im mindesten! Aus welcher Quelle auch immer diese Geschichte stammen mag, mir gefällt sie. Unser Stück wird von sieben Pilgern handeln, und wir werden jedem von ihnen einen goldenen Kerzenhalter überreichen, dessen Besitz es ihnen ermöglichen wird, sich ihren größten Wunsch zu erfüllen.«

»Wartet einen Moment«, hielt Aretino ihn zurück. »Ich habe nie etwas von goldenen Kerzenhaltern gesagt. Sie sind nicht wirklich. Das ist nur eine Legende, und wenn es irgendwo tatsächlich diese goldenen Kerzenhalter geben sollte, dann weiß ich nicht, ob ihnen irgendwelche Kräfte innewohnen.«

»Das sind doch unwichtige Kleinigkeiten«, entgegnete Azzie. »Ich mag die Geschichte, und wir brauchen die Kerzen für die Inszenierung unseres Dramas. Schlimmstenfalls müssen wir sie eben selbst herstellen. Aber vielleicht liegen sie noch irgendwo herum. Sollte das der Fall sein, dann werde ich sie finden. Wenn nicht, dann wird mir schon etwas einfallen.«

»Was ist mit den Leuten, die sie tragen sollen? Denen, die das Stück aufführen werden?« erkundigte sich Aretino.

»Ich selbst werde sie auswählen«, erklärte Azzie. »Ich suche mir sieben Pilger und gebe jedem einen Kerzenhalter und die Möglichkeit, sich einen Herzenswunsch zu erfüllen. Er – oder sie – muß nichts weiter tun, als den Kerzenhalter an sich zu nehmen; alles andere wird für ihn getan werden. Magisch natürlich.«

»Welche Eigenschaften sollen Eure Pilger mitbringen?« fragte Aretino.

»Oh, keine besonderen. Ich brauche einfach nur sieben Menschen, die sich ohne große Mühe einen Wunsch erfüllen wollen. Solche Leute sollten nicht so schwer zu finden sein.«

»Aber Ihr werdet nicht darauf bestehen, daß sie ihr Ziel durch Beharrlichkeit und Güte erreichen sollen?«

»Nein. Mein Stück wird das Gegenteil von allen Vorstellungen dieser Art beweisen. Es wird den Menschen zeigen, daß jeder nach den höchsten Gütern trachten kann, ohne auch nur einen Finger krumm zu machen.«

»So etwas ist wirklich noch nie dagewesen«, sagte Aretino. »Ihr wollt tatsächlich beweisen, daß Glück und Zufall das Leben der Menschen bestimmen und nicht moralische Bräuche.«

»Genau das ist meine Absicht«, bestätigte Azzie. »Das ist es, worum es beim Bösen geht: zu beweisen, daß der einfachere Weg der bessere Weg ist. Was denkt Ihr über meine Moral, Aretino?«

Aretino zuckte die Schultern. »Zufall bestimmt das Leben? Das ist genau das, was schwache Menschen hören wollen.«

»Sehr schön. Das wird uns viel Publikum bringen.«

»Wenn es das ist, was Ihr wollt, dann habe ich keine Einwände«, erklärte Aretino. »Ob ich nun dem Guten oder dem Bösen diene, es bleibt doch alles, was ich schreibe, bloße Propaganda und bestellte Fürsprache. Schließlich bezahlt Ihr mich für dieses Stück. Ich bin nur der Künstler und akzeptiere Eure Vorgaben. Wenn Ihr ein Stück wollt, in dem grüne Gallensteine Primeln hervorbringen, dann müßt Ihr nur bezahlen, und ich werde es für Euch schreiben. Die große Frage lautet: Wie gefällt Euch meine Idee?«

»Ich liebe sie!« rief Azzie begeistert. »Wir müssen sofort beginnen.«

»Wir sollten uns überlegen, welches Theater wir auswählen wollen. Das hat stets einen Einfluß darauf, auf welche Art ich die Szenen aufbaue. Habt Ihr schon irgendwelche bestimmten Schauspieler im Sinn? Falls nicht, dann könnte ich einige anheuern.«

Lachend lehnte Azzie sich in seinem Sessel zurück, und die tanzenden Flammen im Kamin zeichneten scharfe Schatten über sein schmales Fuchsgesicht. Er strich sich das orangerote Haar zurück und sagte: »Ich habe Euch scheinbar nicht deutlich genug gesagt, was ich vorhabe, Pietro. Mein Stück ist anders als die, die in den Vorhallen der Kirchen aufgeführt werden, oder die, bei denen sich das Publikum auf öffentlichen Plätzen versammelt. Es wird keine bezahlten Schauspieler geben, die einen Text auswendig lernen und mein Werk der Lächerlichkeit preisgeben. Nein! Ich werde mir tatsächlich ganz gewöhnliche Männer und Frauen für dieses Vorhaben suchen, Menschen, deren eigene Hoffnungen und Ängste ihren Rollen Glaubwürdigkeit verleihen werden. Und anstelle einer Bühne mit gemalten Kulissen werde ich ihnen eine Welt geben, in der sie das Drama aufführen können. Meine sieben Pilger werden die Geschichte so spielen, als würden sie sie wirklich leben, was sie selbstverständlich auch tun werden. Das Stück wird davon erzählen, was den Pilgern widerfährt, nachdem ein jeder seinen Kerzenständer erhalten hat, und jeder Pilger wird seine eigene Geschichte aufführen. Es wird so sein, wie das Dekameron, müßt Ihr wissen. Oder wie die Canterbury Tales, nur besser, denn es wird auch das Produkt Eurer Feder sein, mein verehrter Maestro.« Aretino dankte ihm mit einer angedeuteten Verbeugung. »Unsere Schauspieler werden sich verhalten, als sei es ihr wirkliches Leben«, fuhr Azzie fort, »und sie werden nicht wissen, daß es ein Publikum gibt, das übrigens aus uns beiden bestehen wird.«

»Seid versichert, daß ich es ihnen nicht verraten werde«, sagte Aretino. Er klatschte in die Hände, und ein verschlafener Diener brachte ein Tablett mit angetrockneten Appetithäppchen. Aus Höflichkeit gegenüber seinem Gastgeber bediente auch Azzie sich, obwohl er menschliche Nahrung kaum gewohnt war. Er bevorzugte traditionelle Höllengerichte wie kandierte Rattenköpfe und Thoraxeintopf oder eine gut gebräunte Menschenkeule mit viel knuspriger Kruste. Aber er war nun einmal in Venedig und nicht in der Hölle, also mußte er sich mit dem zufriedengeben, was er bekam.

Nachdem sie sich gestärkt hatten, gähnte Aretino, streckte sich und ging zum Badezimmer, um sich das Gesicht zu waschen. Als er zurückkehrte, nahm er ein halbes Dutzend Kerzen aus einem Schrank und zündete sie an. Azzies Augen glühten im Licht der tanzenden Flammen, und sein Fell schien sich elektrisch aufzuladen. Aretino ließ sich wieder ihm gegenüber nieder und sagte: »Wenn Euer Stück aufgeführt wird, wer wird dann das wirkliche Publikum sein? Wo auf dieser Welt wollt Ihr die Zuschauer unterbringen?«

»Mein Stück wird für die Ewigkeit sein«, erklärte Azzie. »Mein Hauptpublikum ist bisher noch nicht einmal geboren worden. Was ich schaffe, Pietro, das ist für die zukünftigen Generationen gedacht, zu deren Erbauung unser Spiel dienen soll. Für diese Menschen arbeiten wir.«

Aretino versuchte praktisch zu denken, was für einen italienischen Herren der Renaissance keine einfache Sache war. Der große, zerzauste Bär von einem Mann beugte sich vor. »Dann werde ich das Stück auch gar nicht wirklich schreiben?« fragte er.

»Nein«, entgegnete Azzie. »Die Akteure werden ihren Text selbst ersinnen müssen, doch Ihr werdet bei allen Vorgängen und Gesprächen Zeuge sein und ihre Reaktionen auf die verschiedensten Ereignisse beobachten. Aus dem, was Ihr dabei erfahren werdet, werdet Ihr dann ein Stück schreiben, das spätere Generationen einst aufführen können. Die erste Aufführung gehört jedoch in das Reich der Legenden, denn so werden Mythen nun einmal gemacht.«

»Das ist ein sehr edles Konzept«, sagte Aretino. »Nehmt es mir bitte nicht übel, wenn ich eingestehe, daß ich mit ein oder zwei Problemen bei der Umsetzung rechne.«

»Benennt sie!«

»Ich gehe davon aus, daß sich unsere Darsteller, ganz gleich wo sie mit ihrer Rolle beginnen, am Ende mit ihren Kerzenhaltern in Venedig einfinden werden.«

»So hatte ich mir das vorgestellt«, antwortete Azzie. »Zuerst möchte ich mich jedoch Eurer Geschichte als Basis für die meine bedienen.« Azzie zog einen kleinen, aber schweren Beutel aus seiner Tasche und übergab ihn Aretino.

»Ich denke, das wird genügen, um Eure ersten Bemühungen angemessen zu entlohnen. Dort, wo das herkommt, gibt es noch mehr. Dafür sollt Ihr mir lediglich die Grundzüge der Geschichte niederschreiben. Und vergeßt nicht: Ihr werdet keine Dialoge schreiben. Unsere Akteure, die ich auswählen werde, werden das selbst erledigen. Ihr werdet zuschauen und zuhören und gemeinsam mit mir als Inspizient und Koproduzent fungieren. Später werdet Ihr anhand der Geschehnisse Euer eigenes Stück zu diesem Thema schreiben.«

»Der Gedanke ist wundervoll, mein Lord. Aber wenn Ihr ein Scheinbild von Venedig aufbaut, das Ihr an andere Orte und andere Zeiten versetzen werdet, wie kann ich dann dabei sein? Wie soll ich unter diesen Umständen all die Vorarbeit leisten, die für eine spätere Aufführung unseres Stückes notwendig ist?«

»Was das angeht«, erklärte Azzie, »so werden Glücksbringer und Talismane dafür Sorge tragen, daß Ihr Euch zu diesem Zweck frei in Raum und Zeit bewegen könnt.«

»Und was geschieht mit Venedig, wenn wir fertig sind?« erkundigte sich Aretino.

»Wir werden unser abgesondertes Venedig wieder in die Zeitschleife zurückführen, in der sich das reale Venedig befindet. Dort wird es sich so perfekt einpassen, wie ein Schatten den Bewegungen seines Verursachers folgt. Von diesem Augenblick an wird unsere Geschichte aufhören, eine reine Privatangelegenheit zu sein. Sie wird zu einem Teil der universellen Legenden werden, und alle in ihr enthaltenen Taten und ihre Konsequenzen werden in die Annalen der Menschheit eingehen.«

»Mein Lord, ich bin unendlich dankbar für die Möglichkeiten, die sich mir als Künstler auf diese Weise eröffnen. Nicht einmal Dante war so viel Glück beschert worden.«

»Dann macht Euch an die Arbeit«, sagte Azzie und erhob sich. »Schreibt mir die Legende von den goldenen Kerzenhaltern sauber nieder. Ich werde bald wieder bei Euch sein, doch in der Zwischenzeit habe ich zu arbeiten.«

Er verschwand.

Aretino blinzelte und fuhr mit der Hand an der Stelle

durch die Luft, an der Azzie sich befunden hatte. Es war nichts weiter da, nur Luft. Aber der Beutel mit Goldstücken, den Azzie ihm gegeben hatte, existierte noch immer und gab ihm ein gutes Gefühl.

Teil 4

Kapitel 1

Azzie war äußerst zufrieden, als er Aretinos Haus verließ. Noch immer ging ihm die Geschichte von Adam durch den Kopf, doch seine feinen dämonischen Sinne teilten ihm mit, daß irgend etwas nicht in Ordnung war.

Das Wetter war noch immer wunderbar. Kleine fedrige Wolken zogen über einen azurblauen Himmel wie von Kinderhand geformte Galeonen aus Schnee. Rund um ihn herum ging Venedig seinen Vergnügungen und Geschäften nach. Schwerbeladene Barkassen voller Kleider und Lebensmittel segelten langsam über den Canal Grande, und ihre lustig bemalten Bootskörper schoben sich langsam durch die Fluten. Eine in glänzendem Schwarz und Silber lackierte Begräbnisgondel zog vorüber. Der Sarg war an ihrem Bug vertäut, und hinter ihm standen schwarzgekleidete Trauergäste still beisammen. Kirchenglocken läuteten. Menschenmassen eilten auf den Promenaden hin und her, und ganz in der Nähe ging ein junger Bursche in Narrenkleidung mit tanzender Geckenkappe und klingelnden Glöckchen vorbei. Zweifellos ein Komödiant auf dem Weg zu seinem Engagement bei irgendeinem Theater. Fünf Nonnen eilten an ihm vorbei, und die weißen Flügel ihrer Kopfbedeckungen sahen aus, als wollten sie sie jeden Moment in die Lüfte tragen. An einem Poller nahe einer Reihe vertäuter Gondeln saß ein großer Bursche in weißer Satinkleidung und einem breitkrempigen Hut, der versuchte, die Szenerie am Kanal mit seinem Zeichenblock und farbiger Kreide einzufangen.

Azzie ging zu ihm hinüber. »So sehen wir uns also wieder.«

Babriel sah auf, und sein Unterkiefer fiel herab.

Azzie ging um ihn herum, um seine Zeichnung zu begutachten.

»Zeichnest du den Ausblick an diesem Ort?«

»Ja. Kannst du es erkennen?«

»Es fällt mir ein wenig schwer«, gestand Azzie. »Diese Linien hier …«

Babriel nickte. »Ich weiß, das ist mir mißlungen. Diese Perspektiven sind so schwer darzustellen, aber ich dachte, ich probiere es einfach mal.«

Azzie kniff die Augen zusammen. »Für einen Anfänger ist es wirklich nicht übel. Ich bin überrascht, dich hier zu sehen. Ich dachte, du wärest in den Himmel zurückgereist.«

»Das war ich auch. Aber Michael hat mich wieder hierhergeschickt, damit ich male und mein Verständnis für die europäische Kunst stärke. Außerdem schickt er dir seine Grüße. Und er hat sich nach dem Wohlbefinden deines Freundes Aretino erkundigt.«

»Woher weißt du von Aretino?«

»Ich sah dich aus seinem Haus kommen. Er ist ein sehr berühmter Mann, obwohl seine Reime kaum den Vorstellungen des Himmels angemessen sind. Er ist auch ziemlich berüchtigt, nicht wahr? Er war in der Hitliste der größten Sünder des Jahres 1523 unter den ersten zehn.«

»Puh!« schnaubte Azzie. »Moralisten sind doch stets voreingenommen gegenüber Schriftstellern, die das Leben lieber so darstellen, wie es ist, anstatt die Darstellung zu verfälschen. Tatsächlich bin ich ein Anhänger Aretinos. Ich habe ihn nur aufgesucht, um ihm zu sagen, wie gut mir seine Arbeit gefällt, das war alles.«

Babriel starrte ihn an. Er hatte sich überhaupt keine Gedanken darüber gemacht, was Azzie bei Aretino gewollt hatte, doch nun hatte Azzie selbst die Aufmerksamkeit des Engels auf diesen Punkt gelenkt, und er begann sich zu fragen, was wohl dahinterstecken mochte. Obwohl Michael vermutet hatte, daß widrige

Dinge vorgehen könnten, hatte Babriel kaum einen Gedanken daran verschwendet. Azzie war sein Freund, und Babriel konnte, wenngleich Azzie auch dem Bösen diente, nicht glauben, daß er wirklich schlecht war.

Nun kam ihm zum ersten Mal der Gedanke, daß sein Freund etwas im Schilde führte, und es an Babriel selbst war herauszufinden, worum es ging.

Nachdem sie sich gegenseitig ihre Wertschätzung bekundet und einander versprochen hatten, bald wieder einmal gemeinsam zu dinieren, trennten sie sich. Azzie ging die Straße hinunter, während Babriel ihm noch eine Weile gedankenverloren hinterherstarrte, ehe er sich wieder seinem Bild zuwandte.

Am frühen Nachmittag ging Babriel zu seinem Hotel zurück. Das vierstöckige, in sich selbst zusammengesackte Gebäude sah aus, als würde es zwischen den angrenzenden Häusern zerdrückt werden. Ein halbes Dutzend Engel wohnte derzeit dort, denn Signor Amazzi, der verbissene, aber würdevolle Eigentümer, räumte denjenigen, die etwas mit Religion zu tun hatten, besondere Rabatte ein. Amazzis Gäste waren lauter wohlanständige, schöne junge Leute, die angeblich aus einem nicht näher benannten Land im Norden kamen. Es wurde zuweilen behauptet, Amazzi wüßte ganz genau, daß es sich bei seinen Gästen um Engel handelt. Andere behaupteten, er glaube nur, daß es Engel seien, womit sie sich auf eine Äußerung Papst Gregors bezogen. Amazzi saß an seinem kleinen Empfangstisch, als Babriel eintrat. »Im Salon wartet jemand auf Euch«, sagte Amazzi.

»Ein Gast! Wie nett!« rief Babriel und eilte hinein, um nachzuschauen, wer es war.

Der Salon war klein aber behaglich. Obwohl er sich einige Fuß unterhalb der Straßenhöhe befand, fiel genug Sonnenlicht durch die hohen, schmalen Fenster herein, was dem Raum etwas von der Atmosphäre einer Kirche gab, ein Effekt, der den Dienern Gottes besonders zusagte. Auf einer Seite des Raumes saß Michael in einem hochlehnigen Stuhl auf der Strohsitzfläche und blätterte in einer Reisebroschüre aus Papyrus, die die Annehmlichkeiten des oberen Ägypten anpries.

Bei Babriels Erscheinen klappte er sie hastig zu und sagte: »Ah, da bist du ja, Babriel! Ich kam nur kurz vorbei, um zu schauen, wie du vorankommst.«

»Oh, sehr gut, Herr«, antwortete Babriel. Er zeigte Michael seinen Malblock und gestand: »Ich komme allerdings immer noch nicht mit den Perspektiven zurecht, Herr.«

»Versuche es weiter«, sagte Michael. »Eigene Erfahrungen mit der schweren Kunst der Malerei sind sehr nützlich, um der unübertroffenen Sammlung von Meisterwerken im Himmel die angemessene Wertschätzung zu zollen. Hast du deinen Freund Azzie wieder getroffen?«

»Das habe ich tatsächlich, Herr. Gerade vor kurzer Zeit sah ich ihn aus dem Hause Pietro Aretinos kommen, der ein wohlbekannter unanständiger Poet und lästerlicher Stückeschreiber ist.«

»Ach, wirklich? Was glaubst du, was das zu bedeuten hat? Nur ein Ausdruck der Bewunderung?«

»Das würde ich jedenfalls gerne glauben«, erklärte Babriel. »Aber seine sonderbare Reaktion, als ich Aretino erwähnte, läßt mich argwöhnen, daß es doch noch andere Gründe geben könnte. Doch andererseits hasse ich es, jemanden böser Absichten zu beschuldigen, Herr, um so mehr, wenn es sich um meinen Freund handelt, auch wenn er ein Dämon ist.«

»Deine Skrupel ehren dich«, sagte Michael. »Andererseits würde ich von einem vollgefiederten Engel auch nichts anderes erwarten. Doch bedenke: Azzie, als ein Diener des Bösen, würde seine Arbeit vernachlässigen, wenn er nicht versuchen würde, mit List und Tücke für das Böse in der Welt einen Vorzug zu erringen. Darum ist es durchaus angemessen, wenn du ihn verdächtigst, verborgenen bösen Machenschaften nachzugehen. Natürlich führt er nichts Gutes im Schilde! Die Frage ist nur, was er vorhat?«

»Was das angeht, habe ich nicht die blasseste Ahnung.«

»Trotzdem fürchte ich, müssen wir es herausfinden. Azzie ist keine unbedeutende Persönlichkeit mehr. Zweimal hat er den Mächten der Finsternis in wichtigen Angelegenheiten gedient. Zuerst war da die Sache mit dem Märchenprinzen und dann die mit Faust, die noch immer die Gerichtsbarkeit Anankes beschäftigt. So wie ich es sehe, dürfte Azzie nun einen recht hohen Stand unter den Ungerechten haben. Es ist also logisch, daß er eine führende Rolle in jenen Stücken spielt, die von Zeit zu Zeit aufgeführt werden, um die Menschheit dem Teufel auszuliefern und sie dazu zu bringen, den Pfad der Verdammnis zu gehen.«

»Mein Freund ist eine so wichtige Persönlichkeit?« fragte Babriel mit vor Staunen weit aufgerissenen Augen.

»So scheint es in zur Zeit zu sein«, bestätigte Michael. »Zumindest täten wir gut daran herauszufinden, was für ein Interesse er an dem gerissenen und ach so vorzüglichen Aretino hat.«

»Ich denke, Ihr habt recht, Herr«, gab Babriel zu.

»Und du, mein Junge, bist genau der richtige Engel für diese Aufgabe.«

»Ich? Ganz bestimmt nicht, Herr! Ihr wißt doch, wie arglos ich bin, Euer Erzengelschaft. Wenn ich versuche, mittels doppelzüngiger Gespräche hinter seine Absichten zu kommen, wird Azzie mich sofort durchschauen.«

»Das weiß ich«, entgegnete Michael. »Deine Treuherzigkeit ist sogar in unseren Kreisen schon legendär. Doch dem kann abgeholfen werden. Du bist genau in der richtigen Position, um ein wenig herumzuspionieren, schließlich befindest du dich bereits in Venedig. Es sollte nicht so schwer sein, die Bekanntschaft Aretinos zu machen. Geh nur zu ihm und behaupte, daß du seine Arbeit schon lange bewundern würdest. Sprich mit ihm, sieh dich in seinem Haus um und achte auf alles, was dir begegnet. Lade ihn zum Essen ein, um ihn weiter auszuhorchen. Die Kosten dafür werden wir unter himmlischen Recherchen verbuchen.«

»Ihr glaubt wirklich, daß es moralisch vertretbar ist, wenn ich einem alten Freund nachspioniere?« hakte Babriel nach.

»Das ist doch völlig klar«, entgegnete Michael. »Schließlich kann man nur einen Freund täuschen, doch ohne Täuschung kann es keine Offenbarung geben.«

Babriel nickte und stimmte unverzüglich Michaels Plänen zu. Erst später wurde ihm klar, daß der Erzengel seine Frage nicht wirklich beantwortet hatte, doch da war es zu spät, sich weitere Gedanken darum zu machen. Einen Freund zu täuschen mochte moralisch verwerflich sein oder nicht, sich den Anweisungen eines Erzengels entgegenzustellen war jedoch ganz bestimmt nicht ratsam.

Kapitel 2

Am folgenden Tage um Punkt zwölf Uhr klopfte Babriel an Aretinos Tür.

Zuerst erhielt er keine Antwort, obwohl er die verschiedensten Geräusche von drinnen hörte. Es war eine sonderbare Mischung aus den Klängen unterschiedlicher Musikinstrumente und menschlichen Stimmen, von denen viele lauthals zu lachen schienen. Er klopfte erneut, und dieses Mal wurde ihm aufgetan. Vor ihm stand ein äußerst schicklich aussehender Diener, von dem Umstand abgesehen, daß seine Perücke schiefsaß.

»Ich möchte Aretino sprechen«, sagte Babriel.

»Ach je, zur Zeit ist hier alles so durcheinander. Könnt Ihr nicht ein andermal wiederkommen?« entgegnete der Diener.

»Nein, ich muß ihn sofort sehen«, erklärte Babriel mit ungewohnt strenger Stimme. Er zwang sich zu dieser Strenge, da erschon bald dem Erzengel Michael von seinen Fortschritten berichten mußte.

Der Diener trat zurück und gestattete Babriel einzutreten. Er führte den Engel in ein Gesellschaftszimmer und sagte: »Seid so freundlich und wartet hier, Herr. Ich werde fragen, ob der Meister Euch empfangen kann.«

Babriel wippte auf den Füßen vor und zurück, ein Trick, mit dem sich Wartezeiten leichter überbrücken ließen, wie er schon vor langer Zeit entdeckt hatte. Er schaute sich in dem Raum um, und sein Blick fiel auf ein Manuskript, das auf einem kleinen Tisch ganz in seiner Nähe lag. Er hatte gerade die Worte: ›Vater Adam‹ gelesen, als es plötzlich laut wurde, und eine Horde Menschen den Raum betrat. Schuldbewußt zuckte Babriel zurück.

Es waren Musiker, die ihre anständigen Gewänder abgelegt hatten und nun hemdsärmelig auf ihren Instrumenten spielten, doch es war keine fromme Musik, die sie spielten, sondern eher eine lebhafte Tanzmusik.

Sie durchquerten den Raum, ohne Babriel eines Blickes zu würdigen. Statt dessen strebten sie einem anderen Zimmer zu, aus dem ein lautes Geplapper, vermischt mit schrillem Kreischen und rauhem Gelächter erklang, das auf allerlei freudespendende Aktivitäten hindeutete. Verstohlen betrachtete Babriel erneut das Manuskript, und dieses Mal gelang es ihm, einen halben Satz zu lesen: ›Vater Adam, der kurz zuvor erst aus dem Garten Eden vertrieben worden war, nachdem er von der Frucht vom Baume der Erkenntnis gegessen hatte . . .‹ Wieder wurde er unterbrochen, nun allerdings von dem glockenhellen Klang mädchenhaften Lachens.

Er sah gerade in dem Augenblick auf, als zwei junge

Maiden in den Raum gelaufen kamen. Beide waren Schönheiten. Eine hatte zerzaustes dunkles Haar, die andere üppige blonde Locken. Sie trugen helle, durchsichtige Kleider, die ihre schlanken Körper umflatterten, während sie einander spielerisch nachstellten. Babriel errötete heftig, als er bemerkte, daß ihre Kleider den Blick auf ihre rosigen Brustwarzen und das rosa Fleisch ihrer Hüften ungehindert freigaben.

Direkt vor ihm blieben sie stehen. »Du da«, rief die Blonde mit einem entzückenden französischen Akzent. »Hast du ihn gesehen?«

»Vom wem sprecht Ihr?«

»Von dem ungezogenen Pietro! Er hat versprochen, mit mir und Fifi zu tanzen.«

»Nein, ich habe ihn nicht gesehen«, entgegnete Babriel und widerstand dem Drang, sich zu bekreuzigen, da er fürchtete, die jungen Damen könnten es als einen Affront werten.

»Er muß hier irgendwo sein«, sagte die Blonde. »Komm, Fifi, laß ihn uns jagen und bestrafen.« Sie bedachte Babriel mit einem Blick jener Art, die ihm Schauder vom Scheitel bis zu den untersten Extremitäten am Ende seiner Füße jagte. »Warum kommst du nicht einfach mit?« fragte sie ihn.

»Oh, nein, nein«, widersprach Babriel. »Man sagte mir, ich solle hier warten.«

»Und du tust wohl stets, was man dir sagt? Wie langweilig!«

Die beiden Mädchen rauschten in den nächsten Raum, zum Flur und außer Sichtweite. Babriel wischte sich den Schweiß von der Stirn und versuchte erneut, in dem Manuskript zu lesen. Diesmal gelang es ihm, den Titel zu erkennen: *Die Legende der sieben goldenen Kerzenhalter.* Dann ließ ihn das Geräusch von Schritten aufschrecken, und er ging ein Stück von dem Tisch weg.

Aretino trat ein. Sein Bart war zerzaust, sein Wams offen und seine Kniehose hing fast bis zu seinen Schienbeinen herab. Auf seinem edlen Leinenhemd prangten Schmutzflecken, wahrscheinlich vom Wein. Er bewegte sich mit einer erheblichen Steuerbordschlagseite, und seine blutunterlaufenen, trüben Augen waren die eines Menschen, der bereits zu viel zu oft gesehen hatte, und doch noch immer mehr sehen wollte. In der Hand hielt er einen halbvollen Weinschlauch, und seine Schritte waren nicht allzu sicher.

Mit einigen Schwierigkeiten gelang es dem Dichter, vor Babriel stehenzubleiben. »Wer zur Hölle seid jetzt Ihr?« verlangte er zu erfahren.

»Ein Schüler«, entgegnete Babriel. »Nur ein armer Schüler aus Deutschland. Ich bin nach Venedig gekommen, um im Sonnenschein Eures Genies zu baden, verehrter Meister, und um Euch zum Essen einzuladen, wenn ich so vermessen sein darf. Ich bin Euer größter Verehrer in dem ganzen Land nördlich von Aachen.«

»Seid Ihr das tatsächlich?« fragte Aretino. »Euch gefällt mein Geschreibe?«

»Gefallen ist kaum das richtige Wort, um meine Empfindungen angesichts Eurer Werke zu beschreiben. Die Menschen nennen Euch den göttlichen Aretino, doch selbst damit ist Euer Genie nicht angemessen geachtet.«

Babriel war von Natur aus kein Schmeichler, doch er hatte genug Erfahrungen in hohen wie niedrigen Kreisen gesammelt, um zu wissen, wie man einen derartigen Kauderwelsch anzuwenden hatte. Er hoffte nur, er würde nicht zu dick auftragen, da ansonsten seine Glaubwürdigkeit auf dem Spiel stand. Doch Aretino fand keine Lobeshymne auf sein Talent zu übertrieben, ganz besonders nicht in seinem derzeitigen Zustand.

»Ihr habt wohlgesprochen, mein Sohn, das versichere ich Euch.« Aretino unterbrach sich, um den aufkeimenden Schluckauf zu unterdrücken. »Gern würde ich mit Euch essen, doch das muß noch warten. Gerade jetzt bin ich mitten in einem Fest, um meinen neuen Auftrag zu feiern. Wo zum Teufel sind meine Gäste? Wahrscheinlich schon oben in den Schlafgemächern, mein Wort drauf. Aber ich bin ihnen auf den Fersen!« Mit diesen Worten stolperte er zur Tür.

»Darf ich Euch fragen, verehrter Meister, welcher Art Euer neuer Auftrag ist? All Eure Anhänger in Europa werden das zu gerne wissen wollen.«

Aretino blieb stehen und dachte einen Augenblick nach. Dann kam er in den Raum zurück, nahm das Manuskript vom Tisch und klemmte es sich unter den Arm. »Nein, nein! Ich habe geschworen, das geheimzuhalten. Aber Ihr und der Rest der Welt werdet staunen, soviel kann ich Euch versprechen. Allein die Ausmaße dieser Sache ... Aber genug geschwatzt.« So ging er dann erstaunlich sicheren Schrittes, abgesehen von ein oder zwei sonderbaren Schlenkern, zur Tür hinaus.

Kapitel 3

Zurück im Himmel begab sich Babriel sogleich in den Vorort, in dem Michaels Halbgeschoßbauernhaus lag. Er stürzte in das hellerleuchtete Studierzimmer des Erzengels, in dem dieser seine Briefmarkensammlung unter einer Tiffanylampe auf einem Rosenholztisch ausgebreitet hatte und sich, bewaffnet mit einer Lupe und einer Pinzette, darüber beugte. Bei der Ankunft des blonden Engels fuhr ein Luftzug durch den Raum, der die Marken lustig in der Luft tanzen ließ. Babriel rettete eine dreieckige Marke aus Kapstadt vor einem Flug aus dem Fenster und sicherte sie mit einem Briefbeschwerer.

»Tut mir furchtbar leid«, murmelte Babriel.

»Sei einfach ein bißchen weniger ungestüm«, entgegnete Michael. »Du kannst dir gar nicht vorstellen, wie schwierig es ist, diese seltenen Stücke von der Erde zu holen, ohne unangenehme Fragen beantworten zu müssen. Kann ich davon ausgehen, daß deine Untersuchung erste Ergebnisse gebracht hat?«

Babriel plapperte über Aretinos Manuskript, dessen Titel und die erste Zeile und darüber, daß der Dichter einen neuen Auftrag feierte, der den Ausmaßen des Festes zufolge ziemlich einträglich sein mußte.

»*Sieben goldene Kerzenhalter*«, resümierte Michael. »Da klingelt überhaupt nichts. Aber laß uns erst den Computer befragen, den die Himmlische Abteilung für moderne Häresie kürzlich eingerichtet hat.«

Er führte Babriel durch die Halle in sein Arbeitszimmer, in dem sich außer dem gotischen Aktenschrank und dem römischen Schreibtisch auch ein Computer-Terminal in dem kubischen Design befand, das zu dieser Zeit als modern galt. Der Erzengel nahm an der Tastatur Platz, setzte sich einen Kneifer auf die Nase und tippte eine Reihe Paßwörter ein. Dann tat er noch einige andere Dinge mit den Tasten, und schon bald zogen Daten in einem rauschenden Strom grüner Buchstaben über den schwarzen Hintergrund des Monitors. Babriel blinzelte, doch der Fluß der Daten überforderte ihn. Michael dagegen schien keinerlei Probleme mit der Geschwindigkeit zu haben. Offenbar konnte er die Informationen ohne Schwierigkeiten lesen, denn bald nickte er und sah auf.

Es hatte vielerlei Bedenken gegen die Einrichtung von Computern im Himmel gegeben. Das schwerwiegendste Argument der Befürworter war, daß es sich doch nur um eine moderne Variante von Steintafeln und Meißeln oder Federkielen handelte, welche ihrerseits zum Gebrauch für die Schilderung heiliger Orte gestattet waren, damit Informationen nicht mehr nur von Mund zu Mund weitergereicht werden konnten. Im Grunde unterschied sich ein Computer auch nicht von den früheren Schreibtechniken, und er hatte zudem den Vorzug, nur wenig Platz zu benötigen, um die Informationen zu bewahren – ganz im Gegensatz zu Steintafeln, die nicht nur furchtbar sperrig waren, sondern überdies eine Verstärkung des Bodens in ihren Lagerstätten erforderlich machten. Auch Schriftrollen, die im Vergleich mit den Steintafeln extrem leicht waren, brachten Probleme mit sich, wobei ihre hohe Empfindlichkeit nicht das geringste davon war.

»Was hat der Computer Euch erzählt?« fragte Babriel.

»Wie es scheint, gibt es eine alte gnostische Legende über Satan, der Adam sieben goldene Kerzen gegeben haben soll, damit er den Weg zurück in den Garten Eden findet.«

»Hat er ihn gefunden?« erkundigte Babriel sich voller Eifer.

»Natürlich nicht!« schnappte Michael. »Denkst du nicht, du hättest davon gehört, wenn ihm das gelungen wäre? Ist dir denn nicht klar, daß die ganze Geschichte der Menschheit auf der Tatsache aufbaut, daß Adam nicht wieder nach Eden zurückgekehrt ist und daher alle Menschen noch immer um die Rückkehr ins Paradies kämpfen?«

»Selbstverständlich, Herr. Ich habe nicht nachgedacht.«

»Wenn unser Feind mit einer Geschichte herumspielt, die in den frühesten Tagen der Schöpfung angesiedelt ist, in der Zeit, in der die grundlegenden Regeln für Interaktionen zwischen Menschen und Geistwesen festgelegt wurden, dann ist das für uns eine Angelegenheit von beachtlichem Interesse. Sieben goldene Kerzenhalter.«

»Haben sie je existiert?« fragte Babriel.

»Vermutlich nicht.«

»Dann können sie doch jetzt auch nicht existieren und uns folglich keine Schwierigkeiten bereiten.«

»Keine voreiligen Schlußfolgerungen«, widersprach Michael. »Mythen sind wahrhaft vertrackte Angelegenheiten. Wenn es diese Kerzen geben sollte, dann können sie in den falschen Händen für eine Menge Ärger sorgen. Das Risiko ist so beängstigend, daß wir vorsichtshalber voraussetzen sollten, daß sie existieren, bis wir das

Gegenteil beweisen können, doch auch dann müssen wir auf der Hut bleiben.«

»Ja, Herr. Aber falls Azzie die Kerzen haben sollte, was wird er dann damit anstellen?«

Michael schüttelte den Kopf. »Das liegt auch für mich noch im Verborgenen, doch bestimmt nicht mehr lange. Ich werde mich persönlich um diese Sache kümmern.«

»Und was ist mit mir, Herr?« fragte Babriel. »Soll ich zurückgehen, um Azzie weiter nachzuspionieren?«

Der Erzengel nickte. »Allmählich begreifst du, worum es geht«, sagte er.

Babriel eilte zurück nach Venedig. Doch eine erste hastige Suche, gefolgt von einer sorgfältigen zweiten, überzeugte ihn davon, daß Azzie nicht mehr in der Stadt war.

Kapitel 4

Azzie war gebieterisch in die Hölle zitiert worden. Sein Kopf schwirrte noch immer, während er in Satans Wohnzimmer in dem weißen Holzhaus stand, in dem der Höllenchef einen Großteil seiner Arbeit zu verrichten pflegte.

Ein Dämon in einem blauen Anzug und einem Ripsbinder kam herein und sagte: »Seine Exzellenz will dich jetzt sehen«, und schon saß Azzie in Satans Privatzimmer. Satans Heim erinnerte an ein Wohnzimmer in einem hübschen Haus in den besten Vororten von Long Island. Hier gab es nichts spezifisch Satanisches, nur Golftrophäen, Jagdgemälde und den Geruch nach feinem alten Leder.

Natürlich besaß Satan all das kunstvolle höllische Zeug wie etwa Folterinstrumente, Aufzeichnungen von schwarzen Messen und das ganze dramatische Drumherum, doch diese Dinge bewahrte er in einem anderen Teil des Hauses auf, den er für offizielle Anlässe nutzte.

Satan war zierlich, hatte feine, hausbackene Gesichtszüge, trug eine Brille und wurde langsam kahl. Selbstverständlich konnte er jede Gestalt annehmen, die ihm gefiel, doch im allgemeinen bevorzugte er ein bescheidenes Auftreten; in diesem Augenblick trug er einen gelben Umhang und ein buntes wollenes Halstuch.

»Ah, Azzie, es ist lange her! Ich habe dich nicht mehr gesehen, seit der guten alten Zeit an der Universität, als du meinen Kurs in der Ethik des Bösen besucht hast.«

»Ja, das waren gute Tage, Boß«, entgegnete Azzie. Satan hatte ihn schon immer sehr beeindruckt, immerhin war er einer der wichtigsten Architekten und Theoretiker des Bösen, und er war über viele Jahre ein Vorbild für alle Dämonen gewesen.

»Nun, gut«, sagte Satan. »Erzähl mir, was mir da über dich und deinen Plan, ein Schauspiel zu inszenieren, zu Ohren gekommen ist.«

»O ja, das habe ich vor«, antwortete Azzie. Er dachte, Satan würde sich über sein Vorhaben erfreut zeigen, denn schließlich sagte er den jungen Dämonen stets, daß sie hinausgehen und etwas Böses tun sollten.

»Ich kam auf den Gedanken, ein unmoralisches Stück zu inszenieren, als ich gerade eines von der anderen Sorte gesehen hatte«, erklärte Azzie. »Wißt Ihr, Boß, unsere Gegner versuchen dauernd nachzuweisen, daß nur gute Taten zu guten Ergebnissen führen. Das ist reine Propaganda und schlicht nicht wahr. Mein Stück wird aufzeigen, wie absurd diese Darstellung ist.«

Satan lachte, doch seine Stimme hatte einen gepeinigten Beiklang, als er fortfuhr. »Ganz so einfach ist das nicht! Das Gegenteil von Gut ist nicht zwangsläufig Böse. Du wirst dich vielleicht erinnern, daß ich das in meinem Kurs in grundlegender infernalischer Logik erklärt habe.«

»Ja, Boß. Ich will das Böse auch nicht so darstellen, daß

die Leute nachher meinen, sie müßten nichts mehr für ihre Erfolge tun.«

»Das hoffe ich doch sehr!« sagte Satan. »Das hat nichts mit Gut und Böse zu tun. Hier geht es lediglich um eine Tatsache, unabhängig davon, ob ein Mensch nun gut oder böse ist.«

»Ja, Boß«, stimmte Azzie zu. »Ich fürchte, so habe ich diese Sache noch gar nicht betrachtet. Aber kann ich denn nicht ein Stück inszenieren, das die gute Seite des Bösen zeigt?«

»Selbstverständlich kannst du das tun! Aber warum benutzt du dazu ein so langweiliges Beispiel? Warum zeigst du den Menschen nicht, daß das Böse clever und äußerst schick ist?«

»Das Böse ist in der Tat äußerst clever und schick. Ich weiß nicht, Boß, ich dachte nur, daß das eine gute Sache wäre. Es ist amüsant, und unsere Gegenspieler sind so furchtbar ernsthaft.«

»Willst du es etwa so darstellen, als seien wir in der Hölle nicht ernsthaft? Ich kann dir versichern, daß das nicht der Fall ist.«

»Das wollte ich damit nicht zum Ausdruck bringen, Boß.«

»Ich an deiner Stelle wäre ziemlich vorsichtig mit solchen Gedanken«, rügte Satan. »Ich möchte dich nicht auffordern müssen, die ganze Sache fallenzulassen. Warum läßt du dein Vorhaben nicht noch eine Weile ruhen, und ich werde versuchen, eine andere Aufgabe für dich zu finden?«

»Ich soll es ruhen lassen, Boß? Aber das kann ich nicht tun. Ich habe schon Leute angeheuert, die daran arbeiten«, widersprach Azzie. »Ich habe Zusagen gemacht. Ich möchte meine Akteure jetzt nicht entlassen und damit wortbrüchig werden. Solange ich nicht eine entsprechende Anweisung erhalte, natürlich.«

»Oh, nein, nein«, sagte Satan. »Ich werde dich nicht anweisen, die Sache zu stoppen. Will mich schließlich nicht der Lächerlichkeit preisgeben, indem ich einen meiner eigenen Dämonen anweise, ein Stück aufzugeben, das die höllischen Aktivitäten lobpreisen soll! Nein, mein lieber Junge, das ist ganz allein deine Entscheidung. Vergiß nur nicht, daß, wenn es nicht so läuft, wie du es naiverweise hoffst, daß, nun, du bist gewarnt worden. Wir haben dich sogar gefragt, ob du es nicht wenigstens ein bißchen verschieben und noch einmal darüber nachdenken kannst.«

Azzie war nach dieser Unterhaltung so verunsichert, daß er ging, ohne seine größte Sorge geklärt zu haben: War die Legende über die goldenen Kerzen wirklich wahr? Aber er ging auch mit dem festen Vorsatz, sein Stück weiterzubringen, und die Person aufzusuchen, von der er glaubte, daß sie ihm als einzige in der Frage nach dem Wahrheitsgehalt der Legende weiterhelfen konnte.

Kapitel 5

Azzie war fest entschlossen herauszufinden, ob die sieben goldenen Kerzenhalter wirklich existierten oder nicht. Für beide Möglichkeiten hatte er sich einen Plan zurechtgelegt: wenn sie existierten, dann würde er sie in dem Stück verwenden, das er zur Erbauung von Menschen und Geistwesen inszenieren wollte; wenn nicht, dann würde er sich auf die Suche nach einem Kunsthandwerker machen, der ihm Reproduktionen anfertigen konnte.

Doch er hoffte, daß sie existierten.

Jedermann in der Hölle wußte, an wen man sich wenden mußte, wenn man eine schnelle Antwort benötigte. Nur ein Mann kam dafür in Frage: Cornelius Agrippa, ein Mann von einzigartiger Wichtigkeit in zurückliegenden Jahrhunderten, der auch in der Renaissance noch für viel Gesprächsstoff sorgte. Er lebte in einer geradezu idealen Sphäre, die weder spirituell noch materiell war, sondern über eine ganz eigene Ausprägung verfügte, die bisher noch nicht definiert worden war. Sogar Agrippa selbst war überrascht gewesen, als diese Sphäre urplötzlich aus dem Nichts erschien, und er hatte bisher nicht die Zeit gefunden, sie in seinem logischen System aufzunehmen.

Dieses System basierte auf Aussagen, die so selbstverständlich waren, daß sie eigentlich offensichtlich sein sollten. Dennoch kam es immer wieder zu sonderbaren Problemen, wenn es um den Nachweis dieser Thesen oder um ihre Anwendung ging: Der Kosmos und alles, was in ihm war, existierte als eine Einheit; wie oben, so unten; und alle Teile waren voneinander abhängig. Daraus folgte aber, daß die Veränderung eines Teiles zugleich die Veränderung anderer Teile nach sich ziehen mußte. Das bedeutete wiederum, daß jedes Zeichen oder Symbol, das für etwas stand, die Wirklichkeit dieses Etwas beeinflussen konnte, weil beides in der großen Einheit, die alle Dinge miteinander verband, identisch war. So weit, so gut. Das Problem lag in dem Versuch, diese Theorie zu beweisen. Wenn es Agrippa auch gelungen war, viele Dinge durch viele andere Dinge zu beeinflussen, so war er doch nicht in der Lage, *alle* Dinge nach seinem Belieben zu beeinflussen. Darüber hinaus hatte er bisher auch den Glück-Faktor nicht bedacht, der gelegentlich all seine Berechnungen scheinbar zufällig über den Haufen zu werfen schien, was in einem planmäßig aufgebauten Universum jedoch nicht möglich sein durfte und folglich einen Grund haben mußte. Mit dieser Sache und einigen weiteren besonderen Problemen beschäftigte sich Agrippa in dem Haus mit dem hohen Giebel, das er in jener Welt bewohnte, die nicht materiell und nicht spirituell war.

»Azzie! Wie schön, dich zu sehen!« rief der Erzzauberer. »Hier, halte das einmal für mich. Ich bin gerade dabei, Gold in einen düsteren Morast zu verwandeln.«

»Ist das wirklich notwendig?« fragte Azzie, während er die Retorte festhielt, die Agrippa ihm gegeben hatte.

»Aber ja, wenn man es später in Gold verwandeln will.«

»Wenn es darum geht, warum verwandelst du es dann erst in Morast?« fragte Azzie. In der Retorte in seinen Händen begann es zu blubbern, und die eben noch klare Flüssigkeit in ihrem Inneren verfärbte sich zu gelblichem Ocker mit grünen Punkten. »Was ist das?«

»Eine unübertreffliche Rachenmedizin«, erklärte Agrippa. Er war nicht ganz mittelgroß, hatte einen mächtigen Philosophenbart, und er trug oft schwarze Hüte wie die Rabbiner, mit denen er manchmal in der Taverne im Limbus zusammentraf, wo sie sich Erfrischungen gönnten und sich in Konversation übten. An diesem Tag war er in einen langen Umhang gehüllt und trug einen großen spitzen Hut mit einer Kupferschnalle auf dem Kopf.

»Warum macht sich ein so überragender Intellektueller wie du die Mühe, eine Rachenmedizin zusammenzubrauen?« fragte Azzie.

»Ich bemühe mich nur, nicht aus der Übung zu kommen«, entgegnete Agrippa. »Was die Sache mit dem Gold angeht, so versuche ich den Prozeß der Verwandlung in schwarzen Morast umzukehren, um später jeden schwarzen Morast zu Gold machen zu können.«

»Das würde dir eine Menge Gold einbringen«, stimmte Azzie beim Gedanken an die Massen schwarzen Schlamms zu, die er in seinem Leben schon gesehen hatte.

»Ganz richtig. Viel Gold ist genau das, was die Menschen wollen. Außerdem ist der Hermetismus vor allem eine humanistische Philosophie. Aber genug davon, was kann ich für dich tun?«

»Hast du jemals etwas von sieben goldenen Kerzenhaltern gehört«, fragte Azzie, »die Satan Adam gegeben hat, damit er den Weg zurück zum Garten Eden suchen konnte?«

»Klingt bekannt. Wo ist meine Eule?«

Nachdem sie gehört hatte, daß sie gerufen wurde, ließ sich eine große weiße Eule mit gefleckten Schwingen von ihrer Sitzstange unter dem spitzen Dach zu ihnen herabgleiten.

»Schnell, hol mir meine Schriftrolle«, befahl Agrippa, und die Eule kreiste einmal durch den Raum, ehe sie zum Fenster hinausflog. Agrippa sah sich einen Augenblick verwundert um, doch dann leuchteten seine Augen erfreut auf, als er die Retorte in Azzies Händen entdeckte.

»Ach, da ist sie. Gib sie mir!« Er beugte sich über das Laborgefäß und schnüffelte daran. »Ja, das müßte genau richtig sein. Und wenn es keine Rachenmedizin sein sollte, dann wird sie gegen Krätze helfen. Ich bin ganz nahe daran, ein universelles Allheilmittel gegen jede Art der Erkrankung zu entdecken. Gut, sehen wir nun nach dem Schlamm.«

Er schaute in den kleinen Ofen, in dem das Gold vor sich hin geblubbert hatte. »Inzwischen ist sogar der Morast verbrannt«, bemerkte er mit gerunzelter Stirn. »Ich könnte es aus dem Gedächtnis wiederherstellen, denn die Doktrin der universellen Korrespondenz postuliert keine unmöglichen Bedingungen, und alles, was die Zunge auszusprechen vermag, das kann der Geist verstehen und die Hand greifen. Aber es ist wohl einfacher, mit neuem Gold noch einmal anzufangen. Hallo, da ist ja meine Eule wieder.«

Die Eule landete auf seiner Schulter. Im Schnabel trug sie eine große Schriftrolle. Agrippa nahm sie ihr ab, und die Eule kehrte wieder auf ihre Sitzstange zurück. Agrippa entrollte das Schriftstück und überflog die Zeilen. »Aha!« rief er. »Hier ist es! Die sieben goldenen Kerzenhalter existieren tatsächlich. Sie lagern mit all den anderen verlorenen Mythen, die die Welt je gekannt hat, im Schloß der Katharer von Krak Herrenium.«

»Wo ist das?« fragte Azzie.

»Im Limbus, angemessen weit südlich vom Null-Meridian des Fegefeuers. Weißt du, wie du dorthin gelangst?«

»Kein Problem«, entgegnete Azzie. »Ich danke dir vielmals.« Und fort war er.

Kapitel 6

Babriel wartete auf Azzies Rückkehr. Der Engel hatte in der Nähe von Aretinos Haus Quartier bezogen. Er hatte nur eine kleine Kammer gewählt, denn er brauchte nicht viel. Außerdem hatte er eine Dienerin engagiert, eine alte Frau mit eingesunkenen Zügen und strahlend schwarzen Augen, so rund wie Knöpfe. Sie kochte die Schleimsuppe der Gerechten für ihn, die Babriel allen anderen Lebensmitteln vorzog. Sie wusch seine Pinsel aus, wenn er von seinen Perspektivenexperimenten heimkehrte, und versorgte ihn auch sonst in jeder Weise.

Babriel hätte Azzies Rückkehr nach Venedig möglicherweise verpaßt, denn der Dämon tauchte mitten in der Nacht plötzlich wie ein Blitz wieder auf und ging direkt zu Aretinos Haus. Doch Agatha, die alte Dienerin Babriels, hatte Wache gehalten und ihre ganze Familie in diese Aufgabe einbezogen. Ihr Vater, Menetlaus, war der erste, der das Aufblitzen des Lichtes am westlichen Nachthimmel bemerkte, und er ging gleich zu Agatha, um es ihr zu sagen. Agatha zündete eine Kerze an und ging durch die dunklen Gassen zu Babriels Quartier. Dort klopfte sie an die Tür und trat ein.

»Der, den Ihr sucht, ist in Venedig, Meister«, sagte sie.

»Endlich!« antwortete Babriel. Er schlüpfte in den

dunkelsten Mantel, den er finden konnte, und ging hinaus.

Er hatte schon viel von den Vorteilen einer List gehört, und beschloß, sich nun selbst einer solchen zu bedienen. Babriel kletterte an Aretinos Pergola hinauf zu einem Fenster im zweiten Stockwerk. Im Inneren des Hauses konnte er Azzie und Aretino sehen, doch er konnte nicht verstehen, was sie sagten. »Zeit für ein Wunder«, murmelte er verärgert, und schon kam ein Glühwürmchen von der Flugübung mit seinen Freunden zu ihm geflogen.

»Wie geht es Euch, mein Herr? Was kann ich für Euch tun?«

»Ich würde gerne wissen, was dort drinnen geredet wird.«

»Dafür bin ich genau der Richtige. Vertraut mir.«

Das Glühwürmchen verschwand, und bald darauf hatte es eine kleine Öffnung im Fensterrahmen entdeckt. Es kam gerade noch rechtzeitig in das Zimmer, um zu hören, wie Azzie sagte: »Ich weiß nicht, wie Ihr dazu steht, Aretino, aber wir werden es versuchen, und zwar sofort!« Im nächsten Augenblick blitzte grelles Licht auf, und Azzie und Aretino waren verschwunden.

Das Glühwürmchen kehrte zu Babriel zurück und erzählte ihm, was es gehört hatte. Daraufhin urteilte Babriel, daß er es wohl mit einer sehr komplizierten Angelegenheit zu tun hatte, denn er verstand absolut nicht, was da vorgehen mochte.

In Aretinos Haus hatte Azzie kurz vor der Ankunft des Glühwürmchens gesagt: »Ich bin nur schnell vorbeigekommen, um Euch zu sagen, daß ich die sieben Kerzenhalter gefunden habe.«

»Habt Ihr? Wo sind sie?«

»Laut Cornelius Agrippa werden sie in einem Schloß im Limbus aufbewahrt. Ich werde den Ort aufsuchen und mich vergewissern, daß sie noch immer verfügbar sind, und dann werde ich sie als Preise aussetzen.«

»Preise?«

»Wirklich, Aretino, allmählich solltet Ihr mich verstehen. Schließlich war die Sache mit den Kerzen Eure Idee. Zumindest aber war es eine Geschichte, an die Ihr Euch erinnert habt, woher auch immer sie stammt. Es gibt sieben von diesen Kerzenhaltern, also werden wir auch sieben Pilger haben, die nichts weiter tun müssen, als sich der Kerzenhalter zu bemächtigen, und schon werden ihre sehnlichsten Wünsche Wirklichkeit. Nun, wie gefällt Euch das?«

»Sehr gut«, antwortete Aretino. »Das ist genau das, was ich mir immer gewünscht habe: etwas in die Hand zu bekommen, das meine Wünsche wahr werden läßt.«

»Und zwar ohne daß Ihr etwas getan habt, um Euch die Erfüllung Eures Wunsches zu verdienen«, stimmte Azzie zu. »Nur aufgrund der Tatsache, daß Ihr Euch im Besitz jenes magischen Objektes befindet. Das ist die Art, wie das Leben verlaufen sollte. Manchmal tut es das sogar. Zumindest wird das die Aussage unseres Stückes sein. Ich werde meinen Kandidaten sagen, daß sie nichts weiter zu tun haben, als einen der Kerzenhalter zu finden, und alle ihre Probleme werden gelöst sein. Voll und ganz.«

Aretino zog die Brauen hoch, doch dann nickte er und murmelte: »Voll und ganz, ja. Aber wie werden sie die Kerzenhalter bekommen?«

»Ich werde jedem Pilger einen Zauber mit auf den Weg geben, und dieser Zauber wird sie zu den Kerzenhaltern führen.«

»Klingt recht gut, soweit ich es beurteilen kann«, sagte Aretino. »Dann gehen wir jetzt also in den Limbus. Ist es weit bis dorthin?«

»Sehr weit, an objektiven Größen gemessen«, entgegnete Azzie. »Aber unsere Art der Fortbewegung wird dennoch nur wenig Zeit verbrauchen. Als Stückeschreiber müßte Euch das interessieren, Pietro. Kein Lebender ist meines Wissens jemals im Limbus gewesen, außer Dante. Laßt uns also aufbrechen«

»Und wenn wir die Kerzenhalter nicht finden?«

»Ich weiß nicht, wie Ihr dazu steht, Aretino, aber wir werden es versuchen, und zwar sofort!« Azzie machte eine kurze Geste, und beide verschwanden.

Aretinos erster Eindruck vom Limbus war enttäuschend. Der ganze Ort war nichts weiter als eine Ansammlung verschiedener Grauschattierungen. Im Vordergrund gab es einige rechteckige Blöcke, die möglicherweise Bäume gewesen waren. Auf einem von ihnen stand Azzie. Aber vielleicht sollten sie auch nur Bäume darstellen. Es war schwer zu erkennen, was an diesem Ort echt war und was nur etwas darstellte.

Hinter den Blöcken waren einige hellere, kleinere, dreieckige Flecken zu sehen, die anscheinend Berge vorstellen sollten. Zwischen den Bäumen und den Bergen gab es einige kreuzschraffierte Gebiete, die alles mögliche bedeuten konnten. Es gab keinen Wind, und das wenige Wasser bildete absolut stilliegende Lachen.

Bald darauf erregte ein kleiner dunkler Fleck am Horizont Aretinos Aufmerksamkeit. Sie bewegten sich direkt auf ihn zu. Fledermäuse kreischten um sie herum, und kleine Nagetiere eilten an ihnen vorbei.

Kapitel 7

Über der Tür des Schlosses von Krak Herrenium war ein Schild angebracht, auf dem stand: *Du, der du hier eintrittst, vergiß den Traum von der Vernunft.*

Leise Musik kam aus dem Inneren des Schlosses. Es

war ein lebendiges Stück, doch auf sonderbare Weise erinnerte es trotzdem an eine Totenklage. Aretino empfand keine wirkliche Angst – es ist nicht schwer für einen Poeten, seine Angst zu unterdrücken, wenn er sich in Begleitung eines Dämons befindet. Dämonen pflegen furchterregender zu sein als die Welt um sie herum.

Gebückt kam ein Mann durch eine niedrige Rundbogentür zu ihnen. Er war groß und kräftig, und er trug einen wogenden Umhang über Schärpe und Jacke. Seine Füße steckten in spitzen Stiefeln. Große, ausdrucksvolle Augen schauten aus einem scharfgeschnittenen, glattrasierten Antlitz, in dem ein Ausdruck machtvoller Raffinesse lag.

Der Mann trat auf sie zu und verbeugte sich. »Ich bin Fatus. Wer mögt Ihr nun sein?«

»Also das ist Fatus' Schloß«, resümierte Aretino. »Wie faszinierend!«

»Ich wußte, es würde Euch gefallen«, sagte Azzie. »Schließlich seid ihr dafür bekannt, stets nach Stoff für eine neue Novelle zu suchen.«

»Nach meinem Geschmack sollten sich Novellen mehr auf Menschen als auf Dinge beziehen«, widersprach Aretino.

Fatus' Augen blitzten auf, als er sagte: »Einen guten Tag wünsche ich Euch, Dämon. Wie ich sehe, habt Ihr einen Freund mitgebracht.«

»Das ist Pietro Aretino«, stellte Azzie vor. »Er ist ein Mensch.«

»Wie reizend.«

»Wir sind hier, weil wir etwas suchen, und ich denke, daß Ihr uns helfen könntet«, erklärte Azzie.

Fatus lächelte und gestikulierte, woraufhin ein Tisch mit drei Stühlen, einer Karaffe Wein und einer Schale Bonbons aus dem Nichts erschien.

»Vielleicht möchtet Ihr einen kleinen Imbiß mit mir einnehmen, während wir die Angelegenheit besprechen?« sagte Fatus.

Azzie nickte und setzte sich.

Sie mampften und sie redeten, und nach einer Weile machte Fatus eine Geste, um ihnen Unterhaltung herbeizurufen. Auf sein Signal hin betrat eine Truppe Jongleure den Raum.

Diese Männer gehörten zu einer Brut, die man rechtmäßig als Manipulatoren bezeichnete, und sie schleuderten verbotene Taten und Repressalien in die Luft, warfen sie einander zu, hoch und runter, rein und raus, und Azzie bewunderte ihre Geschicklichkeit voller Begeisterung.

Schließlich sagte Fatus: »Genug der Illusionen. Was kann ich für Euch tun?«

»Ich habe gehört«, erklärte Azzie, »daß Ihr in Eurem Schloß eine Menge kurioser alter Gegenstände verwahrt.«

»Das tue ich allerdings«, bestätigte Fatus. »Am Ende kommen alle Dinge zu mir, und ich finde einen Raum für sie, worum auch immer es sich handelt. Meistens ist es nur wertloses Zeug, aber manchmal findet sich auch das ein oder andere Schmuckstück darunter. Manchmal sind es Zeugnisse wahrhaftiger Prophezeiungen, und manchmal ist an ihrer Geschichte kein wahres Wort. Ich mache keinen Unterschied zwischen real oder nicht real, verwirklicht oder nicht verwirklicht, sichtbar oder verborgen. Welchen Schatz hofft Ihr zu finden?«

»Sieben goldene Kerzenhalter«, sagte Azzie, »die Satan einst Adam gegeben hat.«

»Ich weiß, was Ihr meint. Ich habe einige Bilder von ihnen, die ich Euch zeigen kann.«

»Ich will nur die Leuchter selbst«, widersprach Azzie.

»Und was bezweckt Ihr mit diesen Kerzenhaltern zu tun, wenn Ihr sie erst einmal habt?«

»Mein lieber Fatus, ich stehe am Anfang einer großen Sache, und diese Kerzenhalter spielen bei meinem Vorhaben eine wichtige Rolle. Doch möglicherweise benötigt Ihr sie für eigene Zwecke.«

»Absolut nicht«, antwortete Fatus. »Ich wäre entzückt, sie an Euch auszuleihen.«

»Ich beabsichtige, diese Kerzenhalter an Menschen zu verleihen, damit sie ihnen ihre sehnlichsten Wünsche erfüllen.«

»Was für eine hübsche Idee«, begeisterte sich Fatus. »Davon sollte es auf der Welt noch viel mehr geben. Wie wollt Ihr diese Sache angehen?«

»Mit der Hilfe von Zaubersprüchen«, erklärte Azzie.

»Zauber!« rief Fatus aus. »Was für ein hervorragender Gedanke! Zauber können alles bewirken.«

»Ja«, bestätigte Azzie. »Das ist das Wunderbare an ihnen. Nun, wenn Ihr erlaubt, dann werden Aretino und ich jetzt die Kerzenständer nehmen, damit wir zur Erde zurückkehren und uns um die Zauberbanne kümmern können.«

Kapitel 8

Azzie versteckte die Kerzenhalter in einer Höhle am Rhein, ehe er nach Venedig reiste, um Aretino dort abzusetzen.

Die nun vor ihm liegende Arbeit, die Beschaffung der Zauber, konnte er besser ohne die Beteiligung eines Menschen erledigen.

Azzie machte sich sofort wieder auf den Weg. Mit Hilfe seiner Saisonkarte für die Geheimen Höllenstraßen bekam er eine direkte Verbindung zu dem Firmament des Flusses Styx. Die Geheime Höllenstraße führte ihn zu dem Großen Zentralbahnhof, in dem alle höllischen Zielorte auf der Anzeigentafel des Teufels selbst bekanntgegeben wurden. Aufblitzende Lichter zeigten an, welche Züge in nächster Zeit abfahren würden. Die lange Reihe der wartenden Dampflokomotiven erstreckte sich, so weit das Auge reichte, und vor jedem Zug stand ein Schaffner, der ungeduldig auf die Uhr sah, während er aus einer braunen Tüte sein Pausenbrot zu sich nahm.

»Kann ich Euch behilflich sein, Herr?«

Ein professioneller Führer von der Sorte, die man auf jedem größeren Bahnhof antreffen konnte, war an Azzie herangetreten.

Der Bursche, ein Kobold, der sich seine Schirmmütze weit über die Stirn gezogen hatte, steckte Azzies Geld ein und brachte ihn zum richtigen Zug.

Azzie hatte noch genug Zeit, den Speisewagen aufzusuchen und einen Espresso zu trinken, bis der Zug den Höllenbahnhof verließ und direkt durch das Land des Bösen zu dem Flußtal schnaufte, in dem sich die Ausgabestelle für Güter aller Art befand. Nach etwa einer Stunde erreichte er sein Ziel.

Es gab nicht viel zu sehen. Der Ort war nichts weiter als ein langweiliges kleines Städtchen mit niedrigen Bauten und einer Vielzahl von Spelunken und Imbißbuden. Direkt hinter den Buden befand sich die Ausgabestelle selbst. Sie lag direkt am Ufer des Styx und versorgte die Bewohner der Hölle mit allem, was sie zur Ausführung ihrer schändlichen Aufgaben benötigten.

Die Ausgabestelle bestand aus einer Reihe riesiger Warenhäuser, die den stets populären Nissenhütten nachempfunden waren. Der Boden, auf dem die Warenhäuser standen, fiel morastig bis zu dem verschlammten Ufer des Styx ab. Abzugskanäle und Entwässerungsgräben führten von den Gebäuden hinab zum Fluß. Sämtliche höllischen Abwässer flossen direkt und ohne jede Reinigung in den Styx, doch das konnte ihn nicht verschmutzen; der Styx war bereits seit seiner Erschaffung mit einer maximalen Gewässerverschmutzung belastet gewesen. Abwässer und Verunreinigungen aus anderen

Quellen erzeugten den paradoxen Effekt, reinigend auf den Höllenfluß zu wirken.

Azzie erreichte das Gebäude, in dem die Zauberbanne verwahrt wurden, und wandte sich direkt an den langnasigen Kobold, der sich hinter dem Ausgabeschalter in ein Comic-Heftchen vertieft hatte. »Was'n für Zauber? Was woll'n Sie damit?«

»Ich brauche Zauberbanne, um Menschen zu sieben Kerzenhaltern zu führen.«

»Klingt doch ganz einfach«, sagte der Verkäufer. »Wie soll'n die Zauber denn arbeiten? Die einfachsten Zauber geben nur die Richtung oder eine Adresse an. Üblicherweise handelt es sich dabei um einen Fetzen von einer Schriftrolle, eine Tonscherbe oder ein Stück von einem ledernen Dokument, auf dem solche Dinge stehen wie: *Gehe direkt zur Kreuzung, dann wende dich nach rechts und gehe weiter, bis du die große Eule erreichst.* So sieht eine typische Richtungsangabe durch einen Zauberbann aus.«

Azzie schüttelte den Kopf. »Ich brauche Banne, die meine Leute zu den Kerzenständern bringen, welche irgendwo in der realen Welt versteckt sein werden.«

»Die angeblich reale Welt, meinen Sie wohl«, brummte der Verkäufer. »Okay, Sie wollen also einen Zauber, der seinem Besitzer nicht nur den Weg weist, sondern auch die Kraft hat, ihn dorthin zu bringen.«

»Genau das«, bestätigte Azzie.

»Wieviel wissen Ihre Leute über Zauberbanne?«

»Ziemlich wenig, nehme ich an«, antwortete Azzie.

»Das hatte ich befürchtet. Soll der Zauber seinen Besitzer auf dem Weg zu den Kerzenhaltern auch noch beschützen?«

»Das kostet dann mehr, richtig?«

»Natürlich.«

»Dann verzichte ich darauf. Sie werden eben ein kleines Risiko eingehen müssen.«

»Gut, dann haben wir also einen Bann mit eingebautem Wegweiser, der sich durch Klappern oder Blitze oder

Gesang oder irgend etwas in der Art bemerkbar macht, sobald sein Besitzer auf dem richtigen Weg ist. Ich vermute, er soll auch anzeigen, wenn sein Halter das Ziel, also den Ort, an dem sich der Kerzenhalter befindet, erreicht hat.«

»Na ja, er sollte schon etwas mehr tun, als nur ein Signal geben«, sagte Azzie. »Ich will, daß meine Leute die Kerzenständer auf jeden Fall finden.«

»Dann sind Sie mit einem zweiteiligen Bann besser bedient.«

»Was soll das sein?« fragte Azzie.

»Is' chaldäisch. Ein Bann, der in zwei Teilen wirksam wird. Der Zauberer – das sind Sie – legt den halben Zauber an einen Ort, den der Empfänger aufsuchen soll. Beispielsweise ein sicherer Ort. Nehmen wir an, der Halter eines halben Zaubers befindet sich in einem Kriegsgebiet, und es wird gefährlich für ihn. Dann muß er nur den halben Bann einschalten, und der wird ihn dorthin schaffen, wo sich die andere Hälfte befindet. Das ist die beste Lösung, wenn es darum geht, jemanden ganz schnell irgendwo rauszubringen.«

»Hört sich gut an«, sagte Azzie. »Ich könnte sieben halbe Banne in der Nähe der Kerzenhalter ablegen, und die anderen sieben Hälften meinen Leuten geben. Dann müssen sie sie nur noch beschwören, und schon sind sie am Ziel.«

»Genau. Gut, wollen Sie auch noch einen Satz magischer Pferde?«

»Magische Pferde? Was um alles in der Welt soll ich mit magischen Pferden anfangen? Sind die notwendig?«

»Eigentlich nicht, aber wenn diese Sache einem Publikum vorgeführt werden soll, dann sorgen magische Pferde für ein besonders beseeltes Schauspiel. Außerdem machen sie die Angelegenheit etwas komplizierter.«

»Aber nicht allzu kompliziert, hoffe ich?« hakte Azzie nach. »Ich weiß nicht, wie intelligent meine Wettstreiter sein werden, aber angenommen, sie sind so wie die meisten Menschen ...«

»Schon verstanden«, entgegnete der Verkäufer. »Die Schwierigkeit durch die magischen Pferde wird leicht genug zu bewältigen sein. Und sie geben jedem Vorhaben einfach mehr Klasse.«

»Na gut, dann schreiben Sie auch noch sieben magische Pferde auf«, sagte Azzie.

»In Ordnung«, entgegnete der Verkäufer und trug etwas in seinem Bestellformular ein. »Schön. Sollen die Pferde über irgendwelche echten magischen Fähigkeiten verfügen?«

»Fähigkeiten welcher Art?«

»Nun, besonders viel Dominanz, Würde, Anmut, die Fähigkeit zu sprechen oder sich in ein anderes Tier zu verwandeln ...«

»Klingt nach kostspieligen Sonderausstattungen.«

»Sie können alles haben, was Sie wollen«, entgegnete der Verkäufer, »vorausgesetzt, Sie bezahlen dafür.«

»Ich nehme sieben magische Pferde ohne irgendeine Sonderausstattung«, orderte Azzie. »Das muß gut genug sein.«

»Gut. Wollen Sie noch irgendwelche Schwierigkeiten zwischen dem Empfang der Halbzauber und dem Auffinden der Kerzenständer einbauen?«

»Nein, die Pferde allein sind schon mehr als genug«, sagte Azzie.

»Okay. Welches Kaliber sollen die Zauberbanne haben?« fragte der Verkäufer.

»Kaliber? Seit wann gibt es bei Zauberbannen Kaliber?«

»Das ist eine neue Regel. Alle Banne müssen unter Angabe des gewünschten Kalibers bestellt werden.«

»Ich weiß nicht, was für ein Kaliber ich brauche«, klagte Azzie.

»Finden Sie es heraus«, entgegnete der Verkäufer.

Azzie drückte dem Verkäufer etwas Geld in die Hand

und sagte: »Jeder Bann muß fähig sein, einen Menschen von einem Handlungsort zum nächsten zu transportieren. Der zweite Handlungsort sollte dabei in einer anderen Sphäre liegen. Außerdem muß der Bann den Menschen zu seinem Bestimmungsort führen können.«

»Dann brauchen Sie aber eher einen doppelläufigen Bann, nicht einen geteilten«, erwiderte der Verkäufer. »So viel können Sie doch nicht von einem ordinären Bann verlangen. Es erfordert viel Energie, die Handlungssphären zu wechseln. Überlegen wir mal. Wieviel werden die Menschen wiegen?«

»Ich weiß es nicht«, sagte Azzie. »Ich habe sie noch nicht getroffen. Sagen wir einfach, sie werden nicht mehr als höchstens dreihundert Pfund pro Person wiegen.«

»Sie brauchen aber das doppelte Kaliber, wenn der Zauber mehr als zweihundertfünfzig Pfund bewegen muß.«

»Dann nehmen wir eben zweihundertfünfzig Pfund. Ich werde schon dafür sorgen, daß keiner von meinen Leuten mehr wiegt.«

»Gut«, sagte der Verkäufer, zog einen Zettel hervor und stellte einige Berechnungen an. »Gehen wir es noch einmal durch. Sie wollen sieben doppelläufige Zauberbanne, von denen jeder einen zweihundertfünfzig Pfund schweren Menschen bewegen kann – sein gesamtes Gepäck inklusive – und zwar an zwei verschiedenen Punkte in zwei verschiedenen Handlungssphären. Da werden Sie wohl einen Zauber vom Kaliber fünfundvierzig brauchen. Welche Marke wollen Sie?«

»Es gibt verschiedene Marken?«

»Glauben Sie es ruhig«, entgegnete der Verkäufer. »Moronia Mark II ist recht gut. Idiota Magnifica Nummer 24 allerdings auch. Meiner Meinung nach gibt es da keinen Unterschied.«

»Dann geben Sie mir einfach irgendeine Marke.«

»Hey, das müssen Sie schon selbst bestimmen, oder soll ich Ihnen etwa alles abnehmen.«

»Ich nehme Idiota Zauber.«

»Idiota ist zur Zeit nicht am Lager. Ich erwarte erst nächste Woche wieder eine Lieferung.«

»Dann nehme ich eben Moronia Zauber.«

»Gut. Füllen Sie das Formular aus, hier und hier. Da müssen Sie unterschreiben, und dort kommen Ihre Initialen hin. Die Initialen brauchen wir, um sicherzustellen, daß Sie persönlich unterzeichnet haben. Okay, das war's«

Der Verkäufer übergab Azzie ein kleines, weißes Paket. Azzie öffnete es und untersuchte den Inhalt.

»Sieht aus wie kleine, silberne Schlüssel«, bemerkte er.

»Das liegt daran, daß Sie Moronias bestellt haben. Die Idiotas sehen anders aus.«

»Funktionieren diese denn genauso gut?«

»Manche Leute meinen, sie wären sogar besser.«

»Danke!« rief Azzie und verließ das Gebäude. Müde machte er sich auf den Rückweg zum höllischen Zentralbahnhof und von dort aus zur Erde. Trotz seiner Müdigkeit war er in Hochstimmung. Er hatte alles, was er brauchte: die Legende, die Geschichte, die Kerzenhalter und die Zauber. Nun mußte er nur noch die Leute suchen, die seine Geschichte erleben sollten, und das würde sicher eine lustige Angelegenheit werden.

Teil 5

Kapitel 1

An einem wunderschönen Junimorgen fuhr ein Vierspänner auf einer unbefestigten Landstraße südlich von Paris um eine Kurve. Das Klimpern des Zaumzeuges begleitete den rhythmischen Hufschlag der Pferde. Von diesen Geräuschen und dem Knirschen der schaukelnden Kutsche abgesehen, war nur das Summen der Zikaden und das laute Brüllen des Kutschers zu hören. »Hüh, lauft zu!«

Es war eine große, gelb und rot bemalte Kutsche, auf deren Bock hinter dem Fahrer zwei Lakaien saßen. Eine ähnliche Kutsche folgte etwa fünfzig Fuß weiter hinten, der wiederum einige Reiter in kurzem Galopp folgten. Ganz am Ende lief ein Dutzend Maultiere hinterher.

Sechs Personen befanden sich in der vorderen Kutsche: zwei Kinder – ein gutaussehender Knabe von etwa neun oder zehn Jahren und seine Schwester, die eine vierzehnjährige Kindfrau mit üppigen roten Löckchen war, und deren Augen keck aus ihrem hübschen Gesicht schauten. Die anderen Personen waren Erwachsene, die sich so bequem wie möglich in der ungemütlichen Enge aneinanderzwängten.

Die Kutsche begann arg zu schlingern. Hätte sich in diesem Moment einer der Reiter neben ihnen befunden, dann hätte er sehen können, daß das rechte Vorderrad sich sonderbar ungleichmäßig bewegte. Der Kutscher konnte das veränderte Fahrverhalten fühlen und zügelte seine Pferde gerade in dem Augenblick, als das Rad sich endgültig löste. Die Kutsche blieb auf der Achse stehen.

Der vorderste Reiter, ein korpulenter, rotgesichtiger Mann, trieb sein Pferd neben das Seitenfenster der Kutsche.

»Hallo! Alles in Ordnung, da drin?«

»Uns geht es gut, Sir«, antwortete der Junge.

Der Reiter beugte sich herab, um in die Kutsche hineinzusehen. Er nickte den erwachsenen Passagieren zu, doch sein Blick ruhte auf Puss.

»Ich bin Sir Oliver Denning von Tewkesbury«, erzählte er ihr.

»Ich bin Miss Carlyle«, antwortete sie. »Dies hier ist mein Bruder, Quentin. Nehmt Ihr auch an der Pilgerfahrt teil?«

»Ganz richtig«, entgegnete der Mann. »Wenn die Herrschaften nun alle die Kutsche verlassen würden, dann werde ich meinem Gefolgsmann Watt sagen, daß er sich um das Rad kümmern soll.« Mit einer Kopfbewegung deutete er auf Watt, einen dunkelhaarigen, kleinwüchsigen Waliser.

»Wir sind Euch zu Dank verpflichtet, mein Herr«, sagte Puss.

»Aber nein«, widersprach Sir Oliver. »Wir könnten die Pause zu einem kleinen Picknick nutzen, während Watt die Kutsche repariert.« Wenn seine Worte auch recht allgemein gehalten waren, so schloß sein leicht verschwommener Blick doch die anderen Fahrgäste nicht mit ein.

Schon vor dem Unfall war Sir Oliver auf Puss aufmerksam geworden; möglicherweise, als sie ihr Taschentuch verloren hatte. Der Anblick ihres üppigen roten Lockenkopfes und ihres Liebreizes war zuviel für ihn gewesen. Männer, auch kampferprobte Krieger, verloren in Puss' Nähe ganz einfach den Verstand.

Nicht weit von der Kutsche entfernt fand die Gruppe ein sonniges, grasbewachsenes Fleckchen, auf dem Sir Oliver eine Decke ausbreitete, die in angenehmer Weise nach Pferd duftete. Ganz offensichtlich war er ein erfahrener Schlachtenbummler, hatte er doch neben Lebensmitteln auch noch Geschirr in seinen Satteltaschen verstaut.

»So gefällt es mir«, sagte Sir Oliver, nachdem sie sich gesetzt hatten und er einen schmackhaft gerösteten Hühnerschlegel in der Hand hielt. »Ach, wie oft habe ich in den letzten Kriegen in Italien auf diese Weise gegessen. Damals wurde mir die Ehre zuteil, mit dem berühmten Sir John Hawkwood zu speisen.«

»Habt Ihr viele Kämpfe erlebt, Sir?« fragte Quentin der Höflichkeit halber, obwohl er bereits davon überzeugt war, daß Sir Oliver den größten Teil seiner Zeit im Zelt des Quartiermeisters verbracht hatte.

»Kämpfe? O ja, eine ganze Menge«, behauptete Sir Oliver. Er erzählte von dem Klirren der Waffen auf den Schlachtfeldern außerhalb Pisas, als ob im Grunde jeder davon wissen müßte. Außerdem deutete er an, auch an anderen Kampfhandlungen in und um verschiedene Städte Italiens beteiligt gewesen zu sein, die er als verzweifelte Schlachten bezeichnete. Quentin hatte seine Gründe, an den Worten des Mannes zu zweifeln. Sein Vater hatte ihm erzählt, daß die Kriegführung in Italien größtenteils aus öffentlichem Kriegsgeheul und verschwiegenen persönlichen Verhandlungen bestand, in denen darüber entschieden wurde, ob eine Stadt fallen oder auf einen Sieg verzichtet werden sollte. Er erinnerte sich auch, daß dies vor allem auf die Strategie der Italiener gegenüber freien Händlertruppen zugetroffen hatte, nicht aber auf die Konflikte mit den Franzosen. Doch Sir Oliver erwähnte die Franzosen überhaupt nicht. Er sprach nur von den Colonnas, den Borgias und Medicis und ähnlichen Unbekannten. Sir Oliver erzählte Geschichten über frühmorgendliche Kämpfe, bei denen eine Gruppe Krieger einen feindlichen Trupp mit Schwert und Lanze überfiel. Er sprach von mitternächtlichen Wachen im noch immer von den Sarazenen beherrschten Süden Italiens und erzählte von plötzlichen verzweifelten Attacken auf kleine, ummauerte Städte, in denen der Tod in Form von siedendem Fett und geschmolzenem Blei von oben zu kommen pflegte.

Sir Oliver war ein kleinwüchsiger, untersetzter Mann von der Statur eines Holzklotzes mit einer beginnenden Glatze. Er war weder alt noch jung und hatte die Angewohnheit, seinen Worten durch ein bekräftigendes Kopfnicken Nachdruck zu verleihen, und immer wenn er das tat, begann sein Spitzbart zu wackeln. Seine besonders grausamen Schilderungen pflegte er mit einem entschiedenen Räuspern zu unterstreichen. Puss, die stets zu allerlei Unfug aufgelegt war, hatte angefangen, ihn nachzuahmen, und Quentin konnte sich das Lachen kaum mehr verkneifen.

Endlich kam Watt zu ihnen und erklärte, das Rad sei wieder befestigt. Sir Oliver dankte ihm und sagte, er sei hocherfreut, ehe er mit mannhafter Bescheidenheit die Danksagungen der Fahrgäste entgegennahm. Er sagte, er ginge davon aus, daß sie einander noch oft sehen würden, da sie sich schließlich alle auf Pilgerfahrt nach Venedig befänden, wobei er einfach davon ausging, daß sich ohnehin jedermann glücklich schätzen könnte, die Gesellschaft eines so berühmten und gewandten Kriegers zu genießen. Puss versicherte ihm in dem würdevollsten Ton, dessen sie fähig war, daß ein jeder seine Gegenwart willkommen hieße, schon allein deswegen, weil sie möglicherweise noch ein weiteres Mal seine Dienste in Anspruch nehmen könnten, falls es erneut zu einem Radbruch käme. Sir Oliver erkannte die Ironie ihrer Worte nicht, da er die Aufgabe des Radwechselns tatsächlich zu seinen Pflichten zählte. Er dachte nicht einmal darüber nach, warum Puss und Quentin und einige der anwesenden Damen ein simultanes Hüsteln anstimmten.

Später an diesem Tag traf der Pilgerzug endlich auf die Nonne, die mit ihnen reisen sollte, aber nicht am vereinbarten Treffpunkt erschienen war. Auf einem Zelter kam sie zu ihnen geritten, gefolgt von einem Diener auf einem Maultier, der in einem Käfig ihren Falken hinter ihr her transportierte. Die Kutsche hielt an, und nach einer eiligen Lagebesprechung wurde der Nonne ein Sitzplatz freigemacht.

Schwester Joanna war die Mutter Oberin eines Ursulinenklosters in der Nähe von Gravelines in England. Ihr Familienname lautete Mortimer, und sie sorgte dafür, daß jeder von ihrer Verwandtschaft mit den angesehenen Mortimers aus Shropshire erfuhr. Ihr Gesicht war groß, breit und sonnengebräunt. Überall, wo sie hinging, nahm sie ihren Falken mit, und sie versäumte unterwegs keine Gelegenheit, um den Vogel freizulassen, sobald eine passende Beute auftauchte. Wenn er dann eine blutüberströmte und zerfetzte Maus zurückbrachte, dann klatschte sie in die Hände und sagte: »Gut gemacht, Mistress Swiftly«, denn das war der Name des Falken. Quentin konnte es kaum ertragen, ihr zuzuhören, wenn sie mit ihrer piepsigen Stimme auf den Vogel einredete. Schließlich befürchtete er, jeden Augenblick in haltloses Gekicher ausbrechen zu müssen. Irgendwann überredeten einige Damen und Herren aus der Reisegesellschaft die Nonne, den Falken samt des Dieners oben auf der Kutsche mitfahren zu lassen. Von diesem Zeitpunkt an schmollte Mutter Joanna, bis sie am Waldrand einen Hirsch entdeckte. Sofort versuchte sie die anderen Pilger zu einer improvisierten Jagd zu überreden, doch sie hatten keine Hunde dabei, abgesehen von einem kleinen Mops, doch der hätte sich kaum gegen eine Ratte durchsetzen können.

Die Reisegesellschaft erfuhr, daß Mutter Joanna nicht nur eine Mortimer war, sondern überdies die ältere Schwester jener Constance, die den Marquis de Saint Beaux geheiratet hatte, der eine überaus gute Partie war.

Sie selbst jedoch hatte nicht heiraten wollen, was Puss anzweifelte. Puss teilte später Quentin ihre Vermutung mit, daß sich vermutlich trotz ihres Standes und ihres berühmten Namens kein Mann gefunden hatte, der die Nonne hätte heiraten wollen. Jedenfalls hatte sie irgendwann ihren Vater dazu überredet, sie an die Spitze eines Nonnenklosters zu setzen. Sie betonte ihre ausdrückliche Zufriedenheit mit dem Kloster in der Nähe von Gravelines, denn die dortige Jagd war unübertrefflich, und auch der Wald stand voll und ganz zu ihrer Verfügung. Außerdem, so sagte sie, waren die Nonnen dieses Klosters alle aus guten Familien, und es würde ihr niemals an einer standesgemäßen Konversation fehlen.

Und so ging ein langer Tag seinem Ende zu.

Kapitel 2

Sir Oliver lehnte sich auf dem Sattel zurück und sah sich um. Noch immer befanden sie sich im offenen Land. Sanft gerundete Hügel zogen sich zu ihrer Linken über viele Meilen dahin. Rechts sprudelte ein rasch dahinfließender Strom.

Vor sich sah Sir Oliver die ersten Ausläufer eines beginnenden Waldgebietes.

Doch da war noch etwas, etwas, das sich bewegte, ein roter Fleck, der den Hügel herabkam und etwa nach einer weiteren Reisemeile mit dem Pilgerzug zusammentreffen würde.

Mutter Joanna ritt auf ihrem besonders braven Braunen neben ihn. »Was ist los?« fragte sie. »Warum haben wir angehalten?«

»Ich wollte mir nur einen Überblick über das Land verschaffen, ehe wir hineinstolpern«, erklärte Sir Oliver.

»Wir haben doch genug Schutz«, entgegnete Joanna.

»Diese vier Armbrustschützen, die wir von unserem Proviant durchfüttern.«

»Ich traue ihnen nicht ganz«, sagte Sir Oliver. »Kerle wie diese haben eine Neigung dazu, sich beim ersten Anzeichen für Schwierigkeiten sofort aus dem Staub zu machen. Mir wäre es lieber, wenn der Ärger sich zuerst zu erkennen gibt.«

»Das ist lächerlich«, tadelte Joanna. »Tausend Ganoven könnten sich direkt neben der Straße im Wald verstecken, und wir würden sie nicht wahrnehmen, solange sie das nicht wollen.«

»Ich sehe mich trotzdem erst einmal um«, beharrte Oliver. »Da vorn kommt jemand auf uns zu.«

Joannas Blicke suchten die Straße ab. Aufgrund ihrer Kurzsichtigkeit dauerte es eine Weile, bis sie den roten Fleck als Mann identifiziert hatte.

»Woher kommt der Bursche?« fragte sie halb an sich selbst gewandt.

»Ich weiß es nicht«, antwortete Sir Oliver. »Aber er kommt auf uns zu, also werden wir es vermutlich gleich erfahren.«

Still saßen sie auf ihren Pferden, während der Reiter sich ihnen näherte. Der Pilgerzug erstreckte sich hinter ihnen über die Straße, zwei Kutschen, vier zusätzliche Pferde und zwölf Maultiere, um die dreißig Mitglieder der Reisegesellschaft zu befördern. Manche waren in Paris zu ihnen gestoßen, wo sie eine kurze Pause eingelegt hatten, um sich mit Proviant zu versorgen. Dort hatten sie auch die vier Armbrustschützen aufgelesen, Veteranen der italienischen Kriege, die von einem Sergeanten namens Patrice angeführt wurden. Patrice hatte ihnen erklärt, daß er und seine Männer gegen einen bescheidenen Lohn bereit wären, die Pilger auf der gefährlichen Reise durch das von Banditen nur so wimmelnde südliche Frankreich zu beschützen.

Die Pilger bildeten keine allzu verträgliche Gruppe. In Paris hatten sie sich einen ganzen Abend darüber gestritten, welche Route sie auf ihrer Reise nach Venedig einschlagen sollten. Einige hatten sich dafür ausgesprochen, die Berge ganz zu umgehen und den bequemeren Weg mitten durch Frankreich zu wählen, doch damit waren die Engländer nicht einverstanden gewesen. Für einen Engländer kam diese Route ganz einfach nicht in Frage.

Die Mehrzahl der Pilger wollte der östlichen Route durch Burgund folgen, die sich später am Westufer der Rhône bis zu den düsteren Wäldern von Languedoc zog, die sie dann durchqueren mußten, um Roussillon zu erreichen. Die Anhänger dieses Planes hatten sich durchgesetzt, und bisher hatte es auch noch keine Zwischenfälle gegeben. Dennoch blieben die Pilger wachsam, denn in diesem verfluchten Land konnte alles mögliche geschehen.

Der einsame Reiter näherte sich ihnen im Trab. Gekleidet war der Bursche mit einem scharlachroten Wams, und über seinen Schultern hing ein Umhang aus dunkelrotem Stoff mit purpurfarbener Stickerei. Seine Füße steckten in weichen, braunen Lederstiefeln, und auf seinem Kopf saß eine grüne Filzkappe, auf der eine einzelne Adlerfeder steckte. Er ritt nun direkt auf sie zu und hielt an, als er sie erreicht hatte.

»Einen guten Tag!« rief Azzie und stellte sich selbst als den Venezianer Antonio Crespi vor. »Ich bin Händler und komme aus Venedig«, sagte er. »Ich reise quer durch Europa, um unseren hervorragenden venezianischen Goldbrokat zu verkaufen. Die Händler im Norden sind sehr an meiner Ware interessiert. Erlauben Sie mir, Ihnen ein Muster zu zeigen.«

Azzie hatte sich auf diese Begegnung vorbereitet, indem er einem echten venezianischen Händler seine Ware abgenommen und ihn zwar ohne Stoff, dafür aber glücklich und mit einem Beutel Rotgold nach Hause geschickt hatte.

Sir Oliver erkundigte sich, woher Sir Antonio gekommen wäre, da er scheinbar aus dem Nichts erschienen sei. Azzie erklärte ihm, daß er eine Abkürzung benutzt hätte, die ihm eine Reise über viele zusätzliche Meilen ersparte. »Ich reise ständig zwischen Venedig und Paris hin und her, da wäre es doch sonderbar, wenn ich nicht über alle Abkürzungen und sicheren Wege dieser Gegend Bescheid wüßte.«

Azzie setzte sein freundlichstes Lächeln auf. »Sir, wenn es nicht zu vermessen ist, so möchte ich Euch fragen, ob ich mich Eurer Reisegesellschaft anschließen darf. Für einen einzelnen Reisenden ist die Gegend hier außerordentlich gefährlich. Außerdem könnte ich Eurer Gesellschaft nützlich sein, Euch meine Waffe leihen und Euch auf den schwierigen Wegen, die vor uns liegen, führen. Proviant für die Reise habe ich selbst genug, und ich würde Euch gewiß nicht zur Last fallen.«

Oliver sah Joanna an. »Was denkt Ihr, Mutter Joanna?« fragte er.

Sie maß Azzie mit einem harten, kritischen Blick von Kopf bis Fuß. Azzie, der schon oft genug angestarrt worden war, lehnte sich bequem im Sattel zurück, die Hand lässig auf den Knauf gelegt. Wenn sie ihn nicht in ihrem Pilgerzug aufnehmen würden, dann mußte er sich eben etwas anderes einfallen lassen. Wenn es darum ging, ein Ziel zu erreichen, zeichneten sich alle Höllenbewohner durch einen enormen Einfallsreichtum aus.

»Ich habe keine Einwände«, stimmte Mutter Joanna schließlich zu.

Gemeinsam ritten sie zu den Kutschen zurück, wo Oliver den Fremden vorstellte. Azzie nahm eine Position an der Spitze des Pilgerzuges ein, die ihm ja auch aufgrund seiner Behauptung, sich in dieser Gegend auszukennen, gebührte. Für eine Weile ritt Sir Oliver neben ihm.

»Wie sieht die Gegend vor uns aus?« erkundigte sich Oliver.

»Wir kommen jetzt bald in einen dichten Wald, der uns für die nächsten fünfzig Meilen umgeben wird«, erklärte Azzie. »Wir werden heute nacht zwar im Wald lagern müssen, aber dort sind schon seit etwa einem Jahr keine Räuber mehr gesehen worden, also müßten wir dort einigermaßen sicher sein. Morgen abend werden wir ein Gasthaus erreichen. Es ist ein sehr gutes Haus mit einer besonders anständigen Küche, das von Ordensbrüdern betrieben wird.«

Sowohl Oliver als auch Joanna waren über diese Neuigkeiten außerordentlich erfreut. Es war ein gutes Gefühl zu wissen, daß ein ordentliches Mahl und ein warmes Bett auf sie warteten. Hinzu kam, daß sich Antonio als amüsanter Begleiter entpuppte. Der junge, rothaarige Händler hatte allerlei Geschichten über das Leben in Venedig und am Hof des Dogen zu erzählen. Manche seiner Geschichten waren ein wenig sonderbar und andere ausgesprochen frech, doch das machte sie nur um so belustigender. Einige erzählten von den merkwürdigen Taten der Dämonen und Teufel, die Venedig, wie man sagte, besonders gern besuchten.

So nahm ein weiterer langer Tag seinen Lauf. Die Sonne kroch langsam über den Himmel und beeilte sich nicht, ihre Runde zu vervollständigen. Kleine weiße Wölkchen bewegten sich in ihrer Folge wie kleine, luftige Schiffchen, vertäut am Hafen des Sonnenuntergangs. Eine seichte Brise rauschte durch die Baumkronen. Die Pilger setzten ihren Weg auf dem überwucherten Waldweg gemächlich fort. Sie hatten es nicht eilig, denn an einem Tag, an dem die Zeit sich mit der Bedachtsamkeit der Ewigkeit fortentwickelte, konnte es keine Hetze geben.

In dem Wald herrschte eine vollkommene, unnatürliche Stille. Außer dem Klimpern des Zaumzeuges und den gelegentlichen Gesängen der Armbrustschützen gab es keinerlei Geräusche. Endlich erreichte die Sonne den Zenit und begann sich unendlich langsam auf den

Abstieg zur anderen Seite des Himmels zu begeben. Die Karawane zog immer tiefer und tiefer in den riesigen Wald hinein, in dem das strahlende Tageslicht mit grünen Schatten gesprenkelt war. Die Pilger in den Kutschen fielen langsam in Schlaf, und jene auf den Rücken der Pferde sackten über den Zügeln in sich zusammen. Eine Damhirschkuh rannte vor den vordersten Pferden auf den Weg und verschwand schließlich in einer sanften braun-weiß-beigen Farbexplosion im Blätterwerk auf der anderen Seite des Pilgerzuges. Mutter Joanna gab zwar ein Zeichen, doch nicht einmal sie selbst vermochte die Energie zur Jagd aufzubringen. Die ganze Natur, einschließlich der Menschen, die sie durchquerten, schien unter der sanften Verzauberung des Waldes gefangen zu sein.

So ging es weiter, bis es fast Abend war. Als sie schließlich auf eine grasbewachsene Lichtung stießen, erklärte Azzie, daß sie nun besser rasten und die Nacht an dieser Stelle verbringen sollten, weil der Weg vor ihnen schwieriger werden würde. Die Pilger folgten seinem Vorschlag nur allzu gerne.

Die Lakaien erlösten die Pferde aus ihrem Geschirr und führten sie zu einem kleinen Bach ganz in der Nähe, um sie zu tränken. Die Pilger verließen die Kutschen, und die Berittenen stiegen von ihren Pferden ab und banden sie fest. Die Erwachsenen bereiteten die Nachtlager, während die Kinder auf Puss' Betreiben hin mit einem Fangspiel begannen.

Azzie und Sir Oliver gingen zum Waldrand, an dem eine umgestürzte Eiche ihnen ausreichend Feuerholz bot. Sie sammelten Äste und Zweige ein, und schließlich beugte Oliver sich herab und versuchte, mit Feuerstein und Zunder ein Feuer zu entfachen. Er hatte die Kunst des Feueranzündens nie besonders gut beherrscht, doch das traf vermutlich auch auf alle anderen Mitreisenden zu. Oliver war jedenfalls zu stolz, um Sir Antonio um hilfe zu bitten.

Funken flogen in den trockenen Zunder, doch sie erloschen fast augenblicklich wieder. Ein erstaunlich starker Wind wehte im Widerspruch zu den Naturgesetzen über dem Waldboden. Oliver versuchte es wieder und wieder, doch der tückische Wind brachte all seine Mühen zum Erlöschen. Je mehr er sich bemühte, desto weniger Erfolg erzielte er. Die Brise am Waldboden verhielt sich beinahe, als hätte sie einen eigenen Willen: Als Oliver endlich ein kleines Feuer zustandegebracht hatte, lebte der Wind plötzlich auf und blies die Flammen aus einer anderen Richtung aus.

Fluchend stand er auf und versuchte, seine schmerzenden Knie zu entlasten. »Gestattet Ihr, daß ich das für Euch erledige?« fragte Azzie.

»Aber gerne«, entgegnete Oliver und hielt ihm den Feuerstein hin.

Azzie beachtete ihn gar nicht. Mit dem Handballen der linken Hand rieb er sich den Zeigefinger der rechten, dann zeigte er mit diesem Finger auf den Zunder. Ein dünner Strahl blauer Flammen löste sich von seiner Fingerkuppe und flog auf den Zunder zu. Dort verharrte er einen Augenblick, und als er verschwunden war, flackerte eine kleine Flamme auf dem Holzstoß. Keine Brise brachte sie zum Erlöschen. Es war, als hätte der Wind seinen Meister gefunden.

Sir Oliver versuchte zu sprechen, doch kein Wort kam über seine Lippen.

»Ich wollte Sie nicht erschrecken«, sagte Azzie. »Das ist nur ein kleiner Trick, den ich im Orient erlernt habe.«

Er sah Sir Oliver in die Augen, und der Krieger erkannte die kleinen roten Flämmchen, die in Azzies Pupillen tanzten.

Azzie wandte sich ab und ging zu den Kutschen zurück.

Kapitel 3

Azzie suchte Mutter Joanna auf, als diese gerade dabei war, das kleine Zelt aufzubauen, das sie auf Pilgerfahrten mit sich zu führen pflegte. Es bestand aus gebleichter, grün gefärbter Baumwolle, die sich wunderbar in das Grün des Waldes einfügte. Befestigt wurde das Zelt mit Bambusstäben und einem Gewirr aus Schnüren, mit denen es am Boden verankert wurde. Joanna rang gerade mit einem Bündel stark verschlungener Schnüre, das sich zu einem Knäuel von der Größe eines Ziegenkopfes verwickelt hatte und all ihren Mühen mit der dem gemäßen Bockigkeit widerstand.

»Dieses Knäuel zu entwirren ist eine Arbeit für den Teufel«, erklärte sie.

»Nun, dann laßt es mich einmal versuchen«, entgegnete Azzie erfreut.

Sie reichte ihm das Bündel Schnüre. Azzie streckte den linken Zeigefinger aus und pustete ihn an; sein Zeigefinger verfärbte sich kanariengelb, nur der Fingernagel verwandelte sich in eine stahlgraue Kralle. Mit dieser Kralle tippte Azzie gegen das Bündel, woraufhin ein feuriger grüner Nimbus es für einen Moment umtanzte. Als er erlosch, warf Azzie das Bündel Schnüre zu Mutter Joanna zurück. Noch bevor sie es auffangen konnte, lösten sich die Schnüre wie von Geisterhand voneinander und fielen zu Boden. Sie bückte sich und sammelte die Schnüre auf, die gerade noch derart unentwirrbar miteinander verschlungen gewesen waren, daß sie dem gordischen Knoten hätten Konkurrenz machen können.

»Wie um alles in der Welt . . .«, begann sie.

»Ein Trick der Fakire, den ich auf einem orientalischen Basar kennengelernt habe«, erklärte Azzie grinsend. Sie starrte ihn an und sah die kleinen roten Flammen, die in seinen Augen flackerten. Erleichtert atmete sie auf, als Azzie pfeifend von dannen ging.

Später an diesem Abend hatten sich die Pilger am Feuer versammelt. Nur Azzie fehlte. Er hatte vorgegeben, sich vor der Nachtruhe noch durch einen kurzen Waldspaziergang entspannen zu wollen. Oliver und Mutter Joanna hatten sich ein wenig abseits der anderen niedergelassen, und es war zweifelsfrei erkennbar, worüber sie sprachen.

»Dieser fremde Bursche«, sagte Oliver. »Was denkt Ihr über ihn?«

»Er ist irgendwie erschreckend«, entgegnete die Äbtissin.

»Ja«, stimmte Oliver zu. »Er hat etwas Unheimliches an sich, nicht wahr?«

»Allerdings. Es ist gerade eine Stunde her, da hatte ich ein Zusammentreffen mit ihm, das mich nachdenklich gemacht hat.«

»Ich auch!« rief Sir Oliver aus. »Als es mir nicht gelungen ist, das Feuer anzuzünden, hat er es gemacht – mit seinem Zeigefinger!«

»Mit seinem Zeigefinger und was noch?« fragte Joanna.

»Nichts. Er zeigte auf das Holz, und es fing an zu brennen. Er behauptete, es sei ein alter Trick, den er im Orient gelernt hätte, aber ich denke, es war Schwarze Magie.«

Mutter Joanna starrte ihn einen Augenblick mit großen Augen an, ehe sie ihm von ihrem Erlebnis mit Azzie und dem Knäuel Schnüre berichtete.

»Das ist nicht normal«, erklärte Sir Oliver.

»Nein. Das ist es ganz sicher nicht.«

»Und es ist kein Fakirtrick.«

»Nein, es ist auch kein Fakirtrick«, stimmte Mutter Joanna zu. »Außerdem hat er kleine rote Lichter in den Augen, habt Ihr das auch bemerkt?«

»Wie hätte ich das übersehen können?« entgegnete Sir Oliver. »Das ist ein Teufelsmal, nicht wahr?«

»Ganz richtig«, bestätigte Mutter Joanna. »Ich habe im *Handbuch zur Austreibung von Dämonen* davon gelesen.«

Genau in diesem Augenblick kehrte Azzie fröhlich pfeifend aus dem Wald zurück. Auf seiner Schulter trug er ein junges Reh.

»Ich würde mich freuen, wenn ich die Herrschaften heute abend zum Essen einladen dürfte«, sagte Azzie. »Vielleicht kann einer der Knappen dieses edle Tier zerlegen und für uns alle über dem Feuer rösten? Ich werde nun zunächst ein Bad in dem Bach dort drüben nehmen. Ein Reh zu erlegen ist eine recht schweißtreibende Arbeit.« Erneut pfeifend ging er davon.

Kapitel 4

Die Pilger erwachten noch vor Sonnenaufgang. Sie packten bereits, als die ersten Sonnenstrahlen das Dickicht der Blätter durchdrangen, bereiteten ihr Frühstück und brachen wieder auf. Den ganzen Tag reisten sie durch den Wald und achteten auf mögliche Gefahren, doch außer einigen Moskitos begegnete ihnen absolut nichts Besorgniserregendes. Am frühen Abend betrachteten Sir Oliver und Mutter Joanna auf der Suche nach dem von Azzie angekündigten Gasthaus voller Unruhe die vor ihnen liegende Straße.

Beide fürchteten, daß er sie getäuscht haben könnte. Doch Azzie stand zu seinem Wort, denn plötzlich lag das Gasthaus direkt vor ihnen. Es war ein zweistöckiges Steingebäude, an dessen Außenmauer ein Vorrat an Feuerholz aufgestapelt war. Neben dem Hauptgebäude befand sich ein Verschlag für das Vieh und ein Schuppen für die Gefolgsleute der Gäste.

An der Tür wurden sie von Bruder François, einem großen, stämmigen, bärtigen Mann, begrüßt. Er schüttelte jedem von ihnen die Hand, als sie nacheinander eintraten.

Azzie kam als letzter zur Tür des Gasthauses, und er drückte Bruder François einen Beutel mit Silberstücken in die Hand. »Der Lohn für die Unterkunft«, sagte er lachend und bedachte François mit einem eigentümlichen Blick; Bruder François zuckte zurück, als wäre ihm schlagartig ein unangenehmer Gedanke gekommen.

»Sir«, sagte der Dominikanermönch, »sind wir einander vielleicht schon einmal begegnet?«

»Vielleicht haben wir uns in Venedig getroffen«, entgegnete Azzie.

»Nein, nicht in Venedig. Es war in Frankreich, und es hatte etwas damit zu tun, einen Menschen ins Leben zurückzurufen.«

Azzie konnte sich durchaus an diesen Zwischenfall erinnern, doch er sah keine Veranlassung, das Gedächtnis des Mönches aufzufrischen. Freundlich schüttelte er den Kopf.

Nach dieser Begegnung machte Bruder François einen verwirrten und geistesabwesenden Eindruck. Er wies den Pilgern ihre Räume zu und informierte sie über die Gepflogenheiten des Hauses, doch er schien kaum fähig zu sein, sich auf seine eigenen Worte zu konzentrieren. Immer wieder starrte er Azzie an, murmelte sich leise etwas in den Bart und schlug immer dann ein Kreuz, wenn niemand ihn beobachtete.

Als Azzie ihn um den kleinen Raum im Obergeschoß bat, stimmte Bruder François zwar sofort zu, wirkte aber noch mehr als vorher wie vom Donner gerührt. Dauernd starrte er kopfschüttelnd auf die Silberstücke in seiner Hand. Schließlich trat er an Sir Oliver und Mutter Joanna heran. »Dieser Bursche, der mit Euch reist, dieser Antonio ... Wie lange kennt Ihr ihn?«

»Nicht besonders lange«, erzählte Sir Oliver. »Hat er Euch übers Ohr gehauen?«

»Nein, nein. Im Gegenteil.«

»Was soll das bedeuten?«

»Er hat zugestimmt, sechs Centimes für das Zimmer

zu bezahlen und mir die entsprechenden Kupfermünzen in die Hand gegeben. Dann sagte er: ›Ach zur Hölle, ich kann es mir leisten, großzügig zu sein.‹ Er deutete auf die Münzen in meiner Hand, und sie verwandelten sich in Silberstücke.«

»Silber!« kreischte Mutter Joanna. »Seid Ihr ganz sicher?«

»Selbstverständlich! Sehen Sie doch selbst.« Er hielt ihr ein silbernes Centimestück vor das Gesicht. Alle drei starrten das Geldstück an, als wäre es der Teufel persönlich. Später machten sich Oliver und Mutter Joanna gemeinsam auf die Suche nach Bruder François, um mit ihm über das Frühstück am folgenden Tag zu sprechen, doch sie konnten ihn nirgends finden. Endlich entdeckten sie eine Nachricht, die an der Küchentür befestigt war. *Geehrte Herrschaften,* stand da, *Ich bitte um Eure Vergebung, doch mir war eine wichtige Verabredung entfallen, die ich mit dem Abt von Sankt Bernhard getroffen hatte. Ich werde beten, daß Gott über Eure Seelen wachen möge.*

»Das ist wirklich merkwürdig!« erklärte Oliver. »Oder was denkt Ihr darüber?«

Mutter Joanna preßte die Lippen zusammen. Dann sagte sie: »Der Mann hatte Todesangst, deshalb ist er fortgelaufen.«

»Aber warum hat er uns nichts gesagt, wenn er gedacht hat, daß Antonio ein Dämon ist?«

»Vermutlich hatte er viel zu viel Angst, um auch nur einen Ton zu sagen«, meinte Mutter Joanna. »Immerhin hat dieser Dämon beschlossen, mit uns zu reisen.« Sie dachte einen Augenblick nach. »Es wird besser sein, wenn wir ebenfalls auf der Hut sind.«

Lange saßen der Soldat und die Nonne schweigend beisammen und starrten betrübt in die Flammen. Sir Oliver stocherte in dem Herd herum, doch die Gesichter, die er im Feuer zu sehen glaubte, behagten ihm nicht. Mutter Joanna schauderte ohne jeden ersichtlichen Grund, jedenfalls war sie keinem Luftzug ausgesetzt.

Nach einer Weile sagte sie: »Wir können die Dinge nicht einfach laufen lassen.«

»Nein, bestimmt nicht«, stimmte Sir Oliver zu.

»Wenn er ein Dämon ist, dann müssen wir Maßnahmen ergreifen, um uns zu schützen.«

»Gut, aber wie finden wir heraus, ob er tatsächlich ein Dämon ist?«

»Wir gehen einfach hin und fragen ihn«, entgegnete Mutter Joanna.

»Tut das nur. Mein Dank ist Euch sicher«, sagte Sir Oliver.

»Ich dachte eigentlich, Ihr würdet zu ihm gehen. Schließlich seid Ihr Soldat. Geht also zu ihm und fragt ihn frei heraus.«

»Ich möchte ihn aber nicht verletzen«, widersprach Sir Oliver, nachdem er kurz über die Angelegenheit nachgedacht hatte.

»Dieser Antonio ist nicht menschlich.«

»Was auch immer er ist, er könnte etwas dagegen haben, daß wir es erfahren«, gab Sir Oliver zu bedenken.

»Jemand muß mit ihm sprechen.«

»Vermutlich habt Ihr recht.«

»Und wenn Ihr ein wahrer Mann seid . . .«

»Oh, ich werde mit ihm sprechen, gar kein Problem.«

»Er ist definitiv ein Dämon«, sagte Mutter Joanna bestimmt. »Diese kleinen roten Flammen, die in seinen Augen tanzen, sind ein verschenktes Leben, ein willkürlicher Tod. Und habt Ihr seinen Rumpf bemerkt? Manchmal sieht es so aus, als hätte er einen Schwanz unter seiner Kleidung versteckt.«

»Ein Dämon! Mitten unter uns!« stöhnte Sir Oliver. »Wenn das wirklich wahr ist, dann werde ich ihn wohl töten müssen.«

»Können wir denn einen Dämon töten«, fragte Mutter Joanna. »Das soll ziemlich problematisch sein.«

»Wirklich? Ich habe keinerlei Erfahrungen mit derartigen Dingen.«

»Ich habe ein wenig Erfahrung damit«, sagte Mutter Joanna. »Es gehört nicht zu den Pflichten meines Kirchenbereiches, böse Geister zu vertreiben. Diese Dinge überlassen wir normalerweise anderen Orden, aber man hört trotzdem so manche Geschichten.«

»Und was sagen die?« erkundigte sich der Ritter.

»Sie sagen, daß es schwierig ist, einen Dämon zu töten, genauer gesagt, unmöglich«, berichtete Mutter Joanna. »Außerdem heißt es, daß, wenn es einem doch gelingen sollte, den Dämon zu töten, es vermutlich gar keiner war, sondern nur irgendein bedauernswerter Mensch, der unglücklicherweise rotleuchtende Flecken in den Augen hatte.«

»Das hört sich nach einer verdammt verzwickten Situation an«, sagte Sir Oliver. »Was sollen wir also tun?«

»Ich schlage vor, wir warnen die anderen, sammeln alle religiösen Reliquien zusammen, die wir besitzen, und versuchen dann, den Dämon zu exorzieren.«

»Ich befürchte, das wird ihm nicht gefallen«, gab der Ritter zu bedenken.

»Das macht nichts. Es ist unsere heilige Pflicht, es wenigstens zu versuchen.«

»Ja, natürlich«, stimmte der Ritter zu, doch die ganze Angelegenheit erfüllte ihn mit Unbehagen.

Die anderen Mitglieder der Reisegesellschaft waren nicht überrascht, als Mutter Joanna ihnen ihren Verdacht mitteilte, daß ein Dämon sich in ihrer Mitte befände. Mit derartigen Vorkommnissen mußte man in dieser unruhigen Zeit nun einmal rechnen. Es gab genug Berichte über weinende Statuen, sprechende Wolken und anderes mehr. Außerdem war allgemein bekannt, daß es eine höllisch große Anzahl von Geistern gab, von denen die meisten den größten Teil ihrer Zeit auf der Erde zubrachten, um die Menschen in Versuchung zu führen. Es war geradezu erstaunlich, daß man nicht viel öfter Dämonen begegnete.

Kapitel 5

Sie warteten, doch Azzie kam nicht aus seinem Zimmer im zweiten Stockwerk des Gasthauses heraus. Schließlich stimmten sie ab und schickten Puss hinauf, um ihn zu ihnen hinunterzubitten. Ganz ohne ihre sonst so herausfordernde Art klopfte Puss an Azzies Tür.

Azzie öffnete. Er war hervorragend gekleidet, trug einen neuen, langen Umhang aus rotem Samt und eine smaragdgrüne Schärpe. Sein Haar war sauber gebürstet, und er sah aus, als hätte er darauf gewartet, eingeladen zu werden.

»Sie wollen mit Euch sprechen«, sagte Puss und deutete nach unten in Richtung des Gesellschaftszimmers.

»Gut, darauf habe ich gewartet«, antwortete Azzie.

Er fuhr sich noch einmal mit der Bürste durch das Haar, richtete seinen Umhang und ging dann gemeinsam mit Puss die Treppe hinunter. Die ganze vornehme Gesellschaft erwartete ihn in dem großen Schankraum; die einfachen Leute unter den Mitreisenden waren nicht berücksichtigt worden, sondern kauten außerhalb des Gasthauses auf Brotkanten und Heringsköpfen herum.

Sir Oliver erhob sich, machte eine leichte Verbeugung und sagte: »Ich hoffe, Ihr werdet uns verzeihen, mein Herr, aber wir haben nachgedacht und, das darf ich wohl sagen, sind besorgt. Wenn Ihr uns beruhigen könntet, dann wäre alles wieder in Ordnung.«

»Worum geht es denn?« erkundigte sich Azzie.

»Nun, verehrter Herr«, sagte Oliver, »um gleich zur Sache zu kommen: Seid Ihr möglicherweise ein Dämon, Sir?«

»In der Tat«, entgegnete Azzie. »Das bin ich allerdings.«

Ein entsetztes Keuchen wurde unter den Anwesenden laut.

»Das war nicht das, was ich hören wollte«, bemerkte Sir Oliver. »Das meint Ihr doch nicht ernst, richtig? Bitte sagt uns, daß Ihr es nicht ernst gemeint habt.«

»Aber es ist wahr«, entgegnete Azzie. »Das habe ich Ihnen doch bereits bewiesen. Ich habe mich bemüht, die ermüdende Arbeit, Sie zu überzeugen, schnell hinter mich zu bringen. Sollte mir das etwa nicht gelungen sein?«

»Oh, doch, das ist es, Sir!« beruhigte ihn Oliver, und Mutter Joanna nickte.

»Schön«, sagte Azzie. »Dann wissen wir jetzt ja, woran wir sind.«

»Habt Dank, verehrter Herr. Würdet Ihr nun so freundlich sein, zu verschwinden und uns in Frieden unsere heilige Pilgerfahrt machen zu lassen?«

»Seid doch nicht albern«, entgegnete Azzie. »Ich habe mir viel Mühe gegeben, um bis hierhin zu kommen, und ich habe Euch ein interessantes Angebot zu unterbreiten.«

»O mein Gott!« stöhnte Sir Oliver. »Ein Geschäft mit dem Teufel.«

»Hört auf«, befahl Azzie. »Hört Euch einfach nur an, was ich zu sagen habe. Wenn Euch mein Angebot dann nicht gefällt, dann könnt Ihr es schließlich immer noch ausschlagen, und wir sind quitt.«

»Ist das Euer Ernst?«

»Bei meiner Ehre als Prinz der Finsternis.« Azzie war gar kein Prinz der Finsternis, doch diese unbedeutende Übertreibung konnte angesichts dieser hochgestellten Herrschaften kaum schaden.

»Ich nehme an, es wird uns nicht schaden, Euch zuzuhören«, sagte Sir Oliver.

Kapitel 6

Azzie sprach mit lauter, schallender Stimme. »Meine Damen und Herren, ich bin in der Tat ein Dämon, doch ich hoffe, daß keiner unter Euch nur deshalb voreingenommen gegen mich sein wird. Was ist denn überhaupt ein Dämon? Es ist nur ein Name für jemanden, der einer der beiden Seiten dient, die beständig um die Herrschaft über alle Existenzen, menschliche und übermenschliche, kämpfen. Ich spreche natürlich von den Prinzipien Gut und Böse, Licht und Finsternis, wie die beiden Seiten genannt werden. Lasset mich zunächst einmal darauf hinweisen, daß das Vorhandensein beider Seiten eine absolute Notwendigkeit darstellt, da die Welt ohne Gegensätze unendlich fade wäre. Außerdem behaupte ich, daß beide Seiten stets in einem mehr oder minder gleichbleibenden Kampf gefangen sein sollten. Denn wenn nur noch das Gute existieren würde, was manche offenbar für wünschenswert halten, dann könnte sich niemand mehr aus freien Stücken für den moralischen Weg entscheiden, um zur beständigen Besserung zu streben, die schließlich die eigentliche Essenz menschlicher Entwicklung darstellt. Es gäbe keinen Kontrast zwischen den Dingen mehr, keine Möglichkeit, das Höhere vom Niederen oder das Wünschenswerte vom Verabscheuungswürdigen zu unterscheiden.«

Azzie bat um etwas Wein, räusperte sich und fuhr fort.

»Mit der Einrichtung eines Wettstreites zwischen diesen beiden großen Mächten steht schon fest, daß keine Seite immer gewinnen kann. Anderenfalls wäre unser Wettstreit kein Wettstreit mehr. Das Ergebnis muß immer anzweifelbar bleiben, einmal muß die eine Seite überlegen sein, ein anderes Mal die andere, und es darf niemals ein endgültiges Ergebnis geben, solange der Wettstreit läuft. In dieser Hinsicht befolgen wir ein uraltes Gesetz, das Gesetz der Dramaturgie, welches für die besten Effekte stets ebenbürtige Gegner postuliert. Das Gute soll dem Bösen nicht wirklich überlegen sein, denn sobald die Ergebnisse des Wettstreites vorauszusagen sind, ist der Wettstreit selbst nicht mehr interessant.

Wenn wir diese Dinge akzeptieren können, dann können wir mit dem nächsten Punkt fortfahren. Wenn es den Mächten der Finsternis also erlaubt ist, sich den Mächten des Lichtes entgegenzustellen, und wenn das Böse im Gegenzug das Gute herausfordern darf, dann dürfen wir auch den Dienern beider Seiten nicht mit Verachtung begegnen. Parteizugehörigkeit darf unseren Verstand nicht vernebeln! Wenn das Böse notwendig ist, dann dürfen jene, die dem Bösen dienen, nicht als überflüssig, verachtenswert, gesetzlos und inkonsequent verunglimpft werden. Ich verlange nicht, daß die verehrten Herrschaften diesen Wesen folgen, doch sollten sie ihnen zumindest Gehör schenken.

Dann möchte ich Euch sagen, daß das Böse, wenn wenn wir hier einmal seinen schlechten Ruf außer acht lassen, eine Menge für sich hat, zumindest was die Lebendigkeit betrifft. Das Prinzip des Bösen beinhaltet ebenso wie das Prinzip des Guten den Wunsch, daß die Menschen ihre Wahl nach ihrem eigenen freien Willen treffen mögen. Um es ganz einfach zu sagen: Das Böse kann eine Menge Spaß bringen, und niemand sollte sich schlecht fühlen, weil er sich für diese ebenso ehrwürdige und respektable Seite der beiden Mächte entschieden hat.

Aber wird eine Person nicht bestraft, wenn sie sich auch nur entfernt mit dem Bösen befaßt? Meine Freunde, das ist reine Propaganda von seiten der Mächte des Lichtes und stellt die Verhältnisse keinesfalls so dar, wie sie sind. Wenn es dem Bösen gestattet ist zu existieren, dann muß es auch gestattet sein, ihm zu dienen.«

Azzie trank einen Schluck Wein und sah sich in seinem Publikum um. Ja, er hatte ihre Aufmerksamkeit errungen.

»Ich bin nun an dem Punkt, an dem ich Euch mein Angebot unterbreiten kann. Meine Damen und Herren, ich bin Azzie Elbub, ein Dämon von durchaus ehrwürdigem Alter und ein Veranstalter, der von weither gekommen ist. Ich bin gekommen, meine Freunde, um ein Stück zu inszenieren, und ich benötige sieben Freiwillige. Eure Aufgabe wird ganz gewiß zu Eurer Zufriedenheit ausfallen, und sie wird nicht im mindesten anstrengend sein. Als Lohn werdet Ihr das erhalten, was Ihr am meisten auf dieser Welt begehrt. Tatsächlich ist es genau das, worum es in meinem Stück geht: ich will demonstrieren, daß eine Person sich ihren sehnlichsten Wunsch erfüllen kann, ohne dafür viel zu tun. Ist das nicht eine schöne Moral? Ich glaube wirklich, daß so etwas uns allen neue Hoffnung zu geben vermag, und es spiegelt die Wirklichkeit viel eher wider als das Gegenteil – viel Arbeit und bestimmte Charakterzüge als Voraussetzung, um an die begehrten Dinge zu kommen. In meinem Stück werden wir aufzeigen, daß man kein Meister und nicht einmal besonders erfolgreich sein muß, um seinen Lohn zu erhalten. Denkt also darüber nach, verehrte Herrschaften. Eure Seelen werden sich übrigens zu keinem Zeitpunkt in irgendeiner Gefahr befinden.

Ich werde nun wieder in mein Zimmer gehen und mich ein wenig ausruhen. Wenn einer unter Euch ist, der mir sein Interesse bekunden möchte, so ist er eingeladen, mich in der Nacht aufzusuchen, und ich werde ihm die genauen Bedingungen darlegen. Ich freue mich schon darauf, mit Euch auf einer persönlichen Ebene über die Einzelheiten zu sprechen.«

Azzie verbeugte sich elegant und stieg wieder die Treppe hinauf. Nun hatte er Zeit für ein kleines Essen mit Brot und Käse und einem Glas Wein. Dann fachte er das Feuer im Kamin an und lehnte sich bequem zurück.

Er mußte nicht lange warten.

Kapitel 7

Azzie saß in seinem Zimmer und lauschte mit einem halben Ohr den murmelnden Geräuschen der Nacht, während er ein verstaubtes Manuskript von der Sorte las, die stets in den besser besuchten Bibliotheken der Hölle verfügbar gehalten wurden. Azzie liebte die Klassik. Trotz seines Innovationstalentes, das auch in diesem neuen Abenteuer zum Zuge kam, war er doch ein Traditionalist.

Plötzlich klopfte es an der Tür.

»Herein«, rief Azzie.

Die Tür öffnete sich, und Sir Oliver trat ein. Der Ritter hatte seine Rüstung abgelegt und schien vollkommen unbewaffnet zu sein. Vielleicht ahnte er, daß es besser war, das Zimmer eines Dämons der Hölle ohne Waffen zu betreten.

»Ich hoffe, ich störe Euch nicht . . .«

»Nein«, entgegnete Azzie. »Kommt nur herein, und nehmt Euch einen Stuhl. Was kann ich für Euch tun? Ein Glas Wein?«

»Ich bin wegen Eures Angebotes gekommen . . .«

»Faszinierend, nicht wahr?«

»Ja, das ist es tatsächlich. Ihr sagtet, wenn ich Euch richtig verstanden habe, daß sich ein jeder seinen sehnlichsten Wunsch erfüllen könnte?«

»Das habe ich gesagt.«

»Und Ihr sagtet, daß man keine besonderen Fähigkeiten aufweisen müsse, um sich diesen Wunsch zu erfüllen.«

»Genau darum geht es«, bestätigte Azzie. »Denn seht Ihr, wenn derjenige eine spezielle Fähigkeit hätte, mit deren Hilfe er sich den Wunsch selbst erfüllen könnte, wozu bräuchte er dann mich?«

»Das habt Ihr überaus klug gesagt«, schmeichelte Sir Oliver.

»Ihr seid wirklich zu freundlich. Gut, wie kann ich Euch also behilflich sein?«

»Nun, Herr, am meisten auf der Welt wünsche ich mir, überall als großer Krieger in die Geschichte einzugehen. Ich möchte als der Sir Oliver berühmt werden, der damals in den Tagen von Karl dem Großen an der rückwärtigen Front Rolands gekämpft hat.«

»Gut«, sagte Azzie, »fahrt fort.«

»Ich möchte einen bemerkenswerten Sieg gegen einen überwältigenden Gegner erringen, ohne dabei mich selbst in Gefahr zu bringen.«

Azzie zog ein Notizpergament und einen sich selbst spitzenden Stift hervor.

Er schrieb: *Kein eigenes Risiko.*

»Ich möchte für Menschen in aller Herren Ländern zu einem Begriff werden, so bekannt wie Alexander oder Julius Cäsar. Ich möchte der Kommandant einer kleinen Truppe besonders guter Krieger sein, von denen jeder ein großartiger Kämpfer sein muß, und was es dieser Truppe an Anzahl mangelt, das sollen sie durch ihre Kunstfertigkeit und ihren Blutdurst wettmachen.«

Kunstfertigkeit und Blutdurst, notierte Azzie und unterstrich den Blutdurst, weil dieser ihm die Hervorhebung wert zu sein schien.

»Natürlich muß ich von all diesen Männern der beste Kämpfer sein«, fuhr Oliver fort. »Meine Kampfkunst muß einzigartig sein. Ich will all diese Fähigkeiten erlangen, mein verehrter Dämon, doch ich will dafür keine persönlichen Einbußen oder Lasten tragen. Außerdem hätte ich auch gern eine hübsche und willfährige junge Dame, wenn möglich eine Prinzessin, als Ehegattin, die meine Söhne gebären soll, und ein eigenes Königreich, das mir irgendwer schenken soll, damit ich mich zur Ruhe setzen und für alle Zeit in Glück und Frieden leben kann. Diese letzte Sache ist sehr wichtig, denn ich möchte keine bösen Überraschungen erleben, die mich dann verbittert oder traurig zurücklassen.«

Azzie schrieb: *für alle Zeit glücklich*, doch das unterstrich er nicht.

»Das ist meine grundsätzliche Vorstellung«, sagte Sir Oliver. »Könnt Ihr für all das Sorge tragen?«

Azzie ging die Liste noch einmal durch. »Kein eigenes Risiko, Kunstfertigkeit im Kampf und Blutdurst, für alle Zeit glücklich.«

Er runzelte die Stirn. Dann sah er auf.

»Ich kann einige dieser Punkte abdecken, mein lieber Sir Oliver, aber nicht alle. Nicht, weil ich nicht dazu fähig wäre natürlich, sondern ganz einfach deshalb, weil in diesem Stück noch andere Menschen außer Euch mitspielen werden, und es würde ein ganzes Himmelreich voller Wunder und höllisch viel Zeit erfordern, all diese Wünsche zu erfüllen. Nein, mein lieber Herr, ich werde einen Weg finden, wie Ihr ohne eigenes Risiko einen bemerkenswerten Sieg erringen, reich belohnt und sehr berühmt werdet. Die anderen Dinge werdet Ihr selbst erreichen müssen.«

»Na ja«, sagte Sir Oliver. »Ich hatte natürlich gehofft, Ihr könntet alle meine Wünsche erfüllen, aber das, was Ihr mir in Aussicht stellt, ist immerhin kein schlechter Anfang. Wenn ich reich und als ein Held auftrete, dann kann ich sicher für alles weitere selbst sorgen. Ich akzeptiere Euer Angebot, verehrter Dämon! Und laßt mich Euch noch sagen, daß ich kein so heftiger Gegner des Bösen bin wie so viele meiner Mitreisenden. Ich habe schon oft gedacht, daß es durchaus einige Dinge gibt, die für den Teufel sprechen, und er ist gewiß ein lustigerer Bursche als sein gestrenger Gegner im Himmel.«

»Ich weiß es zu schätzen, daß Ihr mir eine Freude machen wollt«, sagte Azzie, »aber ich will keine Verleumdungen über unseren geschätzten Gegner hören. Die Mächte des Lichtes und der Finsternis arbeiten zu eng zusammen, und können sich nicht leisten, einander Übles nachzusagen. Beide, Böse und Gut, müssen sich schließlich denselben Kosmos teilen, versteht Ihr?«

»Ich wollte niemanden angreifen«, beschwichtigte Sir Oliver. »Ich habe natürlich nichts gegen Gott.«

»Ich habe mich auch nicht angegriffen gefühlt«, entgegnete Azzie. »Wollen wir nun beginnen?«

»Ja, mein Herr. Soll ich ein Pergament mit Blut unterschreiben?«

»Das wird nicht notwendig sein«, erklärte Azzie. »Ihr habt Euer Einverständnis bereits kundgetan, und so ist es registriert worden. Wie ich schon sagte, habt Ihr Eure Seele nicht durch Eure Mitwirkung eingebüßt.«

»Was muß ich jetzt machen?« fragte Sir Oliver.

»Nehmt das hier.« Azzie griff in seine Tasche und zog einen kleinen, silbernen Schlüssel hervor. Sir Oliver hielt ihn ins Licht und bewunderte die kunstvolle Arbeit.

»Was öffnet dieser Schlüssel, Herr Dämon?«

»Nichts. Es ist ein doppelläufiger Moronia-Zauberbann. Bewahrt ihn an einem sicheren Ort auf. Dann setzt Eure Pilgerfahrt fort. Irgendwann, vielleicht in wenigen Sekunden, vielleicht in ein paar Stunden, vielleicht auch erst in einigen Tagen, werdet Ihr einen Gong hören. Das ist das Geräusch, mit dem der Moronia-Zauber anzeigt, daß er nun einsatzbereit ist. Dann nehmt Ihr Euren Zauber und treibt ihn an, seine zweite Hälfte zu finden. Das Ding ist zwar ohnehin dazu programmiert, aber es kann nicht schaden, das Kommando noch einmal zu wiederholen. Der Zauber wird Euch zu seiner anderen Hälfte führen, in deren Nähe sich ein magisches Pferd befindet. In den Satteltaschen dieses Pferdes werdet Ihr einen goldenen Kerzenhalter finden. Habt Ihr mich soweit verstanden?«

»Voll und ganz«, versicherte Sir Oliver. »Finde den Kerzenhalter.«

»Sodann müßt Ihr nach Venedig gehen, vorausgesetzt, Ihr seid nicht bereits dort. Kurz nach Eurer Ankunft, vielleicht aber auch schon früher, werdet Ihr feststellen, daß Euer Wunsch in Erfüllung gegangen ist. Wenn alle Beteiligten ihre Aufgabe erfüllt haben, wird es eine pompöse

Feier geben, nach der Ihr Eurer Wege gehen und Euch an Eurem neuen Glück erfreuen könnt.«

»Das klingt gut«, sagte Sir Oliver. »Und wo liegt der Haken?«

»Haken? Es gibt keinen Haken.«

»Solche Dinge haben doch aber immer einen Haken«, erklärte Sir Oliver störrisch.

»Wie um alles in der Welt wollt denn Ihr wissen, was in magischen Vorgängen üblich ist und was nicht? Also gut, wollt Ihr es tun oder nicht?«

»Oh, sicher ich will, ich will«, versicherte Sir Oliver. »Ich versuche ja nur, vorsichtig zu sein, ehe ich mich auf irgend etwas einlasse. Und ich bitte Euch, mir meine Worte zu verzeihen, aber es scheint, als gäbe es eine Menge Albereien drumherum. Warum kann ich nicht einfach direkt zu dem magischen Kerzenhalter gehen?«

»Weil es ein paar Dinge gibt, die Ihr zwischen dem Einsatz des Zaubers und der schlußendlichen Siegeserklärung tun müßt.«

»Diese Dinge – sie werden doch nicht allzu schwierig sein?« fragte Sir Oliver.

»Jetzt schaut einmal«, sagte Azzie in einem derbem Tonfall. »Ihr werdet Euch bereitfinden müssen, alles zu tun, was auch immer erforderlich sein sollte. Wenn Ihr in diesem Punkt irgendwelche Zweifel hegt, dann gebt mir den Schlüssel lieber wieder zurück, denn wenn Ihr versagt, dann wird es Euch verdammt schlecht ergehen.«

»Oh, bitte, nein«, jammerte Sir Oliver, wobei er den Schlüssel fest umklammert hielt, als könnte er sich auf diese Weise stärken.

»Wie gesagt, Ihr erhaltet später weitere Anweisungen.«

»Könnt Ihr mir denn nicht wenigstens einen kleinen Hinweis geben?«

»Ihr werdet Entscheidungen treffen müssen.«

»Entscheidungen, ach je«, stöhnte Sir Oliver. »Ich bin nicht davon überzeugt, daß mir das gefallen wird. Na ja, was soll es schon. Ich muß nur mit dem fertig werden, was auf mich zukommt, und alles wird in meinem Sinne laufen, richtig?«

»Genau das habe ich Euch versprochen«, sagte Azzie. »Das Böse erwartet nicht mehr von einem Mann, als daß er seine Pflicht tut und sein Bestes versucht. Mehr kann nach den Annalen des Bösen gar nicht verlangt werden.«

»Das ist gut«, sagte Sir Oliver. »Kann ich dann gehen?«

»Gute Nacht«, entgegnete Azzie.

Teil 6

Kapitel 1

Nach ihrer Befreiung aus Pandoras Büchse ging Ylith direkt zum Erzengel Michael, um ihm Bericht zu erstatten. Sie traf ihn in seinem Büro im alten Allerheiligengebäude im Westhimmel, wo er sich zumeist mit einem Stapel von Nachdrucken alter Schriften befaßte. Es war schon spät, und die anderen Engel und Erzengel hatten das Gebäude schon vor Stunden verlassen, doch in Michaels Büro brannten noch die Kerzen. Der Erzengel war gerade dabei, die Berichte seiner diversen Mitarbeiter aus dem ganzen Universum zu lesen. Manche dieser Berichte waren äußerst beunruhigend.

Als Ylith eintrat, sah er auf. »Hallo, meine Liebe. Stimmt irgend etwas nicht? Du siehst ein wenig verärgert aus.«

»Allerdings, Herr. Ich habe ein kleines Abenteuer hinter mir.«

»Tatsächlich? Bitte erleuchte mich.«

»Es war eigentlich gar nichts. Da war nur so ein dummer Mann, der mich beschworen hat, und dann hat mich Hermes in die Büchse der Pandora eingesperrt, aber ich konnte mich schließlich mit Zeus' Hilfe befreien.«

»Zeus? Wirklich? Ist der alte Knabe immer noch aktiv? Ich dachte, er wäre im Reiche Nachglut.«

»Das war er auch, Herr, aber er hat sich zu mir in das magische Kästchen projiziert.«

»Ach, ja. Ich vergaß, daß die alten Götter solche Dinge tun können. Aber was ist denn jetzt mit den kleinen Engelchen, die du auf ihrer Reise zu den Schreinen in England begleitet hattest? Wer kümmert sich jetzt um sie?«

»Ich habe die Engel sofort nach meiner Befreiung in

die Obhut der heiligen Damosel gegeben und kam dann hierher, um Euch Bericht zu erstatten.«

»Macht es der heiligen Damosel nichts aus, auf die Kinder aufpassen zu müssen?«

»Sie war ganz froh darüber, ihre Lage auf dem himmlischen Goldbarren einmal aufgeben zu können, um etwas Sinnvolles zu tun. Ist es nicht ziemlich dumm, Herr, daß Gedichte uns in Positionen bringen können, die wir nicht mehr verlassen können?«

Michael nickte. »Ich habe auf der Erde eine wichtige Aufgabe für dich«, sagte er dann.

»Das wäre schön«, erklärte Ylith. »Ich besuche die Schreine gern.«

»Dieses Mal wirst du wohl etwas mehr tun müssen«, entgegnete Michael. »Es hat etwas mit Azzie zu tun.«

»Hah!« rief Ylith.

»Wie es aussieht, heckt dein dämonischer Freund mal wieder etwas aus. Etwas ziemlich Verdächtiges.«

»Das ist sonderbar«, sagte Ylith. »Ich bin ihm erst kürzlich in York begegnet, und da hatte er nichts weiter im Sinn, als sich ein moralisches Bühnenstück anzusehen.«

»Dabei scheinen ihm ein paar Ideen gekommen zu sein«, mutmaßte Michael. »Es gibt Anzeichen, die auf neue Aktivitäten seinerseits hindeuten. Meine Beobachter haben mir berichtet, daß er sich mit Pietro Aretino, diesem unflätigen Satansbraten, getroffen hat. Angesichts seiner bekannten Neigung zu Überraschungen bin ich überzeugt, daß er etwas Böses im Schilde führt.«

Ylith nickte. »Aber warum macht Ihr Euch Sorgen um irgendein Schauspiel.«

»Weil ich befürchte, daß es um mehr als nur das geht«, entgegnete Michael. »Seinen früheren Spielchen mit dem Märchenprinzen und Johann Faust zufolge könnten seine neuerlichen Aktivitäten die Mächte des Lichtes und der Finsternis erneut in einen direkten Konflikt treiben und uns alle in eine Friß-oder-stirb-Situation bringen.

Gerade jetzt, wo es so aussah, als könnten wir ein bißchen Frieden im Kosmos haben! Bisher handelt es sich zwar lediglich um Gerüchte, doch wir müssen ihnen Beachtung schenken. Immerhin stammen sie von den Abtrünnigen der Hölle, die noch immer inmitten unserer Feinde leben und uns erzählen, was vor sich geht. Ylith, wir möchten, daß du dich ein bißchen umsiehst.«

»Umsehen bedeutet spionieren, nehme ich an«, sagte Ylith. »Und wen meint Ihr mit ›wir‹?«

»Mich und Gott«, entgegnete Michael. »Ich bitte dich natürlich in seinem Namen.«

»Ja, das tut Ihr eigentlich immer«, konterte Ylith mit gereizter Miene. »Warum spricht Er eigentlich nicht für sich selbst?«

»Viele von uns fragen sich, warum wir nie direkt von der Gottheit angesprochen werden«, erklärte Michael. »Er spricht auch mit mir nicht direkt. Das ist ein Mysterium, und es steht uns nicht zu, es zu hinterfragen.«

»Warum nicht?« fragte Ylith.

»Es gibt nun einmal ein paar Dinge, die du einfach glauben mußt. Aber nun mußt du erst einmal herausfinden, was Azzie vorhat. Geh und sieh dir diese Pilger an. Denk dir eine Ausrede für deine Anwesenheit aus, und finde heraus, was da vor sich geht. Wenn ich mich nicht irre, dann wird unser stolzer junger Dämon seine Absichten nicht vor dir verbergen können, denn sein Projekt, worum auch immer es dabei geht, ist bereits angelaufen.«

»Na schön, Herr, dann mache ich mich sofort auf den Weg.«

»Ja, tu das! Und nutze dein eigenes Urteilsvermögen. Solltest du feststellen, daß er einen Weg gefunden hat, die Menschheit zu unterwandern und dem Bösen neue Opfer zuzuführen, dann kann es sicher nicht schaden, ihm ein bißchen die Luft aus den Reifen zu lassen, um es einmal so auszudrücken.«

»Genau das denke ich auch«, entgegnete Ylith.

Kapitel 2

Im Zimmer neben der Küche lagen Puss und Quentin in ihren niedrigen Rollbetten und beobachteten die Schatten, die über die Zimmerdecke wanderten.

»Glaubst du, daß dieser Antonio ein echter Dämon ist?« fragte Quentin, der noch sehr jung war und noch nicht so ganz zwischen Wirklichkeit und Illusion zu unterscheiden wußte.

»Ja, ich glaube schon«, antwortete Puss.

Puss hatte lange und intensiv darüber nachgedacht, was sie sich mehr als alles andere auf der Welt wünschen könnte. Zuerst war ihr blondes Haar in den Sinn gekommen, so wie das ihres Bruders. Seidig, lockig und lang und ein bißchen flachsartig, nicht so gelb wie bei manchen Mädchen. Aber war das ein Wunsch, der größer als alle anderen war?

Puss schämte sich ein wenig über diesen dürftigen Wunsch, darum hörte sie nun ausnahmsweise einmal aufmerksam zu, während ihr Bruder ihr erzählte, was er sich wünschen würde, wenn er eine Gunst von dem Dämon erbitten dürfte.

»Mein eigenes Pferd, das ist das wichtigste«, erklärte Quentin im Brustton der Überzeugung. »Und ein eigenes Schwert. Ich finde es lächerlich, wenn Vater sagt, es wäre zu teuer, mir ein Schwert zu kaufen, nur weil ich erst in ein oder zwei Jahren ausgewachsen sein werde. Ich meine, was für einen Sinn hat es schon, reich zu sein, wenn man sich dann doch nicht das kaufen kann, was man will, nur weil man noch nicht ausgewachsen ist?«

»Da hast du recht«, sagte Puss. »Ein Schwert also. Was noch?«

»Ich glaube nicht, daß ich ein Königreich haben möchte«, fuhr Quentin nachdenklich fort. »Dann müßte ich immer dort sein und darauf aufpassen. Ich glaube nicht, daß König Arthur besonders glücklich war, trotz Camelot. Was glaubst du?«

»Ich bezweifle es«, sagte Puss.

»Ich möchte viele Abenteuer erleben«, erklärte Quentin.

»So wie Lancelot? Der war aber auch nicht glücklich.«

»Nein, aber das lag nur daran, daß er dumm war und sich ausgerechnet in die Königin verliebt hat, obwohl es doch genug andere Damen gegeben hat, unter denen er hätte wählen können. Und warum soll man überhaupt wählen. Ich möchte lieber so sein wie Gawein, in der Welt herumreisen, verschiedene Freundinnen haben, in Schwierigkeiten geraten, Schätze erringen und wieder verlieren. Auf diese Weise kann man sich daran erfreuen, viele Dinge zu bekommen, ohne sich hinterher dauernd darum kümmern zu müssen.«

»So, als könntest du alle Spielzeuge haben, nach denen dir der Sinn steht, ohne sie später wieder wegzuräumen?« fragte Puss.

»Genau«, bestätigte Quentin.

»Wirklich gut. Was würdest du dir sonst noch wünschen?«

»Ein magisches Schmusetier«, antwortete Quentin ohne zu zögern. »Einen Löwen, glaube ich, und er darf nur auf mich hören und muß die Menschen umbringen, die ich nicht leiden kann.«

»Das geht aber ein bißchen weit, findest du nicht?« erkundigte sich Puss.

»Ich meine, er sollte nur dann die Leute umbringen, wenn ich es ihm erlauben würde. Aber das würde ich natürlich nicht tun. Wenn sie mir zu viel Ärger machen, dann werde ich sie selbst umbringen, und zwar in einem langen Duell, bei dem ich mich schlimm verletzen würde. Und dann müßte Mutter meine Wunden verbinden und mich pflegen.«

»Helden lassen sich ihre Wunden nicht von ihren Müttern verbinden«, widersprach Puss.

»Doch, wenn es mein eigenes Abenteuer ist, dann schon«, beharrte Quentin. »Dann kann ich schließlich meine eigenen Regeln aufstellen.«

»Es ist wirklich schade, daß du zu jung bist, um Geschäfte mit einem Dämon zu machen.«

»Da bin ich nicht sicher«, entgegnete Quentin. Er setzte sich aufrecht auf das Bett und sah furchtbar ernst aus. »Ich überlege, ob ich ihn nicht sofort besuchen soll.«

»Quentin! Das wirst du nicht tun!« rief Puss, doch sie hoffte insgeheim, daß Quentin gehen würde. Als seine Schwester würde sie ihn begleiten müssen und könnte vielleicht selbst auch den einen oder anderen Wunsch äußern, nur damit er nicht allein wäre. Quentin stieg aus dem Bett und begann sich anzuziehen. Seine Unterlippe zitterte als er seinen eigenen Wagemut überdachte, doch er machte insgesamt einen recht entschlossenen Eindruck.

Genau in diesem Moment blitzte ein helles Licht in der Zimmerecke auf. Beide Kinder sprangen sofort in ihre Betten zurück. Rauch stieg auf, und als er sich verzogen hatte, kam eine schöne, dunkelhaarige junge Frau zum Vorschein.

»Wie habt Ihr das gemacht?« fragte Quentin. »Ich habe Euch nicht bei den anderen Pilgern gesehen.«

»Ich bin hier, um den Pilgern Eier zu verkaufen«, sagte die Frau. »Ich lebe auf einem Bauernhof ganz in der Nähe und bin gerade im Gasthaus angekommen. Mein Name ist Ylith.«

Die Kinder stellten sich vor. Sie waren ganz erpicht darauf zu erzählen, was Antonio an diesem Abend darüber gesagt hatte, daß er sieben glücklichen Menschen ihre sehnlichsten Wünsche erfüllen würde. Ylith konnte anhand ihrer Beschreibung erkennen, daß es sich um keinen anderen als Azzie handelte.

»Ich will mir auch etwas wünschen«, sagte Quentin.

»Du wirst nichts Derartiges tun«, entgegnete Ylith streng.

Quentin machte einen überaus erleichterten Eindruck, was ihn nicht hinderte zu fragen: »Warum denn nicht?«

»Weil es sich für wohlerzogene Kinder nicht gehört, einen Dämon aus der Hölle um etwas zu bitten.«

»Aber die anderen tun es schließlich auch«, widersprach Puss. »Dann werden sie den ganzen Spaß für sich allein haben.«

»Ich denke, ihr werdet noch herausfinden, daß es in Wirklichkeit gar nicht so spaßig ist«, entgegnete Ylith. »Einige dieser Leute werden sich in Situationen wiederfinden, die weit über ihre Abmachungen mit dem Dämon hinausgehen.«

»Woher wollen Sie das denn wissen?« erkundigte sich Puss.

»Ich weiß es einfach«, sagte Ylith. »So, Kinder, was haltet ihr davon, jetzt allmählich schlafen zu gehen? Ich werde euch auch eine Geschichte erzählen, wenn ihr jetzt brav seid.«

Kapitel 3

Ylith erzählte eine Geschichte über Schafe und Kinder, die in ihrer Heimat Griechenland Freudentänze aufführten. Bald schon waren die Kinder eingeschlafen, und Ylith deckte sie zu und blies die Kerzen aus. Dann schlich sie sich aus dem Zimmer hinaus. Im Gesellschaftsraum traf sie einige der Pilger an, die sich an einen Tisch in der Nähe des Kamins gesetzt hatten und über die Geschehnisse des vorangegangenen Tages sprachen.

»Ist er denn ganz sicher ein Dämon?« erkundigte sich eine der Dienerinnen bei einem strubbeligen Burschen, der der Knappe Sir Olivers war.

»Was soll er denn sonst sein?« entgegnete der zweiundzwanzigjährige Knappe. Der große schlaksige Mann namens Morton Kornglow machte sich häufig Gedanken, die seinem Stand nicht angemessen waren.

Ylith setzte sich neben die Frau und den Knappen. »Was hat dieser Dämon angeboten?« fragte sie.

»Mein Herr hat mir erzählt, daß er eine magische Reise antreten muß, um später durch die Erfüllung seines sehnlichsten Wunsches belohnt zu werden«, sagte Kornglow. »Als ich später zu seinem Zimmer ging, war er weg, einfach verschwunden.«

»Vielleicht ist er draußen und macht einen Spaziergang«, vermutete Ylith.

»Wir hätten es gesehen, wenn er die Treppe heruntergekommen wäre«, widersprach Kornglow. »Und er wird kaum aus dem Fenster ausgestiegen und in die Dornenbüsche gesprungen sein. Er ist unterwegs, um irgendeine dämonische Aufgabe zu erfüllen, das sage ich euch. Offen gestanden klingt das nach einer Arbeit, die mir auch gefallen würde.«

»Du wirst doch wohl nicht ...«, rief die Dienerin, wobei sie ihn bewundernd betrachtete.

»Ich denke darüber nach«, sagte Kornglow. »Ich könnte genausogut in diesem dämonischen Stück mitspielen, wie jeder andere Mann, jedenfalls, wenn es diesem Dämon nichts ausmacht, daß ich kein ›Sir‹ vor meinem Namen trage.«

Ylith starrte ihn an. »Ein Stück?«

Kornglow nickte. »Das hat mir jedenfalls Sir Oliver erzählt. Der Dämon will irgendein Stück aufführen. Wir müssen nur das tun, was wir sonst auch tun, und wir werden großzügig dafür belohnt werden. Das ist die Art von Leben, die ich mir immer gewünscht habe.«

Ylith sprang auf. »Ihr müßt mich entschuldigen. Ich muß noch jemanden treffen.«

Sie eilte aus dem Zimmer, ging zur Vordertür und verschwand in der Dunkelheit.

»Wo ist sie jetzt wohl hingegangen?« fragte die Dienerin.

Kornglow zuckte mit den Schultern und saugte die Luft zwischen den Zähnen ein. »Wenn sie jetzt noch eine Verabredung hat, dann nur mit einem Engel oder einem Teufel. Da draußen ist jedenfalls niemand mehr, außer den Wölfen.«

Draußen murmelte Ylith: »Also tut er es wirklich! Er will tatsächlich ein unmoralisches Stück inszenieren! Warte nur, bis Michael das erfährt!«

Kapitel 4

»Ein unmoralisches Stück?« hakte Michael nach.

»So scheint es, Herr.«

»So eine Unverschämtheit!«

»Ja, Herr.«

»Geh wieder zurück und beobachte, welche Fortschritte er macht. Wenn du eine Möglichkeit findest, ihm unauffällig ein paar Steine in den Weg zu legen, dann wird das sicher nicht verkehrt sein, aber tu nichts Offenkundiges, verstanden?«

»Ich habe verstanden«, versicherte Ylith.

»Dann ab mit dir«, sagte Michael. »Ich werde Babriel ebenfalls auf die Erde schicken, damit er dich unterstützt.«

»Das wäre nett«, entgegnete Ylith ein wenig sehnsüchtig. Auch wenn Babriel und sie derzeit kein Paar waren, hatte sie doch noch viele schöne Erinnerungen an ihre gemeinsame Zeit, und sie wußte noch sehr gut, wie sich das Sündigen anfühlte. Manchmal sehnte sich ihr ganzer Körper geradezu schmerzhaft nach jenen vergangenen Tagen.

Auch Erinnerungen an ihre Affaire mit Azzie gingen ihr durch den Kopf. Es war das gewesen, was sie einst als großen Spaß betrachtet hatte.

Sie schüttelte den Kopf und zwang sich, nicht so viel zu denken. Das würde sie nur in Schwierigkeiten bringen.

Kapitel 5

Sir Oliver saß noch lange Zeit auf der Bettkante und überlegte, welches Wagnis er eingegangen war. Er hatte Angst, das stand außer Frage; welcher Mann hätte nach einer Unterhaltung mit einem Dämon keine Angst? Dennoch war Sir Antonios Angebot zu gut, um ausgeschlagen zu werden. Obschon die Kirche stets klagte, daß die Mächte der Finsternis unentwegt über die Erde zögen, um die Menschheit in Versuchung zu führen, geschahen derartige Dinge tatsächlich eher selten. Niemand aus Sir Olivers Bekanntenkreis hatte jemals eine solche Begegnung erlebt, er selbst schon gar nicht.

Oliver gefiel diese Zukunftsaussicht. Seit seiner Kindheit hatte eine alles verzehrende Leidenschaft in ihm gebrannt. Immer schon hatte er etwas Großes, Wertvolles und Wichtiges aus sich machen wollen, ohne dabei allzu viel eigenen Einsatz zeigen zu müssen. Das war keine Sache, über die man mit anderen Menschen sprechen konnte, so etwas verstanden sie im allgemeinen nicht.

Auch wenn es schon recht spät war, fühlte er sich nicht besonders schläfrig. Er schenkte sich ein Glas Wein ein und suchte nach den Keksen, die er sich beim Abendessen für einen nächtlichen Imbiß eingesteckt hatte. Gerade als er sie aus seiner Tasche ziehen wollte, fiel sein Blick auf die Wand rechts von ihm.

Er verschluckte sich und bespritzte sein Wams mit Wein. Sein Blick richtete sich auf die Tür in der Mauer. Es war eine ganz gewöhnliche Tür. Allerdings war Sir Oliver überzeugt, daß sie vorher nicht dagewesen war.

Er stand auf, ging zu der Tür hinüber und untersuchte sie. Konnte er sie tatsächlich übersehen haben, als er das Zimmer zuerst aufgesucht hatte? Es gab einen Griff, also rüttelte er daran, doch die Tür war verschlossen.

Damit gab er sich zufrieden und setzte sich wieder auf das Bett. Dann aber kam ihm ein anderer Gedanke, und er zog Azzies Moronia-Zauber, der die Form eines silbernen Schlüssels hatte, aus der Tasche. Mit dem Schlüssel in der Hand ging er erneut zu der Tür.

Vorsichtig schob er den Schlüssel in das Schlüsselloch. Mit einem satten Klicken glitt er hinein.

Ganz leicht drehte er den Schlüssel nach links, nur um zu sehen, was passieren würde. Der Schlüssel drehte sich wie von selbst weiter herum, und der Riegel glitt zurück.

Oliver streckte die Hand nach der Klinke aus. Er drückte sie nieder, und die Tür öffnete sich. Er zog den Schlüssel wieder aus dem Schloß und steckte ihn in seine Tasche zurück.

Vorsichtig schaute er durch die Türöffnung. Jenseits der Tür erkannte er einen langen, nur schwach beleuchteten Gang, der sich in weite Ferne zu erstrecken schien, bis er sich schließlich in tiefster Dunkelheit verlor. Sir Oliver wußte, daß dieser Gang zu keinem Ort innerhalb des Gasthauses oder auch nur des Waldes draußen führen würde. Er führte Gott weiß wohin, und es war seine Pflicht, ihn zu betreten.

Beängstigend ...

Aber da war schließlich auch noch die Belohnung!

Für einen Sekundenbruchteil tauchte ein Bild vor seinem geistigen Auge auf: er selbst, eine rote Rüstung tragend, im Sattel eines gewaltigen Schlachtrosses, an der Spitze einer Truppe wahrer Helden, wie er gerade in eine Stadt einrückte und von jedermann mit Jubelschreien empfangen wurde.

»Das wäre genau das Richtige!« sagte Sir Oliver laut zu sich selbst.

Also betrat er den Gang, jedoch nicht, weil er nun das

nötige Selbstvertrauen entwickelt hatte. Vielmehr geschah es in der Art, in der ein Knabe seinen Zeh in einen Tümpel tauchen würde, dessen Wasser aller Wahrscheinlichkeit nach fürchterlich kalt war.

Kaum stand er in dem Gang, da schloß sich auch schon die Tür hinter ihm.

Sir Oliver schluckte, doch er versuchte gar nicht erst, zurückzugehen. Irgendeine schwache Ahnung hatte ihn darauf vorbereitet, daß so etwas vermutlich geschehen würde. So begannen Abenteuer nun einmal. Man erhielt ganz unvermittelt einen Stoß, und schon war man mittendrin und konnte nicht mehr heraus.

Zuerst sehr vorsichtig, später immer energischer, schritt er den Gang hinunter.

Kapitel 6

Es gab genug Licht, um etwas sehen zu können, obwohl Sir Oliver seine Quelle nicht erkennen konnte. Das Licht war gleichmäßig grau, ähnlich wie das Zwielicht der Dämmerung, und es war traurig, fast schon unheilverkündend. Oliver ging immer weiter, und der Gang schien kein Ende nehmen zu wollen. Von den Wänden zu beiden Seiten wuchsen belaubte Äste über den Gang, die dem Weg einen angenehm ländlichen Anstrich verliehen.

Er ging weiter. Der Boden unter seinen Füßen verwandelte sich langsam zu einem echten Waldboden, und natürliche Lichtquellen begannen seinen Weg zu beleuchten. Trotzdem konnte er nicht weit sehen, denn die belaubten Äste verdeckten die Sicht.

Nach einer Weile lichtete sich der Wald, und er erreichte eine grasbewachsene Ebene. Am Ende der vor ihm liegenden Weide befand sich ein kleines Schloß auf einer winzigen Insel, über dessen Burggraben eine heruntergelassene Zugbrücke führte.

Sir Oliver betrat die kleine Burg und stand vor einer Tür, die sich gleich bei seinem Erscheinen öffnete. Drinnen erkannte er einen behaglich eingerichteten Salon, in dessen Kamin ein einladendes Feuer brannte. Eine Dame saß auf einem kleinen Stuhl direkt neben dem Eingang. Sie erhob sich und wandte sich ihm zu.

»Willkommen, Herr Ritter«, sagte sie. »Ich bin Alwyn, mit ›Y‹, und ich heiße Euch willkommen. Mein Gatte ist unterwegs, um Leute umzubringen, doch die Gastfreundschaft meines Hauses gebietet, daß ich Euch einlade, mit mir zu Abend zu essen, Euch dann ein Bett für die Nacht und schließlich noch ein Frühstück am nächsten Morgen anzubieten.«

»Klingt ganz gut«, antwortete Sir Oliver. »Aber mich interessiert viel mehr, ob Ihr zufällig ein magisches Pferd für mich habt. Habt Ihr eines?«

»Ein magisches Pferd? Welche Farbe soll es denn haben?«

»Nun, wißt Ihr, ich ... Ich weiß es nicht. Man sagte mir nur, daß ein magisches Pferd für mich bereitstehen würde, in dessen Satteltasche ein goldener Kerzenhalter zu finden sei, und danach ... Um ehrlich zu sein, ich weiß nicht genau, was danach geschehen soll. Ich glaube, ich werde der Kommandant eines Heeres bewaffneter Männer sein. Ihr wißt nicht zufällig etwas mehr darüber?«

»Nein«, sagte Alwyn. »Ich spiele bei dieser Sache nur eine ganz kleine Rolle.«

Sie lächelte. Ihr wuscheliges, dunkles Haar umschmeichelte ihr Gesicht, und ihre festen Brüste waren wohlgerundet. Oliver folgte ihr durch das Gebäude.

Sie gingen durch verschiedene Räume, die alle in Scharlachrot, Schwarz und Silber gehalten waren. Drinnen stapelten sich Wappenschilde, Waffen und düstere Portraits streng blickender Vorfahren. In jedem Raum brannte ein lustig flackerndes Feuer im Kamin. Insgesamt durchquerten sie sechs verschiedene Zimmer. Im siebten stand ein Tisch, der mit silbernem Tafelgeschirr und einer weißen Tischdecke gedeckt war.

»Na, das nenne ich anständig!« rief Sir Oliver und rieb sich die Hände. Der Tisch war voller appetitlicher Speisen: Gänseleberpastete, Stachelbeergelee, Eier, Brot und eine Vielzahl unterschiedlicher Getränke. Der Tisch war für zwei Personen gedeckt, und Oliver fragte sich allmählich, ob es hier noch mehr Dinge gab, die nur um seinetwillen vorhanden waren.

»Nehmt Euch einen Stuhl und macht es Euch bequem«, sagte Alwyn.

Ein weißes Kätzchen kam aus einem Bogengang und stolzierte durch den Raum. Alwyn lachte herzerfrischend und bückte sich, um mit dem Tier zu spielen. Als sie das tat, nutzte Oliver die Gelegenheit, um ihren Teller mit dem seinen auszutauschen. Beide Teller waren nun fast identisch, nur auf seinem befanden sich jetzt zwei Radieschen, auf ihrem dagegen nur eines. Er legte das zweite Radieschen von seinem Teller auf den ihren, um den Austausch zu verbergen. Alwyn richtete sich wieder auf und schien nichts bemerkt zu haben.

Sie aßen, und Alwyn schenkte ihnen beiden Burgunder aus einer großen Flasche von dem damastbedeckten Tisch ein.

Oliver nutzte den Moment, in dem ein kleiner Foxterrier freudig in das Zimmer gesprungen kam und Alwyn ein weiteres Mal abgelenkt war, um die beiden Gläser auszutauschen. Wieder bemerkte seine Gastgeberin nichts davon.

Zufrieden mit seiner Gerissenheit und sich selbst, blies Oliver zum Angriff auf die Nahrungsmittel. Diese Art der Schlacht zog er allen anderen bei weitem vor. Er aß und trank gierig, denn das Essen war von einer köstlichen Perfektion. Es war ein Produkt der Phantasie, ein magisches Essen, wie man es nirgends auf der ganzen

Welt bekommen konnte. Bald stellte sich das unverwechselbare Gefühl einer opiumähnlichen Droge ein, die seine Sinne vernebelte und ihn benommen werden ließ.

»Stimmt etwas nicht, Herr Ritter?« fragte Alwyn, als er in seinem Stuhl zusammensackte.

»Nur eine vorübergehende Benommenheit«, murmelte Sir Oliver.

»Ihr habt die Teller ausgetauscht!« rief Alwyn aus und starrte auf den schmutzigen Abdruck von dem Daumen des Ritters auf ihrem Teller, der Beweis genug für die Tat war, die er hatte verbergen wollen.

»Ich wollte Euch nicht beleidigen«, erklärte ihr Sir Oliver verschlafen. »Nur eine alte Gewohnheit von dort, wo ich herkomme. Nehmt Ihr dieses Zeug etwa mit Absicht?«

»Aber natürlich. Ohne meine Schlafdroge dauert es verteufelt lange, bis ich des Nachts ein Auge zutue!« erwiderte Alwyn.

»Tut mir verdammt leid, daß ich es genommen habe«, nuschelte Sir Oliver. Seine Lippen fühlten sich wie Gummi an, und seine Augen machten Anstalten, sich in Richtung Hinterkopf zu rollen, um jenen Weg zum Land der Träume freizugeben, den er lieber nicht gehen wollte. »Wie lange dauert es, bis die Wirkung nachläßt?«

Ihre Antwort ging in der rauschenden Welle des Schlafes unter, die über seinen Kopf hereinbrach. Wie ein Mann, der in einer wilden Brandung gefangen war, kämpfte er dagegen an; dann hatte er die Brandung hinter sich gelassen und fiel tief in die unendliche Schwärze, die sich wie ein warmes Bad um ihn zu legen schien. Er quälte sich mit dem Versuch, den Kopf über den sanften Wogen zu halten, die Morpheus ihm sandte, und rang mit sonderbaren Gedanken und unerklärbaren Einsichten. Dann, noch ehe er es wirklich wahrnahm, war er eingeschlafen. Als er wieder zu sich kam, war die Frau gegangen. Das Schloß war ebenfalls nicht mehr da. Er befand sich an einem vollkommen anderen Ort.

Kapitel 7

Als Ylith zu den Pilgern zurückkehrte, fand sie diese in einem Stadium vollkommener Verwirrung vor. Sir Oliver war während der Nacht plötzlich spurlos verschwunden. Sein Knappe, Morton Kornglow, konnte sich sein Verschwinden nur durch die Einwirkung von Magie erklären.

Ylith sah sich in dem Haus um und ging schließlich zu Sir Olivers Zimmer. Der schwache Blausäuregeruch war ihr Beweis genug dafür, daß in diesem Raum innerhalb der letzten vierundzwanzig Stunden ein Moronia-Zauber zum Einsatz gekommen war.

Mehr brauchte Ylith nicht zu wissen. Sie wartete, bis sie allein in Olivers Zimmer war, ehe sie eilends einen eigenen Zauber erstellte. Dazu benutzte sie die Zutaten, die sie stets in ihrer Hexentasche bei sich führte – ein Utensil, das sie trotz ihres Übertritts zu den Mächten des Lichtes niemals abgelegt hatte. Durch die Anwendung des Zaubers nahm sie eine nebelhafte Form an, und schon war sie fort und auf dem Weg durch jenen großen Wald, in dem Oliver verschwunden war.

Sie fand die Spur des Ritters und folgte ihr bis zu Alwyns Schloß. Ylith kannte Alwyn flüchtig aus der alten Zeit, und sie wußte, daß Alwyn ebenfalls eine Hexe war, eine von der altmodischen, nicht reformierten Sorte. Ylith vermutete, daß Azzie sie engagiert hatte, um etwas für ihn zu erledigen.

Ihr blieb genug Zeit, um einen Blick in die unmittelbare Zukunft zu werfen, dann hatte sie auch schon genug gesehen, um ihre Wahrsageinstrumente korrekt auszurichten. Nun setzte sie sie in Betrieb.

Das Ergebnis fiel genauso aus, wie sie es erhofft hatte. Sir Oliver war gerade in ein Abenteuer mit Alwyn verstrickt, das Azzie außerordentlich einfach und kurzlebig aufgebaut hatte; danach würde Sir Oliver einen weiten

Weg gehen müssen; schließlich würde er den Wald hinter sich lassen und unterwegs zu seinem Ziel sein, das sich in den Südhängen der Alpen auf italienischem Territorium befand.

Der beste Platz, um ihn abzufangen, war irgendwo innerhalb des Waldes. Sie könnte ihm zwar den Weg abschneiden, aber was dann? Sie mußte ihn aufhalten, ohne ihm etwas zuleide zu tun.

»Ich hab's!« rief sie, packte ihre Wahrsageinstrumente zusammen und beschwor ein ihr bekanntes Geistwesen.

Das Geistwesen erschien sofort. Es war groß und schwarz und machte einen übellaunigen Eindruck. Ylith erklärte ihm in knappen Worten, worum es ging und wie Sir Oliver aufgehalten werden sollte.

»Du mußt ihn aufhalten«, sagte sie zu der Kreatur.

»Ich freue mich, Euch helfen zu können«, erklärte das ehemals dämonische Wesen, das erst kürzlich zur Seite des Guten übergewechselt war. »Soll ich ihn totschlagen?«

Kreaturen wie diese behielten stets eine gewisse Neigung zur Gewalttätigkeit. In ruhigen Zeiten, wenn im Himmel der Liberalismus vorherrschte, wurde diese Eigenschaft gemeinhin mit Nachsicht behandelt, doch dies war keine ruhige Zeit, und die Haltung gegenüber jenen Kreaturen war von einer ganz neuen Qualität.

»Nein, das geht zu weit«, widersprach Ylith. »Kennst du die Rolle aus unsichtbarem Zaun, die wir vor einigen Jahren von Baals Magiern übernommen haben?«

»Ja, Herrin. Sie wurde damals zur Anomalie erklärt und in einem der Warenhäuser gelagert.«

»Finde heraus in welchem und besorge ein ausreichend großes Stück davon. Und nun werde ich dir erklären, was du damit tun sollst.«

Kapitel 8

Langsam setzte Oliver sich auf. »Wow, was war denn das nun?« murmelte er. Dort, wo er die Vorboten eines Migräneanfalles pochen fühlte, preßte er die Hände an den Kopf. Irgend etwas war schiefgelaufen. Er wußte zwar nicht, was es war, doch es konnte gewiß nichts Gutes bedeuten.

Oliver stand auf und sah sich um. Er befand sich an einem Ort ohne jegliche Konturen. Obwohl es recht hell war, konnte er absolut nichts sehen. Rund um ihn herum gab es nur Grau.

Flügelschlag drang an seine Ohren, und eine kleine Eule landete auf seiner Schulter. Sie starrte ihn mit einem unergründlichen Ausdruck in den Augen an, der wunderbar zu der Nebelhaftigkeit der ganzen Umgebung paßte.

»Kannst du mir sagen, wo ich bin?«

Die Eule legte den Kopf auf die Seite. »Das ist schwer zu sagen. Auf jeden Fall ist das eine heikle Angelegenheit, alter Junge.«

»Was meinst du damit?«

»Ich meine, daß du dich an einem Ort befindest, der von einem unsichtbaren Zaun umgeben ist.«

Sir Oliver glaubte nicht an unsichtbare Zäune. Das glaubte er so lange, bis er einige Schritte gegangen war und prompt von einer unsichtbaren Barriere aufgehalten wurde.

Er konnte nicht einmal einen Finger hindurchstecken.

Es schien keinen Weg an ihm vorbei zu geben.

Oliver erzählte der Eule von seinen Erfahrungen.

»Natürlich«, sagte die Eule. »Das liegt daran, daß es sich um ein Nebengleis handelt.«

»Wohin führt das Gleis?«

»Ein Nebengleis verläuft stets im Kreis, das liegt in der Natur der Sache.«

»Aber das ist nicht in Ordnung. Ich kann es mir nicht leisten, eingesperrt zu sein. Ich muß ein magisches Pferd suchen.«

»So etwas gibt es hier nicht«, erwiderte die Eule.

»Eigentlich suche ich ja auch nach einem goldenen Kerzenhalter.«

»Klingt hübsch«, sagte die Eule, »aber ich habe keinen.«

»Im Augenblick wäre ich schon mit einem magischen Ring zufrieden.«

Schuldbewußt zuckte die Eule zusammen. »Ach, der Ring! Ich habe ihn dabei.«

Die Eule wühlte in ihrem Gefieder, fand einen Ring und gab ihn Oliver.

Oliver drehte den Ring zwischen den Fingern hin und her. Es war ein schöner Ring mit einem großen Saphir in einer ebenmäßigen Goldfassung. Er glaubte, Schatten sehen zu können, die sich in der Tiefe des Juwels bewegten.

»Du solltest ihn nicht so lange anstarren«, rügte die Eule. »Er ist dafür gedacht, Magie zu wirken, nicht angestarrt zu werden.«

»Was für eine Magie? Was muß ich jetzt mit ihm machen?«

»Hat dir das denn niemand gesagt?«

»Nein.«

»Nun«, resümierte die Eule, »dann war wohl jemand furchtbar nachlässig. Ich denke, du hast allen Grund, dich zu beklagen.«

Oliver sah sich um, doch es war niemand da, bei dem er sich hätte beklagen können, niemand außer der Eule.

»Teuflisch intelligente Bemerkung«, knurrte Sir Oliver. »Wie soll ich denn große Abenteuer erleben, wenn ich hier eingesperrt bin?«

»Wir könnten eine Runde Patience spielen«, schlug die Eule vor. »Nur so zum Zeitvertreib.«

»Das kann ich mir kaum vorstellen«, entgegnete

Oliver. »Mit Vögeln spiele ich üblicherweise keine Kartenspiele.«

Dessenungeachtet zog die Eule ein kleines Kartenspiel unter ihrem Flügel hervor und begann sie zu mischen, wobei sie Oliver herausfordernd anblickte.

»Na gut, dann spielen wir«, stimmte Oliver schließlich zu.

Schon bald war Oliver in das Spiel versunken. Er hatte Patience immer gemocht, und es half ihm tatsächlich, die Zeit zu überbrücken.

»Du bist dran«, sagte die Eule.

Kapitel 9

Im Gasthaus säuberte Azzie seine Kristallkugel und sah hinein, doch sie zeigte auch weiterhin nur graue Wolken, bis er sich daran erinnerte, daß er ihr eine Anweisung geben mußte. »Zeig mir, was Sir Oliver gerade tut.« Die Kristallkugel signalisierte den Empfang der Anweisung durch ein kurzes Aufblitzen, und gleich darauf wich die Wolke einer Szene, die Sir Oliver in einem grauen Waldstück zeigte, während er gerade mit einer Eule in eine Runde Patience vertieft war.

»Das hatte ich nicht vorgesehen«, murmelte Azzie vor sich hin. Er brauchte nun Aretinos Hilfe. »Wo ist mein Bote?« fragte der Dämon.

Die Tür öffnete sich, und eine zierliche Gestalt betrat den Raum.

»Bring diese Nachricht zu Aretino, schnell.« Azzie kritzelte einige Worte mit seinem Fingernagel auf ein Stück Pergament: »Kommt sofort zu mir!«

Er faltete das Pergament zweimal zusammen und reichte es dem Boten.

»Wo finde ich Aretino?«

»Zweifellos in Venedig. Er wird damit beschäftigt sein, mein Geld auszugeben.«

»Kann ich einen Zauber bekommen, der mich dorthin bringt?«

»Du solltest eigentlich eigene Zauber haben«, grummelte Azzie. »Nimm dir trotzdem einen vom Tisch.«

Der Bote steckte sich gleich einige Zauber aus der Kristallglasschüssel auf dem Tisch ein. »Nach Venedig!« sagte er zu einem der Zauber, und schon war er fort.

In der Eile hatte Azzie Quentin gar nicht erkannt, welcher die Gelegenheit genutzt hatte, um sich selbst ins Spiel zu bringen.

Kapitel 10

Pietro Aretino hatte in Venedig mittlerweile die Vorzüge von Azzies Vorauszahlung erkannt. Es war schon immer sein Wunsch gewesen, eine besondere Party zu schmeißen, eine, die diese freundliche alte Stadt aufhorchen lassen sollte. Außerdem würde Aretino mal wieder die Aufmerksamkeit der Öffentlichkeit auf sich lenken. Diese Party dauerte nun schon einige Tage und Nächte – genauer gesagt: Sie hatte nicht mehr aufgehört, seitdem Azzie Venedig verlassen hatte.

Aretino hatte eine Kapelle aus Deutschland anreisen lassen, die für die musikalische Untermalung sorgen sollte. Die Männer hatten ihre Hemden aufgeknöpft und tranken enorme Mengen. Alles in allem war es eine lustige und angenehme Zeit, und es war wirklich zu schade, daß sie nun von einem Boten unterbrochen wurde.

Der Bote war noch recht jung. Er war sogar noch ein Kind, ein hübscher Knabe mit blonden Locken, der in ein Nachthemd gekleidet war. Es war Quentin, der von seiner stürmischen Zauberreise, die ihn von Azzies Zimmer über die Alpen nach Venedig geführt hatte, noch immer ein wenig außer Atem war.

Ein Diener führte Quentin zu Aretino. Der Knabe verbeugte sich und sagte: »Aretino, ich bringe Euch eine Nachricht.«

»Ich kann im Augenblick keine Nachrichten gebrauchen«, erwiderte Aretino. »Ich muß mich erst einmal amüsieren.«

»Aber sie ist von Azzie«, beharrte Quentin. »Er will, daß Ihr sofort zu ihm kommt.«

»Ich verstehe. Und wer bist du?«

»Ich bin einer der Pilger. Wißt Ihr, als meine Schwester Puss, das ist nicht ihr richtiger Name, eigentlich heißt sie Priscilla, als sie eingeschlafen ist, habe ich beschlossen, ein bißchen herumzustöbern, weil ich nicht schlafen konnte. Ich kann meistens nicht schlafen. Na ja, ich bin in den zweiten Stock hinaufgegangen. Da habe ich eine Tür entdeckt und in den Raum hineingesehen, und dann war ich plötzlich ein Bote.«

»Und auf welche Weise reist du?« fragte Aretino. »Du bist doch ein Sterblicher wie ich, richtig?«

»Natürlich. Ich habe mir eine Handvoll Zauberbanne von Azzie eingesteckt.«

»Ich hoffe, du sagst die Wahrheit«, murmelte Aretino nachdenklich. »Was will Azzie von mir?«

»Nur Eure sofortige Anwesenheit.«

»Wo ist er?«

»Ich werde Euch zu ihm bringen. Der Zauber führt uns hin«, sagte Quentin.

»Bist du wirklich sicher, daß man sich auf diese Zauber verlassen kann?«

Quentin befand diese Frage nicht einer Antwort würdig. Er selbst hatte sich in Windeseile an die Wirkungsweise der Zauber gewöhnt und konnte es kaum abwarten, Puss zu erzählen, daß es wirklich nichts Besonderes war, magisch zu reisen.

Kapitel 11

Azzie hatte bereits für den Zeitpunkt, an dem Sir Oliver seine Passage hinter sich haben würde, eine Feier geplant, mit der er den gelungenen Beginn seines Projektes würdigen wollte. Aretino hätte die Vorgänge lediglich beobachten und niederschreiben sollen. Doch kaum hatte sich der Ritter auf den Weg gemacht, da stellte sich auch schon heraus, daß es Probleme geben würde.

Azzie verschwendete keine Zeit, um festzustellen, was danebengegangen war. Anhand der verräterischen Zeichen, mit deren Hilfe das Böse den Fortschritten der Arglosen nachzuspüren vermag, folgte er Sir Olivers Spur im Märchenland. Auf diese Weise landete auch Azzie im Wald jenes sonderbaren Reiches in dem die Realität mit dem Märchenland verschmolzen war.

Nach einem langen Marsch über düstere Waldwege erreichte Azzie eine Lichtung, an deren Ende er Sir Oliver entdeckte. Der Ritter saß auf einem Holzbalken einer Eule gegenüber und spielte mit winzigen Karten, die gerade die richtige Größe hatten, um von einer Eule in den Klauen gehalten zu werden.

Azzie wußte nicht, ob er lachen oder heulen sollte; immerhin hatte er Sir Oliver für große Taten vorgesehen. Nun lief er über die Lichtung und brüllte: »Hey, Oliver! Hör mit den Kindereien auf und mach weiter!«

Doch seine Worte verhallten ungehört, und es war ihm unmöglich, sich dem Pilger weiter als bis auf zwanzig Fuß zu nähern. Eine Art unsichtbarer Gummiwand versperrte ihm den Weg. Die Wand schien schalldicht zu sein, und Azzie befürchtete, daß sie auch die Sicht nach draußen abschirmte, denn Oliver schien ihn nicht zu bemerken.

Azzie umrundete die Barriere, bis er an einen Punkt kam, den Sir Oliver sehen mußte, sobald er einmal aufblickte. Dort blieb er stehen und wartete. Nur einen

Augenblick später sah Sir Oliver tatsächlich auf, doch er schien direkt durch Azzie hindurchzuschauen. Gleich darauf richtete er seinen Blick wieder auf die Spielkarten.

Azzie war klar, daß hier etwas Unheimliches vor sich ging, etwas, das weit über die üblichen Albernheiten hinausging, die er so meisterlich beherrschte. Er fragte sich, wer wohl dahintersteckte.

Sein erster Verdacht fiel auf Babriel, doch er konnte sich nicht vorstellen, daß die mentalen Kräfte des Engels für solche Taten stark genug waren. Wer konnte es dann sein? Michael? Irgendwie fehlte der Angelegenheit der letzte Schliff, der typisch für den Erzengel gewesen wäre. Das war nicht Michaels Stil. Andererseits war dem Erzengel in der Not wirklich alles zuzutrauen.

Damit blieb nur noch Ylith. Das würde zu ihr passen! Daraus ergab sich die Frage, was genau sie getan haben mochte.

Im nächsten Moment stand sie neben ihm. »Hi, Azzie«, sagte sie. »Wenn mich meine Hexensinne nicht trügen, dann hast du gerade an mich gedacht.« Ihr Lächeln war genauso einfach wie schön, doch es beantwortete keine Fragen.

»Was hast du hier angestellt?« erkundigte sich Azzie.

»Ich habe mir etwas ausgedacht, um dir zu schaden«, erklärte Ylith. »Es ist ein unsichtbarer Zaun im Standardformat.«

»Wirklich süß«, grollte Azzie. »Und jetzt: öffne ihn!«

Ylith ging zu dem unsichtbaren Zaun und betastete ihn. »Das ist sonderbar«, sagte sie.

»Was ist sonderbar?« fragte Azzie.

»Ich kann die Anomalie nicht finden, aus der der Zaun mit Kraft versorgt wird. Sie hätte eigentlich genau hier sein sollen.«

»Das ist einfach zuviel«, stöhnte Azzie. »Ich werde mich an Ananke wenden.«

Kapitel 12

Ananke hatte ihre alten Freundinnen, die drei Parzen, zum Tee eingeladen. Lachesis hatte zu dieser Gelegenheit extra einen Kuchen gebacken, Clotho auf der Suche nach einem passenden Geschenk sämtliche Andenkengeschäfte von Babylon auf den Kopf gestellt, und Atropos war mit einem kleinen Gedichtband erschienen.

Ananke trat im allgemeinen nicht in menschlicher Gestalt auf. »Nennt mich einfach einen alten Bilderstürmer«, pflegte sie mit Vorliebe zu sagen. »Ich glaube nicht, daß irgend etwas wirklich Bedeutsames in Bildern eingefangen werden sollte.«

Aus sozialen Gründen und weil sie die drei Parzen gern hatte, zeigte sie sich jedoch an diesem Tage in der Gestalt einer großen, deutschen Frau in mittleren Jahren, die in ein edles Kostüm gekleidet war und die Haare hochgesteckt trug.

Ananke und die Parzen nahmen ihr Picknick an den Hängen des Ikonenberges ein. Die Luft über diesen hochgelegenen Weiden duftete nach Rosmarin und Thymian, und der Himmel über ihnen strahlte in einem tiefen Blau, über das kleine weiße Wölkchen wie Albinoratten hüpften.

Ananke schenkte den Tee ein, als Lachesis einen Punkt am Himmel bemerkte, der auf sie zukam.

»Schaut!« rief sie. »Da kommt jemand.«

»Ich hatte Anweisung gegeben, mich nicht zu stören«, grummelte Ananke. Wer hatte es gewagt, ihre Befehle zu mißachten? Als wäre es ein grundlegendes Prinzip oder zumindest etwas Ähnliches, ging Ananke gewohnheitsmäßig davon aus, daß die Leute schon zusammenzuckten, wenn auch nur ihr Name genannt wurde. Ihr gefiel es, wenn sie sich selbst als *Die Der Gedient Werden Muß* betrachten konnte, auch wenn das ein bißchen hochtrabend war.

Der Punkt nahm allmählich Gestalt an und wurde bald als fliegender Dämon erkennbar.

Azzie landete elegant in der Nähe der Picknickgesellschaft. »Ich grüße Euch!« rief er und verbeugte sich. »Verzeiht die Störung. Ich hoffe, es geht Euch allen gut.«

»Erkläre mir, was das zu bedeuten hat«, verlangte Ananke gestreng. »Ich hoffe, du hast einen guten Grund vorzubringen.«

»Das habe ich«, sagte Azzie. »Ich habe beschlossen, ein neues Schauspiel auf Erden aufzuführen, ein unmoralisches Stück, das als kleiner Ausgleich für die vielen Moralstücke dienen soll, die meine Gegner über die Welt gebracht haben, und deren propagandistischer Inhalt ohne jedes Leben und jeden Sinn ist.«

»Du störst mich bei meinem Picknick, um mir von deinem Stück zu erzählen? Ich kenne dich lange genug, du Halunke, und ich bin an deinen kleinen Spielchen nicht interessiert. Was habe ich mit deinem Stück zu tun?«

»Meine Gegner behindern mich«, erklärte Azzie. »Und Ihr zieht deren Seite der meinen vor.«

»Na ja, das Gute ist ja schließlich auch ganz nett«, sagte Ananke zurückhaltend.

»Mag sein. Dennoch steht es mir zu, es zu bekämpfen, richtig? Und Eure Aufgabe ist es, für Chancengleichheit zu sorgen.«

»Nun, das ist richtig«, gab Ananke zu.

»Dann werdet Ihr Michael davon abhalten, mich in meiner Arbeit zu behindern?«

»Ich denke schon. Aber nun laß uns endlich unser Picknick veranstalten.«

Damit mußte Azzie sich zufriedengeben.

Teil 7

Kapitel 1

Michael war in seinem Büro und erholte sich in Platos ideal gestaltetem Lehnstuhl – dem Archetypus aller späteren Lehnstühle und dem schon per Definition besten, der jemals ersonnen worden war. Alles, was ihm nun noch fehlte, war eine gute Zigarre. Da aber das Rauchen zu den Lastern gehörte, die er sich schon vor langer Zeit abgewöhnt hatte, fehlte ihm im Grunde gar nichts.

Zufriedenheit war ein Zustand, den ein Erzengel ebenso wie ein Mensch nur unter größten Schwierigkeiten zu erreichen vermochte, weshalb Michael diesen Augenblick sehr wohl zu schätzen wußte. Er genoß ihn außerordentlich, obwohl er sich irgendwo im Hinterkopf bereits fragte, wie lange diese Wonne wohl noch vorhalten würde.

Es klopfte an der Tür.

Michael hatte das ungute Gefühl, daß das, was da auf ihn zukam, wenig erfreulich sein würde. Er überlegte, ob er einfach nicht antworten oder den Besucher davonscheuchen sollte, doch er entschied sich anders. Als Erzengel mußte man seinen Egoismus nun einmal an der Bürotür abgeben.

»Herein«, sagte er statt dessen.

Die Tür wurde geöffnet, und ein Bote betrat den Raum.

Der Bote war klein, nur ein Kind mit goldenen Locken, das mit einem Nachthemd bekleidet war. In einer Hand hielt es ein Päckchen, in der anderen ein Bündel Zauberbanne. Natürlich handelte es sich wieder um Quentin, der sich mit aller Hingabe seiner neuen Aufgabe als Bote hingab.

»Ein Päckchen für den Erzengel Michael.«

»Das bin ich«, sagte Michael.

»Hier unterschreiben«, entgegnete Quentin.

Michael kritzelte seine Unterschrift auf das blattgoldene Empfangsformular, das Quentin ihm vor die Nase hielt. Der Knabe faltete es zusammen, steckte es wieder ein und überreichte Michael das Päckchen.

»Du bist kein Engel, richtig?« fragte Michael.

»Nein, Herr.«

»Du bist ein kleiner Menschenjunge, nicht wahr?«

»Ich glaube, so ist es«, antwortete Quentin.

»Warum arbeitest du dann bei einem übernatürlichen Botendienst?«

»Das weiß ich nicht genau«, sagte Quentin. »Aber es macht eine Menge Spaß. Gibt es sonst noch etwas?«

»Ich glaube nicht«, entgegnete Michael.

Quentin betätigte einen seiner Zauber und war fort.

Michael kratzte sich am Kopf, ehe er sich dem Päckchen zuwandte. Es war in glattes, graues Papier verpackt. Er riß es auf und zog einen großen Ziegel aus Messing hervor. Als er ihn näher betrachtete, entdeckte er die Inschrift. *Michael! Hör auf, Azzies Stück zu sabotieren. Inszeniere ein eigenes Schauspiel, wenn es dir beliebt, aber laß die Schweinereien gegenüber Azzie. Mit freundlichem Gruß, Ananke.*

Michael legte den Ziegel beiseite. Seine Stimmung war gänzlich ruiniert. Für wen hielt sich Ananke, daß sie sich einbildete, einem Erzengel Anweisungen geben zu dürfen? Er hatte sich noch nie mit dem Gedanken anfreunden können, daß Ananke, die Macht der Notwendigkeit, über Gut und Böse richten durfte. Wer sagte denn, daß es so sein mußte? Schlampige Planung, das war der ganze Grund dafür. Er wünschte, Gott wäre nicht fortgegangen. Er war der einzige, der diesen Ärger schlichten konnte. Aber Er war fort, und irgendwie hatte es diese Person, Ananke, geschafft, die Verantwortung an sich zu reißen, und nun versuchte sie auch noch, Michael Vorschriften zu machen.

»Sie kann nicht einfach Gesetze erlassen, die sich derart gegen mich richten«, schimpfte er. »Sie mag eine Notwendigkeit sein, aber sie ist ganz bestimmt nicht Gott.«

Er beschloß, daß er etwas in dieser Sache unternehmen mußte.

Nach einigen Nachforschungen wußte er, daß es verschiedene Möglichkeiten gab, etwas gegen Azzies Machenschaften zu tun. Wahrscheinlich reichte es vollkommen, ihn ein bißchen aufzuhalten.

Kapitel 2

»Versuch es noch einmal!« sagte Hephaestus.

»Das tue ich doch!« entgegnete Ganymede. »Und ich sage dir, ich kann nicht durchdringen.«

Alle Götter hatten sich auf dieser Seite der Grenze versammelt, deren andere Seite die Büchse der Pandora in Westfalls Räumen auf der Erde war. Auf diesem Weg war es Zeus gelungen, sich zu befreien, und nun wollten auch die anderen Götter und Göttinnen hinaus, doch die Schnittstelle zwischen ihrem Reich und dem der Materie verweigerte ihnen den Zugriff. Hephaestus, der Handwerker unter den Göttern, hatte schon alle möglichen Tricks ausprobiert, um den Durchgang zu vergrößern, allerdings hatte er noch nie zuvor Erfahrungen mit der Arbeit an solchen Schnittstellen machen können.

Plötzlich ertönte ein leises Summen, und alle wichen zurück. Einen Augenblick später durchquerte Zeus die Schnittstelle und stand in seiner ganzen Pracht vor ihnen.

»So, der große Mann kehrt also zurück«, sagte Hera. Sie hatte schon immer eine zynische Ader gehabt.

»Sei friedlich, Frau«, entgegnete Zeus.

»Du hast leicht reden«, schimpfte Hera. »Du ziehst los

und spielst deine kleinen Spielchen in der Welt dort draußen, während wir hier an diesem widerwärtigen Ort gefangen sind. Was für eine Art Chefgott bist du eigentlich?«

»Der beste von allen«, konterte Zeus. »Ich war nicht untätig, und ich habe einen Plan. Aber ihr alle müßt tun, was ich euch sage, denn eure Freiheit hängt davon ab. Davon und von der Frage, ob ihr euer übliches Gejammer zugunsten von Kooperation ein bißchen zurückstellen könnt. Soweit ich informiert bin, wird der Erzengel Michael bald hier sein.«

»Hah! Der Feind!« schrie Phoebus Apollo.

»Nein«, sagte Zeus. »Ein möglicher Verbündeter. Er wird herkommen und uns um etwas bitten. Wir müssen vernünftig mit ihm sprechen und seine Forderungen erfüllen.«

»Und dann?«

»Dann, meine Kinder, werden wir die Chance erhalten, die Herrschaft über die Welt zurückzugewinnen.«

»Ah, da ist ja der Emporkömmling!« rief Zeus, als Michael schließlich eintraf.

Der Erzengel war wenig begeistert, von Zeus als Emporkömmling bezeichnet zu werden. Man könnte beinahe glauben, Michael sei erst kürzlich einfach so aus dem Nichts entstanden, dabei verfügte er über eine spirituelle Macht, die der von Zeus in nichts nachstand.

»Benehmt Euch«, rügte er Zeus. »Wir haben noch immer die Macht, Euch und Eure halbnackte Truppe genußsüchtiger Rabauken in die tiefste Hölle zu verbannen.«

»Von dort kommen wir gerade«, sagte Zeus. »Wenn man das Schlimmste erst einmal erlebt hat, dann verliert die Androhung ihre Macht. Reden wir nicht davon, warum wolltet Ihr mich sprechen?«

»Ich nehme an, Euch ist bekannt, daß sich eine neue

Macht auf der kosmischen Bühne gebildet hat?« fragte Michael.

»Dieses Faktum ist unserer Aufmerksamkeit allerdings nicht entgangen«, bestätigte Zeus. »Was ist mit dieser Macht?«

»Ihr wißt von dem unmoralischen Schauspiel, das der Dämon Azzie zu inszenieren versucht?«

»Ich habe davon gehört«, sagte Zeus. »Klingt nach einer recht netten Idee.«

»Auf die Menschheit hat es einen Effekt, der, wie ich annehme, Euch nicht weniger unangenehm sein wird als uns.«

»Wie kommst du darauf? Wir Griechen haben schließlich nichts mit dieser Idee von Gut und Böse zu tun.«

»Dieser Plan geht über Gut und Böse weit hinaus.«

»Und?«

»Dieses Stück ist nicht nur unmoralisch, sondern es untergräbt auch den Gedanken, daß Charakter und Schicksal miteinander verwoben sind.«

»Was? Was war das?« fragte Zeus.

»Ich dachte mir, daß ich damit Eure Aufmerksamkeit gewinnen kann«, bemerkte Michael. »Aber das ist noch nicht alles. Nicht nur, daß Azzie in seinem Stück Charakter und Schicksal als voneinander unabhängig darstellt, er behauptet auch, daß ein Leben ohne Prüfungen ebenfalls wertvoll ist.«

»Das ist zu viel!« rief Zeus. »Wie können wir ihn aufhalten?«

»Wir müssen nur die Taktik der Verzögerung verfolgen«, sagte Michael. »Leider kann ich selbst nichts mehr tun, denn ich wurde bereits von Ananke verwarnt. Aber wenn Ihr oder, noch besser, eines Eurer Kinder mir vielleicht einen kleinen Gefallen täte ...«

Phoebus erhob sich lächelnd. »Ich würde mich freuen, helfen zu können«, sagte er. »Sagt mir nur, was ich tun soll.«

»Wir brauchen die Zyklopen«, erklärte Michael. »Ich

dachte an etwas in der Art, wie das, was Phoebus seinerzeit für Odysseus eingefädelt hatte, nur diesmal muß es besser funktionieren. Danach habe ich noch eine Aufgabe für denjenigen von Euch, der Stürme, Regen und Wind schickt.«

Athene dachte eine Weile nach, ehe sie sagte: »Diese Funktion ist auf mehrere Götter aufgeteilt, zu denen auch Poseidon und Zeus selbst gehören.«

»Das ist wahr«, bestätigte Zeus. »Nun, wir werden die Sache mit dem Wetter einfach jemandem übertragen. Ares, was hältst du davon, Kriege auf natürliche Weise zu inszenieren?«

»Solange ich dabei Menschen verletzen kann, soll es mir recht sein«, sagte Ares.

»Dann hört mir zu«, bat Michael. »Es gibt einige Dinge, die Ihr über das Wettermachen wissen müßt.«

Kapitel 3

Eine Frauenstimme schrie: »Ich habe es gefunden!« Gleich darauf war ein Klicken zu hören, gefolgt von den Geräuschen eines fallenden Zaunes.

Oliver erhob sich, um die Grenzen seines Areals zu erforschen.

Es gab keine, also begann er zu marschieren.

Er wußte nicht recht, wohin er ging, doch da er den Moronia-Zauber bei sich hatte, machte er sich darum keine Sorgen. Der Zauber zog und zerrte an ihm, so daß es keinen Zweifel über die gewünschte Richtung geben konnte. Später wurde ihm bewußt, daß er bereits eine enorme Strecke zurückgelegt hatte. Der Zauber zerrte ihn nach rechts, und Sir Oliver folgte der Richtung.

Schnell kam er an eine Bucht. Er ging immer weiter, bis er eine große Höhle entdeckte, die ihm irgendwie unheimlich war. Er beschloß, einen großen Bogen um den Höhleneingang zu machen, doch dann entdeckte er das rustikale Schild über der Höhle: *Ringbesitzer willkommen.*

Er ging hinein.

Ein Ungeheuer saß auf einem Stuhl im Höhleneingang. »Hast du den Ring?« fragte es.

»Sicher«, antwortete Oliver und zeigte ihm den Ring.

Das Ungeheuer unterzog das Schmuckstück einer eingehenden Prüfung und rollte einen riesigen Felsbrocken auf den Eingang zu.

»Warum tust du das?« erkundigte sich Oliver.

»Anweisungen«, brummte das Ungeheuer und setzte sich wieder auf seinen Stuhl.

»Und was passiert jetzt?«

»Glaube mir, das willst du gar nicht wissen.«

»Doch, ich will es wissen. Sag es mir!«

»Ich esse dich«, erklärte das Ungeheuer.

»Das meinst du doch nicht ernst.«

»Das meine ich sogar absolut ernst. Hast du etwa jemals gehört, daß Ungeheuer scherzen?«

»Aber ich habe dir doch gar nichts getan«, wandte Oliver ein.

»Das hat nichts damit zu tun.«

»Und was hat etwas damit zu tun?«

»Tut mir leid, Kumpel, aber ich habe eine Arbeitsanweisung. Iß den Burschen mit dem Ring, so lautet meine Order.«

»Welchen Burschen mit dem Ring?« fragte Oliver.

»Darüber steht da nichts. Ich soll nur irgendeinen Kerl mit einem Ring essen.«

»Das kann aber doch jeder sein.«

»Jetzt hör mal, Bursche! Könnte doch sein, daß sie keine Zeit hatten, um den Zauber genauer festzulegen.«

»Aber was ist, wenn du den Falschen erwischst?«

»Das wäre hart für dich, aber es wäre trotzdem nicht mein Fehler.«

»Natürlich nicht«, stimmte Oliver zu. »Trotzdem werden Sie dir die Schuld geben.«

»Wie kommst du darauf?«

»Tun sie das sonst etwa nicht, wenn irgend etwas schiefgelaufen ist, ganz gleich, ob es dein Fehler war oder nicht?«

»Da hast du recht«, gab das Ungeheuer zu. Es ging tiefer in die Höhle hinein, in der sich ein Sessel, ein Bett und eine Lampe befanden.

Oliver sah sich nach einer Waffe um, doch er konnte nichts entdecken. Allerdings sah er den Zettel, den jemand auf dem Rücken des Ungeheuers an dessen Hemd festgeheftet hatte.

»Was hängt denn da an deiner Schulter?« fragte Oliver.

»Das ist der Abfertigungsschein, den sie mir mitgegeben haben.«

»Und was steht da?«

»Nur, daß ich hierbleiben und auf den Burschen mit dem Ring warten soll.«

»Sonst nichts?«

»Nicht, daß ich wüßte.«

»Laß mich doch mal sehen.«

Das Ungeheuer hielt das für keine besonders gute Idee. Schließlich mußte es auf den Abfertigungsschein aufpassen, und es würde ihn bestimmt keinem Fremden zeigen. Ganz besonders keinem Fremden, den es zu essen gedachte. Oliver konnte die Beweggründe des Ungeheuers zwar verstehen, doch er hatte sich inzwischen in den Kopf gesetzt, daß er den Schein unbedingt sehen wollte. Ihm fiel nichts Besseres ein, als dem Ungeheuer eine Massage anzubieten.

»Warum sollte ich eine Massage wollen?« fragte das Ungeheuer mißtrauisch.

»Weil sie dir guttut.«

»Ich bin in Ordnung«, behauptete das Ungeheuer, obwohl es ihm offensichtlich nicht besonders wohl zumute war.

»Sicher«, log Oliver. »Ich sehe auch, daß du in Ordnung bist. Aber was heißt das schon? In Ordnung bedeutet doch so gut wie nichts. Was hältst du davon, dich zur Abwechslung mal gut zu fühlen?«

»Ich weiß nicht, ob ich das nötig habe«, sagte das Ungeheuer.

»Wie lange ist es her, daß du dich gut gefühlt hast? Ich meine, wirklich gut.«

»Ich glaube, das liegt schon eine ganze Weile zurück. Niemand interessiert sich dafür, wie sich ein Ungeheuer fühlt. Niemand glaubt, daß Ungeheuer überhaupt fühlen können. Und niemand erkundigt sich jemals nach der Gesundheit oder dem Geisteszustand eines Ungeheuers. Die Leute halten uns Ungeheuer für dumm, aber wir sind klug genug, um festzustellen, daß wir sie einen Scheißdreck interessieren.«

»Du hast sicher recht«, stimmte Oliver zu. »Wie steht es nun mit der Massage?«

»Okay«, stimmte das Ungeheuer zu. »Muß ich dazu mein Hemd ausziehen?«

»Nur, wenn du es möchtest.«

Das Ungeheuer legte sich auf den riesigen Felsbrocken, den es als Bett benutzte. Für die Dauer des Tages baute es immer sein Lager mit einigen Steinen, die die Kissen ersetzten, zu einem Sofa um.

Oliver zog dem Ungeheuer das Hemd hoch und begann zunächst vorsichtig, die Rückenmuskulatur der Kreatur zu drücken und zu kneten. Als das Ungeheuer sich beklagte, es könne nichts fühlen, drückte er mit aller Gewalt in seinen Muskeln herum, kniff und hämmerte, wobei er sich unentwegt bemühte, einen Blick auf den Zettel zu erhaschen, der mit einem Bronzedraht an der linken Schulter des Ungeheuers befestigt war.

Endlich gelang es ihm, einen Teil des Zettels zu lesen: *›Dieses Ungeheuer ist nur in der linken Achselhöhle verwundbar, die bis auf eine kleine Luftöffnung gepanzert ist. Das Ungeheuer wird aufgerufen, sicherheitshalber nichts in die*

Nähe dieses Gebietes kommen zu lassen‹. Dann folgte ein Warenzeichen, doch es war verschmiert und unleserlich.

Das war doch immerhin etwas, allerdings leider nicht genug, denn Oliver hatte nicht die geringste Ahnung, wie er es anstellen sollte, an die linke Achselhöhle des Ungeheuers heranzukommen. Für ihn war nicht einmal die rechte erreichbar.

Ein Schatten legte sich über den Höhleneingang, und Oliver sah auf. Vor der Höhle stand ein großer, gutgekleideter, italienisch aussehender Mann.

»Hallo da drinnen, ich bin Pietro Aretino«, sagte der Mann. »Azzie hat mich geschickt. Wenn Ihr mit Eurer Massage fertig seid, können wir dann vielleicht wieder an die Arbeit gehen?«

»Wer ist das?« fragte das Ungeheuer verschlafen.

»Nur nicht aufregen«, beschwichtigte Oliver. »Es ist für mich.«

»Sag ihm, er soll verschwinden! Nach der Massage muß ich dich so oder so essen.«

Oliver verdrehte die Augen und nahm seine Hand gerade lange genug vom Rücken des Ungeheuers, um eine flehentliche Geste zu machen.

Nur erst wurde Aretino sich der Kreatur bewußt, die Oliver da massierte. Langsam betrat er die Höhle, wobei er stets fluchtbereit blieb, für den Fall, daß sich hier noch mehr Ungeheuer aufhielten. »Ist es gepanzert?« fragte er Oliver im Flüsterton.

»Ja«, entgegnete Oliver. »Überall, nur unter der linken Achselhöhle nicht.«

»Dann müßt Ihr es dort erwischen.«

»Sicher, aber wie?«

»Gibt es hier zufällig Weintrauben?« wisperte Aretino.

»Ich werde ihn fragen«, entgegnete Oliver, ohne mit der Massage aufzuhören.

»Weintrauben? Was willst du mit Weintrauben?«

»Die letzte Mahlzeit, bevor ich sterbe. Das ist so üblich.«

»Davon habe ich noch nie gehört. Aber wir müßten eigentlich Weintrauben haben. Die Massage war sehr gut.«

Das Ungeheuer kam schwerfällig auf die Beine. »Komm mit.« Er führte Oliver nach draußen, und tatsächlich befand sich ganz in der Nähe eine weinberankte Laube.

»Ich kann sie nicht erreichen«, klagte Oliver.

»Ich werde dir welche pflücken«, sagte das Ungeheuer und streckte seinen Arm aus, wodurch seine Achselhöhle freilag. Aretino warf Oliver sein Schwert zu; Oliver fing es auf. Noch immer hielt das Ungeheuer den Arm erhoben. Aber es war der rechte Arm. Oliver zögerte.

»Versucht es einfach«, rief Aretino.

Oliver biß die Zähne zusammen und stieß das Schwert in die Achselhöhle des Ungeheuers. Sie war geschützt, genau wie er befürchtet hatte, aber die Rüstung war nicht sehr fest. Aretinos Schwert drang hindurch.

»Auuuhh! Warum hast du das getan?«

»Das mußte ich tun. Du wolltest mich schließlich umbringen.«

»Das hätte ich mir doch noch anders überlegt.«

»Aber das konnte ich doch nicht wissen.«

Das Ungeheuer stürzte zu Boden und knirschte mit den Zähnen. »Ich schätze, ich hätte mit so etwas rechnen sollen. Wäre ja auch ganz was Neues, wenn wir Ungeheuer einmal gewinnen würden. Ach, übrigens, der Kerzenhalter, den du suchst, liegt hinten in der Höhle.« Es bäumte sich noch einmal auf und war tot.

»Schnell!« rief Aretino. »Holt den Kerzenhalter.«

Oliver rannte in die Höhle zurück und fand den Kerzenhalter hinter einem Felsbrocken. Nun hatte er den Ring, den Schlüssel und den Kerzenhalter. Er wollte zu Aretino zurücklaufen, kam jedoch nur zwei Schritte weit, ehe er vor Schreck wie angewurzelt stehenblieb.

Aretino war fort. Ein völlig anderer Mann stand nun vor ihm.

Kapitel 4

»Wer bist du?« fragte Oliver.

»Euer erster Offizier, Herr«, sagte der Mann. »Mein Name ist Globus, und meine Aufgabe ist es, Euer Hochwohlgeboren zu dienen.«

Olivers Peripherieblickwinkel meldete sich wieder zum Dienst, und er stellte fest, daß er sich an einem ganz anderen Ort befand, als noch vor wenigen Augenblicken. Es mußte geschehen sein, als er den Kerzenständer aufgehoben hatte. Die Bucht war verschwunden. Er stand auf einer großen Weide vor einer kleinen Stadt. Auf einer Seite erstreckte sich eine Bergkette, auf der anderen lag eine weite Ebene, in deren Mitte ein Fluß vor sich hin plätscherte. Gleich am Flußufer befand sich ein Zeltlager voller Männer.

»Was ist das für eine Truppe?« fragte Oliver.

»Die *Weiße Kompanie*«, entgegnete Globus.

Die *Weiße Kompanie* war berühmt. Ihr ursprünglicher Kommandant, Sir John Hawkwood, hatte die Truppe zu vielen großen Siegen in ganz Italien geführt. Es waren etwa zehntausend Männer, Krieger aus ganz Europa – dunkelhäutige Letten, wuschelköpfige Polen, schnauzbärtige Deutsche, Italiener mit Ohrringen, Franzosen mit ondulierten Haaren, Schotten mit buschigen Brauen und noch viele andere mehr. Diese Truppe war die beste, die fidelste, die blutrünstigste und doch befehlsorientierteste aller Truppen in der zivilisierten und sogar in der unzivilisierten Welt.

»Wo ist Hawkwood?« erkundigte sich Oliver nach dem berühmten Anführer der Krieger.

»Sir John hat sich nach England in den Ruhestand zurückgezogen«, erzählte Globus ihm. »Er wollte eigentlich gar nicht, aber mein Meister hat ihm ein finanzielles Angebot gemacht, das er nicht ablehnen konnte.«

»Wer ist dein Meister?«

»Ich werde ihn nicht beim Namen nennen«, sagte Globus, »doch ich kann über ihn sagen, daß er ein teuflisch guter Kumpel ist. Er bat mich, Euch das hier zu geben.«

Aus seiner Proviantasche zog er ein schmales Instrument heraus und überreichte es Oliver. Oliver erkannte es auf Anhieb als einen Kommandostab, so wie ihn ein Feldmarschall tragen mochte.

»Das sind Eure Kommandeursinsignien«, sagte Globus. »Ihr werdet sie den Männern zeigen, und sie werden Euch überallhin folgen.«

»Wohin soll ich von hier aus gehen?«

»Wir befinden uns jetzt an der Südseite der Alpen.« Globus deutete nach Süden. »Wir müssen zunächst in diese Richtung und dann dem Fluß folgen, um nach Venedig zu gelangen.«

»Und ich muß nur diese Männer hinführen?« fragte Oliver.

»Ganz richtig.«

»Dann laß uns zu ihnen gehen«, brüllte er triumphierend.

Kapitel 5

Oliver betrat das purpurfarbene Zelt, das für ihn reserviert war. Drinnen, auf einem Klappstuhl, saß Azzie und feilte sich mit einer kleinen, silbernen Feile die Nägel.

»Hi, Boß«, rief Oliver.

»Herzlichen Glückwunsch zu Eurer neuen Aufgabe, Feldmarschall«, sagte Azzie. »Ist alles zu Eurer Zufriedenheit?«

»Es ist wunderbar«, entgegnete Oliver. »Ihr habt mir da eine hervorragende Truppe besorgt. Ich habe sie mir auf dem Weg zum Zelt angesehen. Richtig harte Männer, nicht wahr? Jeder, der den Versuch wagt, sich gegen mich zu stellen, wird es furchtbar bereuen. Dabei fällt mir ein: muß ich irgendwo zum Kampf antreten?«

»Selbstverständlich. Auf Eurem Marsch Richtung Süden, den Ihr sofort antreten werdet, nachdem wir unsere kleine Unterhaltung beendet haben. Ihr werdet auf die Berserker von der Totenkopfbrigade treffen.«

»Das hört sich gefährlich an. Glaubt Ihr wirklich, ich sollte gleich beim ersten Kampf gegen einen gefährlichen Gegner antreten?«

»Sie sind nicht gefährlich, und den Namen habe ich ihnen gegeben, weil er der Presse gefallen wird. Tatsächlich handelt es sich lediglich um eine Meute ortsansässiger Kleinbauern, denen die Bürgerrechte aberkannt worden sind. Es sind Bauern, denen man das Land wegnehmen will, weil sie die hohen Steuern nicht bezahlt haben. Sie sind lediglich mit Äxten und Sensen bewaffnet, haben keine Rüstungen, keine Bogen und nicht einmal anständige Lanzen. Außerdem sind es nur etwa hundert Mann, die gegen Eure zehntausend antreten. Und sie sind nicht nur unzureichend ausgerüstet, es ist auch genau die Art Menschen, die beim ersten Waffenklirren alles stehen und liegen und ihre eigenen Kameraden im Stich läßt.«

»Das hört sich gut an«, sagte Oliver. »Wie geht es danach weiter?«

»Danach werdet Ihr nach Venedig marschieren. Die Presse wird schon auf Euch warten.«

»Die Presse? Ist das etwa ein Folterinstrument? Ich werde doch wohl nicht gefoltert werden?«

»Ihr versteht mich nicht«, sagte Azzie. »Presse ist eine Bezeichnung für verschiedene Personen, die Neuigkeiten bekannt machen, Maler, Dichter, Schreiber und so weiter.«

»Mit solchen Dingen bin ich nicht vertraut«, gestand Oliver.

»Dann solltet Ihr Euch schnell damit vertraut machen, wenn Ihr wirklich berühmt werden wollt. Wie wollt Ihr

Euch denn sonst einen bekannten Namen schaffen, wenn die Schreiber nicht über Euch berichten?«

»Ich dachte wohl, es würde einfach geschehen«, murmelte Oliver.

»Ganz und gar nicht. Ich habe die besten Dichter und Schreiber dieser Zeitperiode verpflichtet, die unter der Führung von Pietro Aretino Lobgesänge über Euch verfassen werden. Tizian wird ein großes Propagandagemälde anfertigen, das Euch nach Eurem gewaltigen Sieg darstellen wird. Außerdem werde ich einen Komponisten anheuern, der die Musik zu einem Maskenspiel im Gedenken an Euren Sieg schreiben wird.«

Azzie erhob sich und ging zum Ausgang des Zeltes. Einige große Regentropfen fielen, und aus Richtung der Alpen zogen mächtige, schwarze Wolken auf. »Sieht nach einem Unwetter aus«, bemerkte er. »Es wird schnell vorbeiziehen, und dann könnt Ihr mit Euren Männern den Marsch nach Venedig antreten. Und macht Euch keine Sorgen darüber, mit welchen Worten oder in welcher Sprache Ihr die Männer ansprechen sollt. Laßt Euch einfach von Globus helfen, er wird schon dafür sorgen, daß sie alles verstehen.«

»Gut, ich war schon besorgt wegen dieser Frage«, log Oliver. Natürlich hatte er nicht einmal daran gedacht, doch er wollte wenigstens versuchen, einen aufgeweckten Eindruck zu hinterlassen.

»Viel Glück«, sagte Azzie. »Ich denke, wir sehen uns bald in Venedig.«

Teil 8

Kapitel 1

Dunkelheit war über Europa hereingebrochen, und in dem kleinen Gasthaus war Azzie, soweit er nicht gerade aus Erkundungs- oder Hilfestellungsgründen unterwegs war, noch immer damit beschäftigt, Akteure für sein Stück zu engagieren.

»Was gibt's Neues, Aretino?« fragte Azzie.

»Nun, Herr, in Venedig brodelt die Gerüchteküche. Es heißt, daß etwas Sonderbares dort vorgeht, etwas, das so noch nie dagewesen ist. Niemand weiß, worum es dabei geht, aber es wird viel geredet. Venezianer kennen sich nicht besonders gut mit übernatürlichen Vorgängen aus, obwohl wir das eigentlich tun sollten. Schließlich sind wir ein ganz besonderes Volk. Derzeit treffen sich die Bürger der Stadt bei Tag und Nacht auf dem Markusplatz, um über die neuesten Wunder zu sprechen, von denen sie gerade gehört haben. Aber Ihr habt sicher nicht nach mir geschickt, um mit mir über Gerüchte zu sprechen, verehrter Herr.«

»Nein, ich habe nach Euch schicken lassen, damit Ihr einige meiner Freiwilligen von Beginn an kennenlernen könnt. Später werdet Ihr ihnen dann bei ihrer Aufgabe besser helfen können. Es ist wirklich schade, daß Ihr Sir Oliver verpaßt habt. Er ist ein Bild von einem Ritter, und ich denke, er wird uns noch mit Stolz erfüllen.«

»Ich habe ihn auf dem Weg hierher kurz kennengelernt«, sagte Aretino wenig begeistert. »Es kommt mir ein bißchen sonderbar vor, gleich dem erstbesten Bewerber nolens volens eine Rolle zu übertragen. Aber er wird es sicher schaffen. Wer ist als nächstes dran?«

»Warten wir es ab«, entgegnete Azzie. »Wenn ich mich nicht irre, dann höre ich Schritte auf der Treppe.«

»Ja, ich höre sie auch«, stimmte Aretino zu. »Dem Klang nach werden sie von einer Person verursacht, die keine besondere Stellung innehat.«

»Wie könnt Ihr das wissen? Ich würde gerne erfahren, welches Geheimnis hinter Eurer Ferndiagnose steckt.«

Aretino lächelte weise. »Man kann sogar durch die geschlossene Tür und auf recht große Entfernung ein kratzendes Geräusch hören, das die Stiefel verursachen. Das, mein Herr, ist ein unmißverständliches Zeichen dafür, daß sie aus ungegerbtem Leder gefertigt worden sind. Da es sich überdies um einen hohen Ton handelt, können wir davon ausgehen, daß die Stiefel recht steif sind und wie zwei Stücke Metall aneinander reiben. Kein Mann von edlem Stand würde ein solches Material tragen, also müssen sie einem armen Burschen gehören.«

»Fünf Dukaten, wenn Ihr recht habt«, wettete Azzie. Die Schritte verharrten direkt vor der Tür. Ein Klopfen ertönte. »Herein«, rief der rothaarige Dämon.

Die Tür wurde geöffnet, und ein Mann, der sich in beide Richtungen umsah, als wäre er sich seiner Sache nicht recht sicher, trat langsam ins Zimmer. Er war groß und blond, und er trug ein abgewetztes Hemd aus bäuerlichem Gewebe und Rindlederstiefel, die aussahen, als wären sie ihm an die Füße geschmiedet worden.

»Ich zahle später«, sagte Azzie zu Aretino, ehe er sich dem Fremden zuwandte. »Ich kenne Sie nicht, mein Herr. Sind Sie ein Mitglied der Pilgergesellschaft, oder sind Sie nur zufällig zu uns gestoßen?«

»In leiblicher Hinsicht bin ich ein Teil dieser Gesellschaft«, entgegnete der Fremde, »doch bei einer mehr geistigen Betrachtungsweise gehöre ich nicht dazu.«

»Der Bursche hat Humor«, bemerkte Azzie. »Wie ist dein Name, Bursche, und welchem Stand gehörst du an?«

»Man nennt mich Morton Kornglow«, sagte der Mann. »Eigentlich bin ich Stallbursche, doch dann hat man mir den Posten eines Knappen in Sir Olivers Diensten aufgedrängt, weil ich in der Stadt seiner Vorväter lebe und gut im Striegeln bin. Also darf ich mit Fug und Recht von mir behaupten, daß ich, soweit es die physische Zugehörigkeit betrifft, ein Mitglied der Pilgergesellschaft bin. Doch eine Gesellschaft sieht sich selbst zumeist als eine Gruppe Ebenbürtiger, und sie bezieht weder Hunde und Katzen, die sie begleiten, noch Diener mit ein, die für sie ohnehin kaum wertvoller sind als Tiere, höchstens nützlicher. Ich muß Euch also fragen, gnädiger Herr, ob ich trotz meiner niederen Herkunft an Eurem Spiel teilhaben darf. Steht Euer Abenteuer nur den Edelleuten offen, oder darf sich auch ein einfacher Mann mit Schmutz unter den Nägeln freiwillig melden?«

»In der spirituellen Welt«, entgegnete Azzie, »sind die Unterschiede, die die Menschen in bezug auf Herkunft machen, unerheblich. Wir sehen euch nur als Seelen, die wir fangen können und die nur für eine begrenzte Zeit in einem Körper leben dürfen. Aber genug davon. Willst du zu den Menschen gehören, die sich auf die Suche nach einem der Kerzenständer machen dürfen, Kornglow?«

»O ja, das will ich, Herr Dämon«, antwortete Kornglow. »Denn, wenn ich auch ein gewöhnlicher Knappe bin, so habe ich doch auch einen Herzenswunsch, und ich bin durchaus bereit, ein wenig Ärger auf mich zu nehmen, wenn er mir im Gegenzug erfüllt wird.«

»Was ist dein Begehr?« erkundigte sich Azzie.

»Bevor Ihr zu uns gestoßen seid, Herr, haben wir die Besitztümer von Rodrigo Sforza besucht. Die edlen Herrschaften saßen im Speisesaal zu Tisch, während wir gemeinen Leute in der Küche gegessen haben. Durch die offene Tür konnten wir die Vorgänge im Speisesaal beobachten, und dort sah ich Cressilda Sforza, die Gattin von Lord Sforza. Herr, sie ist die lieblichste Frau auf Erden, ihr Haar ist seidig und weizenblond, und es umschmeichelt ihre rosaroten Wangen, die selbst einen Engel vor Neid erblassen lassen würden. Sie hat eine schmale Taille, Herr, und darüber knospen ihre ...«

»Das reicht«, sagte Azzie. »Erspare uns den Rest deiner rustikalen Liebesbekundungen, und sage mir, was du von der Dame willst.«

»Na, heiraten soll sie mich natürlich«, entgegnete Kornglow.

Aretino lachte laut auf und bemühte sich dann, sein Amüsement unter einem Hüsteln zu verbergen. Selbst Azzie konnte sich ein Lächeln nicht verkneifen, so unpassend erschien ihm eine Verbindung zwischen dem flegelhaften, schäbig gekleideten Burschen und einer hübschen Dame von Rang.

»Na, Bursche«, sagte Azzie, »hast du denn keine Angst, daß du da ein bißchen arg hoch hinaus willst?«

»Auch ein armer Mann darf die schöne Helena ersehnen, wenn er sie begehrt«, entgegnete Kornglow. »Und in seiner Phantasie kann sie ihn sehr wohl allen anderen Männern vorziehen und ihn sogar begehrenswerter finden als den Gott Paris selbst. In einem Traum kann alles geschehen, was sich der Träumer wünscht, und dies hier ist doch in gewisser Weise auch eine Art Traum, nicht wahr, Euer Exzellenz?«

»Ja, ich denke, du hast recht«, stimmte Azzie zu. »Nun, wenn ich dir deinen Wunsch erfüllen soll, dann mußt du in den Adelsstand erhoben werden, damit der Hochzeit keine standesgemäßen Hindernisse im Wege stehen.«

»Damit bin ich einverstanden«, sagte Kornglow.

»Außerdem müssen wir Lady Cressildas Zustimmung bekommen«, gab Aretino zu bedenken.

»Laßt das nur meine Sorge sein, wenn es dann soweit ist«, beschwichtigte Azzie. »Auf jeden Fall ist das eine Herausforderung, Kornglow, aber ich denke, wir können das regeln.«

Aretino runzelte die Stirn. »Da gibt es noch ein Problem«, sagte er. »Die Dame ist bereits verheiratet, verehrter Dämon, und das könnte sich durchaus als Hindernis erweisen.«

»Wir haben einige Mitarbeiter in Rom, die sich um solche Details kümmern werden«, antwortete Azzie. Dann wandte er sich wieder an Kornglow. »Es gibt ein paar Dinge, die du dafür tun mußt. Bist du bereit, dich ein bißchen anzustrengen?«

»Ja, Herr, wenn es nicht zu mühevoll wird. Nicht einmal die Aussicht auf das höchste Glück sollte einen Mann seiner eigenen Natur entfremden, und meine Natur liegt in einer so extremen Faulheit, daß die Welt, wenn sie denn davon wüßte, sie als wahres Wunder bezeichnen würde.«

»Es wird schon nicht zu schwierig werden«, versprach Azzie. »Ich denke, wir können auch auf den üblichen Schwertkampf verzichten, da du diese Disziplin nicht beherrschst.«

Er kramte in seiner Westentasche, bis er einen der magischen Schlüssel gefunden hatte, und übergab ihn Kornglow, der ihn neugierig betrachtete.

»Geh jetzt«, sagte Azzie. »Der Schlüssel wird dich zu einem Durchgang führen, den du durchqueren mußt. Später findest du ein magisches Pferd, in dessen Satteltasche ein magischer Kerzenhalter verborgen ist. Steig auf das Pferd, und du wirst dein Abenteuer erleben und am Ende deine weizenblonde Cressilda erringen!«

»Großartig!« rief Kornglow. »Es ist wirklich herrlich, wenn einem das Glück so einfach lacht.«

»Ja«, stimmte Azzie zu. »Es gehört zu den prächtigsten Möglichkeiten dieser Welt, mühelos zu gewinnen, und das möchte ich den Menschen als grundlegende Moral predigen: Glück kommt von ganz allein, warum also dafür schwitzen?«

»Das ist eine wunderbare Moral!« begeisterte sich Kornglow. »Mir gefällt diese Sache jedenfalls.« Den Schlüssel fest umklammert, stürmte er aus dem Zimmer.

Azzie lächelte milde. »Und wieder ein zufriedener Kunde.«

»Da ist schon wieder jemand an der Tür«, sagte Aretino.

Kapitel 2

Mutter Joanna saß in ihrem Zimmer in der Herberge und war mehr als nur ein bißchen verängstigt.

Draußen auf dem Gang hörte sie gelegentlich das Geräusch von Schritten. Jeder könnte sie verursacht haben, menschlich oder nicht, doch Joanna hatte den Verdacht, daß es die Pilger waren, die sich entschlossen hatten, Sir Antonios Angebot anzunehmen, und nun auf dem Weg zu seinem Zimmer waren.

Trotz ihrer geheiligten Aufgabe waren weltliche Begehrlichkeiten Mutter Joanna wohlbekannt. Auch sie selbst hatte ihre Wünsche, und diese Wünsche brannten unentwegt in ihrem Herzen, da sie schließlich auch keine maßvolle Person war. Sie war eine politische Mutter Oberin, keine religiöse. Ihre Arbeit betrachtete sie auf dieselbe Weise, auf die sie auch jede andere große Aufgabe betrachtet hätte. Ihr Kloster in der Nähe von Gravelines mit seinen zweiundsiebzig Nonnen und den vielen Dienern und Viehhirten war ein Betrieb von den Ausmaßen einer kleinen Stadt, und Joanna hatte ihr Kloster von Anfang an regelrecht geliebt. Vielleicht war sie für so eine Arbeit geboren worden. Sie war nie so gewesen wie die anderen Mädchen, hatte nie mit Puppen gespielt und nie vom Heiraten geträumt. Schon als Kind hatte es ihr gefallen, ihren Vögeln und Hunden Befehle zu erteilen – du sitzt da und du dort – und sie zu schelten, während sie sie mit Tee fütterte.

Ihre Leidenschaft dafür, Anweisungen zu geben, hatte sie auch nicht verlassen, als sie zu einer jungen Dame herangewachsen war. Vielleicht wäre alles anders gewesen, wenn sie hübsch gewesen wäre, doch sie hatte das Aussehen der Mortimers geerbt: ein großes, bleiches Gesicht, kurze, trockene, leblose Haare und ein stämmiger Körper, der sich besser zur Arbeit mit Pflug und Spaten eigneten als für die wohlige Jagd nach Liebe.

Joanna wollte reich und gefürchtet sein, und der Dienst bei der Kirche schien ihr den Weg zu ihrem Ziel zu öffnen. Zwar war sie gottesfürchtig wie alle Menschen, doch ihre Frömmigkeit kollidierte mit ihrem Pragmatismus, der ihr nun eine Möglichkeit verriet, ihrem Ziel ohne Umwege näherzukommen, ohne auf eine Berufung an ein höheres Kloster zu warten.

Sie überlegte und überlegte, ging in ihrem kleinen Zimmer auf und ab, notierte sich ihre Begehrlichkeiten und fragte sich, welche Sache sie sich am sehnlichsten wünschte. Jedesmal, wenn draußen Schritte erklangen, erschrak sie. Scheinbar nahmen alle anderen diese einmalige Gelegenheit wahr, sich mit Sir Antonios Hilfe ihren Herzenswunsch zu erfüllen. Bald würde er seine sieben Freiwilligen beisammen haben, und sie würde nie wieder eine solche Chance erhalten. Sie beschloß zu handeln. Leise schlich Mutter Joanna aus ihrem Zimmer hinaus und durch die dunklen Flure des Gasthauses. Sie ging die Treppe in den zweiten Stock hinauf und quittierte das Knarren der Stufen mit einer jammervollen Miene. Als sie Sir Antonios Zimmer endlich erreichte, nahm sie all ihren Mut zusammen, streckte die Hand aus und klopfte sacht an die Tür.

Auf der anderen Seite der Tür ertönte Azzies Stimme: »Kommen Sie herein, meine Liebe. Ich habe Sie schon erwartet.«

Sie hatte unzählige Fragen, und obwohl sie Azzie auf die Nerven fiel, gelang es ihm, sie zu beruhigen. Als er sich schließlich nach ihrem Herzenswunsch erkundigte, verhielt sie sich dagegen eher zurückhaltend. Ein trauriger, verlegener Ausdruck huschte über ihr breites, blasses Gesicht.

»Was ich mir wünsche«, sagte sie, »ist etwas, das ich kaum auszusprechen wage. Es ist zu beschämend, zu erniedrigend.«

»Aber, aber«, beschwichtigte Azzie, »wenn Ihr es Eurem Dämon nicht erzählen könnt, wem dann?«

Fast schien sie bereit zu sprechen, doch dann zeigte sie mit dem Daumen auf Aretino. »Was ist mit ihm? Muß er ebenfalls dabei sein?«

»Aber natürlich. Er ist unser Dichter«, erklärte Azzie ihr. »Wie sonst sollen unsere Abenteuer niedergeschrieben werden, wenn er sie nicht mitansehen kann. Und es wäre wahrhaftig ein Verbrechen, sie nicht aufzuzeichnen. Ein Verbrechen, das uns zu jener Unbewußtheit nicht aufgezeichneter Taten verdammen würde, in der die meisten Menschen ihr ganzes Leben verbringen. Aber Aretino wird uns alle unsterblich machen, meine Liebe! Unser Dichter wird unsere Taten nehmen, ganz gleich, wie gering sie scheinen mögen, und sie in seinen unsterblichen Versen verewigen.«

»Nun, Herr Dämon, Ihr habt mich überzeugt«, erwiderte Joanna. »Also gestehe ich Euch nun, daß ich in all meinen Träumen ersehne, ein machtvoller Richter über die Verfehlungen der Allgemeinheit zu sein, und meine weisen Taten sollen in Lobeshymnen besungen werden. Etwas in der Art wie ein weiblicher Robin Hood, aber ich möchte auch noch viel Zeit für die Jagd haben.«

»Ich werde mir etwas einfallen lassen«, sagte Azzie. »Es geht sofort los. Nehmt diesen Schlüssel.« Er erklärte Mutter Joanna, was auf sie zukommen würde, erzählte ihr von Durchgängen, Ringen, magischen Pferden und Kerzenständern und schickte sie hinaus.

»Und nun, mein guter Aretino«, sagte Azzie dann, »sollten wir Zeit genug für einen Krug Wein haben, ehe der nächste Bewerber erscheint. Wie gefällt Euch der Verlauf bis hierher?«

»Offen gesagt, verehrter Dämon, ich weiß es nicht. Im allgemeinen wird der Verlauf eines Schauspiels im voraus festgelegt, doch in diesem Euren Drama ist alles nebelhaft und unsicher. Wofür steht dieser Bursche, Kornglow? Stellt er die Vermessenheit und den Stolz dar? Oder bäuerlichen Humor? Unvergänglichen Mut?

Und Mutter Joanna, wird sie geächtet oder bekehrt werden? Oder vielleicht von beidem ein bißchen?«

»Es ist verwirrend, nicht wahr?« entgegnete Azzie vergnügt. »Aber sehr lebensnah, da werdet Ihr mir sicher zustimmen.«

»Ganz ohne Zweifel. Aber wie finden wir in diesem Wirrwarr zu einer passenden Moral?«

»Macht Euch keine Sorgen darum, mein lieber Aretino. Ganz gleich, was unsere Charaktere auch anstellen, wir werden einen Weg finden, unsere Moral hervorzuheben. Der Stückeschreiber hat das letzte Wort, vergeßt das nicht, und damit ist er in der Position zu behaupten, seine Theorie sei nachgewiesen, ganz gleich ob das wahr ist oder nicht. Reicht mir die Flasche.«

Kapitel 3

Als Kornglow die Ecke des alten Stalles umrundete, war er mehr als nur ein bißchen überrascht, dort ein angebundenes Pferd vorzufinden, das zuvor nicht dagewesen war. Es war ein großer, weißer Hengst, dessen Ohren sich aufrichteten, als Kornglow sich näherte. Wie war dieses edle Tier nur hierher geraten? Dann erst erkannte er, daß er sich an einem gänzlich anderen Ort befand. Der magische Schlüssel mußte ihn bereits durch einen jener Durchgänge geführt haben, von denen Azzie gesprochen hatte. Das Abenteuer konnte beginnen.

Er mußte sich vergewissern, also ging er zu dem Pferd, öffnete die Satteltasche auf der ihm zugewandten Seite des Tieres und griff hinein. Tatsächlich ertastete seine Hand einen dünnen, langen, harten, metallischen Gegenstand.

Er zog ihn halb aus der Tasche heraus. Ein Kerzenständer! Und wenn er sich nicht täuschte, dann bestand er aus purem Gold. Vorsichtig ließ er den Kerzenhalter in die Satteltasche zurückgleiten.

Das Pferd wieherte ihn an, als wollte es ihn auffordern, aufzusitzen und wegzureiten, doch Kornglow schüttelte den Kopf. Er verließ den Stall und sah sich draußen um. Das imposante Herrenhaus, das sich keine zwanzig Yards von ihm entfernt befand, war ohne Zweifel das Zuhause Seiner Lordschaft Rodrigo Sforzas, eben jenes Haus, in dem Kornglow zum ersten und einzigen Male die Lady Cressilda erblickt hatte.

Es war ihr Haus, und sie war dort drinnen.

Aber zweifellos war auch Lord Sforza in dem Haus. Außerdem seine Diener, Gefolgsleute, Wachen, Folterknechte ...

Es hatte keinen Sinn, einfach hineinzustürmen. Reue senkte ihre dunklen Schwingen über ihn, und Kornglow wurde nachdenklich. Nun erst überdachte er zum ersten Mal, auf welch ein Abenteuer er sich eingelassen hatte, und plötzlich kam es ihm vollkommen irrsinnig vor. Nur Edelleute stürzten sich in solche unsinnigen Unternehmungen. In den Volksmärchen wurden zwar manchmal auch gewöhnliche Menschen erwähnt, aber er bezweifelte, daß er aus dem Stoff war, aus dem Volkshelden gestrickt wurden. Er wußte allerdings, daß er mit einer regen Phantasie gesegnet war, anderenfalls hätte er sich auch gar nicht erst in eine solche Situation gebracht. Nun fragte er sich, ob er auch fähig war, sein Abenteuer durchzustehen, und ob die Lady die Mühe wert war.

»Nun, mein Herr«, sagte eine leise Stimme neben seinem Ellbogen, »Ihr blickt auf das Herrenhaus, als würde jemand ganz Besonderes drinnen auf Euch warten.«

Kornglow wandte sich um. Neben ihm stand eine winzige Milchmaid in einem aufreizenden Mieder und einem Plisseehemd. Sie hatte wuscheliges dunkles Haar und einen kecken Gesichtsausdruck, eine üppige und kurvenreiche Figur und ein Lächeln, das ebenso freundlich wie laszIv war – eine unschlagbare Kombination.

»Das ist Lord Sforzas Anwesen, richtig?« fragte Kornglow.

»Das ist es«, entgegnete die Milchmaid. »Wollt Ihr etwa Lady Cressilda entführen?«

»Wieso fragst du das?« fragte Kornglow.

»Weil wir auf diese Weise direkt zur Sache kommen«, entgegnete das Mädchen. »Da ist ein Spiel im Gange, das ein gewisser Dämon inszeniert hat, den Freunde von mir persönlich kennen.«

»Er sagte, die Lady Cressilda würde mein werden«, sagte Kornglow.

»Der hat leicht reden«, erwiderte die Frau. »Ich bin Leonore, eine einfache Milchmaid, wie es auch auf den ersten Blick aussehen mag, doch in Wahrheit bin ich noch etwas mehr, das kann ich Euch versprechen. Ich bin hier, um Euch zu erzählen, daß die Dame, die Ihr erobern wollt, ein vollkommen bösartiges Weib ist. Wenn Ihr sie gewinnt, dann wird es sein, als hättet Ihr Euch selbst in die tiefste Grube der Hölle verbannt.«

Diese Worte versetzten Kornglow in Erstaunen. Er betrachtete Leonore mit einem Interesse, das mit jeder Sekunde, die verstrich, zunahm. »Verehrte Dame«, sagte er. »Ich weiß nicht, was ich tun soll. Könntet Ihr mir vielleicht einen Rat geben?«

»Das kann ich«, versprach Leonore. »Ich werde Eure Handfläche lesen, und dann werden wir mehr wissen. Kommt mit dort hinüber, da ist es bequemer.«

Sie führte ihn in den hinteren Teil des Stalles, in dem das Heu zu weichen, bequemen Haufen aufgeschichtet lag. Ihre Augen waren groß und wild und flackerten in den Farben der Magie, und ihre Berührung war wie das Kitzeln einer Feder. Sie nahm ihn bei der Hand und zog ihn neben sich ins Heu.

Kapitel 4

Allen Berichten zufolge hatte Azzies geplantes Schauspiel enorm viel Beachtung in der spirituellen Welt gefunden und für ein heftiges Durcheinander gesorgt. Sogar Wetten wurden abgeschlossen. Das größte Durcheinander verursachte freilich die überraschende Befreiung der alten griechischen Götter. Es gab vielerlei Dinge, die Michaels Aufmerksamkeit dringend erforderlich machten. Deshalb stimmte Michael unter anderem einem Treffen mit dem Engel Babriel zu.

Die Besprechung mit Babriel fand im Sitzungssaal des Himmelstür-Bürogebäudes im Geschäftsviertel des Himmels statt. Himmelstür war ein inspirierendes, hochaufragendes Gebäude, und die Engel arbeiteten gern hier. Neben der unbeschreiblichen Freude, die es ihnen bereitete, so nahe beim Allerhöchsten zu arbeiten, machte es auch ganz einfach Spaß, in einem solchen architektonischen Juwel beschäftigt zu sein.

Der Abend war angebrochen, und ein sanfter Regen ging über der Stadt der Guten Aura nieder, wie das Zentrum des Himmels auch genannt wurde. Babriel eilte durch die marmorgefliesten Korridore, flog immer wieder zwanzig oder dreißig Fuß weit, um Zeit zu sparen, obwohl überall Schilder hingen, auf denen stand: *DAS FLIEGEN IN DEN GÄNGEN IST UNTERSAGT.*

Endlich erreichte er Michaels Bürokomplex im rechten Flügel, klopfte an und trat ein.

Michael saß am Schreibtisch und hatte unzählige Arbeitsunterlagen vor sich liegen, neben denen ein Computer leise in der sanften, goldenen Beleuchtung vor sich hin summte.

»Gerade noch rechtzeitig«, sagte Michael, wobei für einen Augenblick ein Ausdruck des Ärgers über seine Züge huschte. »Ich muß dich gleich wieder fortschicken.«

»Worum geht es, Herr?« fragte Babriel und setzte sich auf einen der Polsterstühle vor dem Schreibtisch.

»Azzie und sein Schauspiel haben uns in eine Lage gebracht, die noch ernster ist, als ich angenommen hatte. Offensichtlich hat dieser Dämon bei Ananke selbst geklagt und sich eine Sondergenehmigung geholt, um zur Unterstützung seines Vorhabens Wunder wirken zu dürfen. Außerdem hat Ananke geurteilt, daß wir, von der Seite des Lichtes, keine besonderen Privilegien haben, nur weil wir die Guten sind. Auch habe ich aus gutunterrichteter Quelle erfahren, daß Azzie die Absicht hat, Venedig aus der realen Zeit herauszulösen und als eine besondere Existenzform zu installieren. Ist dir klar, was das bedeutet?«

»Nicht so recht, Herr, nein, eigentlich nicht.«

»Das bedeutet, daß dieser widerliche Dämon die Macht hat, sogar die Geschichte selbst nach eigenem Gutdünken umzuschreiben.«

»Aber Herr, ein losgelöstes Venedig hätte doch keine Auswirkungen auf den Gesamtverlauf der menschlichen Geschichte.«

»Das ist richtig, aber es könnte als Modell für jene unzufriedenen Seelen dienen, die der Ansicht sind, daß die Geschichte nicht so sein sollte wie sie ist, nämlich das Ergebnis menschlichen Strebens und Leidens. Ein Konzept der Geschichtsumschreibung widerspricht der Doktrin der Vorherbestimmung. Das führt die Menschheit in eine Welt, in der der Zufall eine noch größere Rolle spielen könnte, als er es jetzt schon tut.«

»Hmmm, das ist eine ernste Sache, Herr«, sagte Babriel.

Michael nickte.

»Die gesamte kosmische Ordnung steht auf dem Spiel. Unsere vor langer Zeit entstandene Vorherrschaft ist in Gefahr, und das Prinzip des Guten selbst wird in Frage gestellt.«

Babriel starrte ihn mit offenem Mund an.

»Doch zumindest einen Vorteil gewinnen wir durch diese Sache«, fuhr Michael fort.

»Was für einen Vorteil, Herr?«

»Wir sind nicht mehr an die ärgerliche Verpflichtung zur Fairneß gebunden, was bedeutet, daß wir die Samthandschuhe ausziehen können. Dies ist kein Spiel unter Gentlemen mehr. Endlich können wir unsere Bedenken vergessen und uns in den Kampf stürzen.«

»Ja, Herr!« sagte Babriel, obwohl ihm noch nie aufgefallen war, daß Michael seine Taten bisher besonders stark von Bedenken abhängig gemacht hatte. »Was genau soll ich tun?« fragte er.

»Wir haben festgestellt«, erklärte Michael, »daß Azzie einen Plan verfolgt, der etwas mit magischen Pferden zu tun hat.«

Babriel nickte. »Das paßt zu ihm.«

»Es gibt keinen Grund, ihn weiter nach Plan vorgehen zu lassen. Geh wieder zurück zur Erde, Babriel. Geh zu Lord Rodrigo Sforzas Haus und mach irgend etwas mit dem magischen Pferd, das gerade jetzt im Stall auf Kornglow wartet!«

»Die Worte zu hören, heißt sie befolgen«, rief der Engel und sprang auf. Gleich darauf flog er mit heftigen Flügelschlägen die Korridore hinunter. Dies war eine ernste Angelegenheit.

Im Nu war er wieder auf der Erde. Nachdem er sich kurz orientiert hatte, machte er sich auf den Weg zum Herrenhaus Rodrigo Sforzas und landete elegant im Innenhof.

Es war Abend geworden, und der Haushalt seiner Lordschaft lag in tiefer Stille. Babriel sah sich um und ging zum Stall. Aus dem Inneren hörte er die unmißverständlichen Geräusche eines Mannes und seiner Gespielin, inklusive des typischen Kicherns und Glucksens. Dann ertönte ein leises Wiehern. Babriel folgte dem Geräusch und fand ganz in der Nähe einen weißen

Hengst mit auffallend edlen Satteltaschen. Er beruhigte das edle Roß und löste seine Zügel. »Komm mit mir, mein Schöner«, sagte er.

Kapitel 5

Kornglow lag in einem Gewirr aus Armen und Beinen auf einem Strohlager und war sich nur halb bewußt darüber, welche Gliedmaßen zu seinem Körper gehörten. Durch Risse und Löcher in den unfertigen Wänden des Stalles drangen helle Sonnenstrahlen herein, und der Geruch von Stroh, Dung und Pferden drang in seine Nase. Er befreite sich aus der Umarmung der Frau, der er sich gerade mit solcher Hemmungslosigkeit hingegeben hatte, schlüpfte hastig in seine Kleider und erhob sich.

»Warum hast du es denn so eilig?« fragte Leonore noch halb schlafend. »Bleib noch.«

»Keine Zeit, keine Zeit«, sagte Kornglow, während er sein Hemd in die Kniehose und seine Füße in die Stiefel stopfte. »Ich muß ein Abenteuer bestehen.«

»Vergiß doch das Abenteuer«, entgegnete Leonore. »Du und ich haben einander gefunden, was willst du noch mehr?«

»Nein, ich kann nicht verweilen! Ich muß weitermachen. Wo ist mein magisches Pferd?«

Kornglow durchsuchte den Stall, doch das magische Pferd war nicht da. Lediglich ein kleiner, geschecker Esel war an einem Pfosten festgebunden und brüllte ihn mit gebleckten gelben Zähnen an. Kornglow betrachtete ihn mit einem forschenden Blick. »Sollte mein Roß sich durch einen Zauber so verändert haben?« fragte er sich. »So muß es wohl sein. Wenn ich mit ihm fortreite, dann wird es sich zum geeigneten Zeitpunkt sicher wieder in ein Pferd zurückverwandeln.«

Er band den Esel los, saß auf und versetzte ihm einen heftigen Tritt in die Rippen, um ihn in Bewegung zu bringen. Dem Tier gefiel diese Vorstellung weniger, doch Kornglow setzte sich durch. Der Esel trottete gemächlich durch den Hühnerhof, am Küchengarten vorbei bis zum Haupttor des großen Herrenhauses.

»Hallo«, brüllte Kornglow, als er das Tor erreicht hatte.

»Wer da?« rief eine tiefe Männerstimme von drinnen.

»Ein Mann, der aufgebrochen ist, die Hand der Lady Cressilda zu gewinnen!«

Ein großer Mann in Hemd, Hose und Kochmütze kam zur Tür heraus.

»Habt Ihr Eure Sinne noch beisammen«, sagte er erbost mit finsterem Blick. »Die Lady ist bereits verheiratet, und da kommt auch schon ihr Gatte.«

Die Tür wurde etwas weiter geöffnet, und ein großer, edel gekleideter Mann, mit überheblichen, strengen Zügen und einem Rapier in der Hand trat neben den Koch. »Ich bin Rodrigo Sforza«, sagte er in einem Tonfall, den man mit Fug und Recht als unheilverkündend bezeichnen konnte. »Was geht hier vor?«

Der Koch verbeugte sich und antwortete: »Dieser Flegel sagt, er sei um der Hand der Lady Cressilda, Eurer eigenen Gattin, willen hier, Herr.«

Sforza fixierte Kornglow mit stählernem Blick. »Ist das wahr, Bursche?«

Kornglow erkannte allmählich, daß etwas nicht stimmte. Diese Angelegenheit hätte für ihn vorbereitet sein müssen, doch vielleicht hatte ihn der Verlust des magischen Pferdes in diese Not gebracht.

Er wendete den Esel und trieb ihn mit Tritten zu größter Eile an, doch das Tier blieb stehen und bäumte sich auf, wobei es Kornglow unsanft zu Boden beförderte.

»Ruft meine Wachen!« brüllte Sforza.

Seine Männer kamen um die Ecke gelaufen, bereit, sich mit ihren Schwertern auf den Störenfried zu stürzen.

»In den Kerker mit ihm!« befahl Sforza.

Und so kam es, daß Kornglow sich mit einem von vielen Schlägen schmerzenden Schädel in einem dunklen Loch wiederfand.

Kapitel 6

»Na, Morton«, sagte Azzie, »das hast du ja wirklich prima hingekriegt.«

Kornglow setzte sich auf und blinzelte. Noch vor einem Moment hatte allein er in Sforzas Kerker gesessen, seinen verletzten Kopf gepflegt und über sein Unglück nachsinniert. Die Zelle war vollkommen leer gewesen, nur auf dem irdenen Boden hatte etwas Stroh gelegen, und Kornglow hatte nicht gerade viele Möglichkeiten entdeckt, es sich ein wenig gemütlich zu machen. Nun aber war er wieder draußen. Allmählich begannen diese plötzlichen Veränderungen, ihn entsetzlich zu ermüden, und das damit verbundene schummrige Gefühl belastete seine Eingeweide.

Azzie stand vor ihm und war prachtvoll anzusehen mit seinem blutroten Umhang und den weichen Lederstiefeln.

»Euer Exzellenz!« rief Kornglow aus. »Ich bin ja so froh, Euch zu sehen.«

»Bist du das tatsächlich? Ich fürchte, ich muß dir sagen, daß du versagt hast, noch ehe das Abenteuer überhaupt richtig angefangen hat. Wie um alles in der Welt konntest du nur das magische Pferd verlieren?«

Kornglow redete sich mit einer Entschuldigung heraus, die alle Männer in jenen Tagen nur allzu gern benutzten. »Ich wurde von einer Hexe verführt, von einer wunderschönen Hexe. Ich bin nur ein Mann, was hätte ich denn tun sollen?«

Er erzählte Azzie von seinem Abenteuer mit der schönen Leonore, und der Dämon stellte fest, daß ihm diese Vorgänge bekannt vorkamen.

»Aber am Anfang war das Pferd noch da?« erkundigte er sich.

»Allerdings, das war es, Euer Exzellenz! Doch als ich zum nächsten Mal hinsah, war das Pferd fort und an seiner Stelle fand ich einen Esel. Könnt Ihr mir ein neues magisches Pferd geben, Herr, damit ich es noch einmal versuchen kann?«

»Magische Pferde sind nicht so einfach zu beschaffen«, entgegnete Azzie. »Wenn du gewußt hättest, wie sehr ich nach diesem Tier suchen mußte, dann hättest du sicher besser darauf aufgepaßt.«

»Aber es gibt doch bestimmt noch andere magische Dinge, die ich statt dessen nehmen kann«, bettelte Kornglow. »Muß es denn unbedingt ein Pferd sein?«

»Ich denke, mir wird schon etwas einfallen.«

»Dieses Mal werde ich auch bestimmt nicht versagen, Euer Exzellenz! Oh, aber da gibt es noch etwas anderes.«

»Was?« fragte Azzie.

»Ich würde meinen Wunsch gern noch einmal ändern.«

Azzie starrte ihn an. »Wovon sprichst du?«

»Ich hatte um die Hand der schönen Cressilda gebeten, aber ich habe seitdem noch einmal darüber nachgedacht. Sie wird sich vermutlich gegen mich stellen, weil ich nicht von vornehmer Geburt bin, aber die schöne Leonore paßt ganz wunderbar zu mir. Ich möchte sie als meine Belohnung haben.«

»Sei doch nicht albern«, rügte Azzie. »Wir haben dich schon als den künftigen Gatten der Lady Cressilda vorgemerkt.«

»Aber sie ist doch schon verheiratet!«

»Das wußtest du doch schon früher. Und schließlich, wo liegt der Unterschied?«

»Oh, da gibt es durchaus einen Unterschied. Ich müßte schließlich dann als ihr Ehemann in derselben Welt leben wie sie, und Ihr könnt sicher nicht ständig für meinen Schutz sorgen.«

»Das ist allerdings richtig«, gab Azzie zu. »Dennoch hast du deine Wahl schon getroffen. Du wirst die Lady Cressilda bekommen.«

»In unserer Vereinbarung gab es aber keine Bedingung, die ausgeschlossen hat, daß ich es mir anders überlege«, widersprach Kornglow. »Leichtfertigkeit ist eine meiner herausragendsten Charaktereigenschaften, gnädiger Herr, und es ist nicht fair, von mir zu verlangen, daß ich meinen angeborenen Wankelmut ablegen soll.«

»Ich werde es mir überlegen«, sagte Azzie. »Ich werde dich bald wissen lassen, wie meine Entscheidung lautet.«

Mit diesen Worten verschwand er, und Kornglow legte sich nieder, um ein wenig zu schlafen, denn schließlich hatte er weiter nichts zu tun.

Doch schon bald wurde er unsanft wieder geweckt. Azzie war mit einem neuen weißen Pferd zurückgekehrt, das so schön war, daß ein jeder es als ein magisches Roß erkennen mußte.

Ein Gespräch mit Leonore hatte enthüllt, was Azzie bereits von Anfang an vermutet hatte: sie war keine irdische Frau, sondern eine zu groß geratene Elfe, die sich als Menschenfrau getarnt hatte.

»Elfen sind bösartige Wesen«, erzählte sie Azzie. »Nur weil ich größer als die meisten anderen bin, lachen sie mich aus, beschimpfen mich als Riesin, und kein männlicher Elf hält um meine Hand an. Als Menschenfrau werde ich für klein gehalten, und alle scheinen mich zu mögen. Wenn ich einen Menschenmann heirate, dann werde ich ihn ganz sicher überleben, doch solange er auf Erden wandelt, kann ich ihm ein gutes Leben bieten.«

Genau in diesem Moment kam Kornglow auf seinem magischen Pferd zu ihnen geritten.

Plötzlich wirkte das Elfenmädchen furchtbar schüchtern, doch wer wäre das nicht, wenn sich die Mächte der Finsternis selbst einschalteten, um einem Wesen sein Lebensglück zu schenken?

»Gnädiger Herr«, sagte Leonore zu Azzie. »Ich weiß, daß es nicht Eure eigentliche Absicht war, uns zusammenzubringen, doch ich möchte Euch dennoch dafür danken. Was erwartet Ihr nun von meinem Mann?«

»Es reicht mir, wenn er dich nimmt und schnellstens nach Venedig reitet«, entgegnete Azzie. »Wenn ihr dort angekommen seid, gibt es eine Menge für euch zu tun, aber ich weiß nicht, ob ich Zeit genug haben werde, um euch unterwegs mit Abenteuern zu versorgen.«

»Wir werden uns sofort und ohne Umwege auf den Weg machen, ganz wie Ihr es wünscht«, versprach Leonore. »Ich werde schon dafür sorgen, daß Kornglow sich auf seine Aufgabe konzentriert.«

Und so machte sich das Liebespaar auf dem magischen Pferd auf den Weg nach Venedig.

Azzie sah ihnen kopfschüttelnd nach. Die Dinge liefen nicht so, wie er es sich vorgestellt hatte. Keiner seiner Akteure schien sich so zu verhalten, wie es von ihm erwartet wurde. Allmählich bedauerte Azzie, seinen Schauspielern keine fertigen Dialoge mitgegeben zu haben.

Kapitel 7

Lady Cressilda saß auf ihrem mit Schnitzereien verzierten Rosenholzstuhl in der Fensternische ihres Salons im zweiten Stockwerk des Herrenhauses. Auf ihrem Schoß lag ein Stickrahmen, auf dessen Stoff sie das Urteil über den Gott Paris in Rosa und Lavendel sticken wollte, doch ihre Gedanken schweiften immer wieder von ihrer

Arbeit ab. Schließlich legte sie die Stickutensilien beiseite und sah seufzend aus dem offenen Fenster. Ihr zurückgekämmtes, aschblondes Haar umrahmte Taubenflügeln gleich ihre nachdenklichen, zarten Gesichtszüge.

Es war noch früh am Morgen, doch schon jetzt hatte sie das Gefühl, daß auch dies wieder ein heißer Tag werden würde. Unten im Hof pickten einige Hühner an Maiskolben, und aus den Schuppen links vom Hauptgebäude erklang der Gesang der Waschweiber, die sich durch Berge von Wäsche wühlten. Aus der Ferne hörte sie ein Pferd wiehern und dachte sich, daß sie vielleicht später ein wenig auf die Jagd gehen könnte. Auch dieser Gedanke ließ kaum Freude aufkommen, denn das größere Jagdwild wie Wildschweine und Rehe war aus den umliegenden Wäldern schon lange verschwunden, nachdem es von vielen Generationen der Sforzas seit Urzeiten gnadenlos gejagt worden war. Lady Cressilda war eine geschickte Jägerin, eine Verkörperung der Diana, wie die Hofdichter sie nannten. Doch deren dümmliche Lieder interessierten sie ebensowenig wie die künstlichen Freundlichkeiten, zu denen sich Rodrigo quälte, wenn sie einander hin und wieder am Frühstückstisch begegneten.

Etwas Weißes bewegte sich im Hof unter ihr, und Cressilda beugte sich vor, um nachzusehen, worum es sich handelte. Ein weißer Hengst lief langsam über den festgestampften Erdboden. Seine Bewegungen waren elegant, und er hielt den Kopf mit bebenden Nüstern stolz erhoben.

Für einen Augenblick glaubte sie, die Konturen eines geflügelten Mannes zu sehen, der das edle Tier führte. Staunend starrte sie hinab. Sie hatte in Sforzas Ställen noch nie ein solches Pferd gesehen, und sie kannte jedes einzelne von ihnen, vom neugeborenen Fohlen bis hin zu den alten Schlachtrössern, die nun hier ihren Lebensabend verbrachten.

Außerdem waren ihr auch die meisten Pferde aus der

Umgebung bekannt, und dieses Roß gehörte nicht zu ihnen.

Auch gab es keine Spur von einem Reiter. Woher mochte dieses edle Roß mit der leuchtendweißen Mähne und den unheimlichen Augen gekommen sein? Es mußte ein magisches Pferd sein ...

Sie lief zur Treppe, eilte die Stufen hinab und lief durch die sandfarbene Empfangshalle hinaus in den Hof. Das weiße Roß stand nun vor der Tür. Es schien sie zu erkennen und neigte seinen edlen Kopf, als sie sich ihm näherte. Cressilda streichelte seine samtene Nase, und der Hengst wieherte und nickte mit dem Kopf.

»Was willst du mir sagen?« fragte Cressilda. Sie öffnete die Satteltasche auf der ihr zugewandten Seite, in der Hoffnung, einen Hinweis auf den Eigentümer des Tieres zu finden. Statt dessen entdeckte sie einen großen Kerzenhalter, der offenbar aus feinstem Rotgold gefertigt worden war. Darin steckte eine Nachricht, die auf ein zusammengerolltes Papier geschrieben worden war. Sie öffnete die Schriftrolle und las: *Folge mir, und wünsche dir was dir gefällt. Es wird dir gewährt werden.*

Ihr Wunsch! Sie hatte schon seit vielen Jahren nicht mehr an ihren Wunsch gedacht. Sollte dieses Pferd ihr nun ermöglichen, ihren Traum zu verwirklichen? Hatte der Himmel es ihr gesandt? Oder war es womöglich ein Geschenk der Hölle?

Ihr war es gleich. Sie stieg in den Sattel. Der Hengst erbebte und legte die Ohren an, doch er beruhigte sich gleich wieder unter ihren Händen.

»Bring mich zu dem, der dich geschickt hat«, sagte Cressilda. »Ich werde dieser Sache auf den Grund gehen, ganz gleich, wohin mich das führt.«

Das Pferd fiel in leichten Galopp.

Kapitel 8

»Ein Schlachtroß? Du sagst, meine Frau ist auf einem Schlachtroß davongeritten?« Es war allgemein bekannt, daß Lord Sforza ein bißchen schwer von Begriff war, doch er verstand sich auf Pferde, und er verstand, daß Menschen auf ihnen fortritten. Und seine Frau war auf einem Pferd fortgeritten.

Der Hofthaumaturg erzählte die Geschichte noch einmal von Anfang an. »Ja, gnädiger Herr. Es war ein Roß, wie es hierzulande noch nie gesehen worden ist, weiß, edel und von feurigem Temperament. Die gnädige Frau Cressilda sah es und zögerte nicht einen Augenblick, in den Sattel zu steigen. Wir wissen nicht, wohin sie geritten ist.«

»Das hast du selbst gesehen?«

»Ja, gnädiger Herr, mit meinen eigenen Augen.«

»Glaubst du, es war ein magisches Pferd?«

»Ich weiß es nicht«, entgegnete der Thaumaturg. »Aber das kann ich herausfinden.«

Das Gespräch fand in dem alchemistischen Labor im hohen Turm des Herrenhauses statt. Ohne noch weitere Zeit zu verschwenden, fachte der Thaumaturg das Feuer unter seinem Destillierkolben an. Als es aufflackerte streute er verschiedene Pulver hinein, und die Flamme leuchtete erst grün und dann purpurfarben auf. Der Thaumaturg beobachtete sorgsam die verschiedenfarbigen Dämpfe, die von dem Feuer aufstiegen, ehe er sich wieder Lord Sforza zuwandte.

»Meine verbündeten Geister sagen mir, daß es sich tatsächlich um ein magisches Roß handelt. Vielleicht werden wir die gnädige Frau niemals wiedersehen, denn Damen, die auf magischen Pferden davonreiten, kehren selten zurück, und wenn sie es doch tun, dann, gnädiger Herr, ist ein Zusammenleben mit ihnen kaum noch möglich.«

»Verdammt!« fluchte Sforza.

»Ihr könntet über meine Verbündeten eine Beschwerde einreichen, gnädiger Herr. Vielleicht gibt es noch eine Möglichkeit, sie zurückzuholen.«

»Ich will sie gar nicht zurückhaben«, grollte Sforza. »Ich bin überglücklich, sie loszusein. Das Leben mit ihr hat wirklich keinen Spaß mehr gemacht, und ich bin froh, daß sie fort ist. Was mich ärgert, ist, daß sie das magische Roß hat. Magische Pferde trifft man schließlich nicht allzu oft, habe ich recht?«

»Sie sind sehr selten«, bestätigte der Thaumaturg.

»Und sie mußte es sich natürlich schnappen. Vielleicht war dieses Pferd für mich hergeschickt worden. Wie konnte sie sich nur erdreisten, sich an dem einzigen magischen Pferd zu vergreifen, das hier seit undenkbaren Zeiten gesehen wurde?«

Der Thaumaturg sprach beruhigend auf Lord Sforza ein, doch der wollte sich gar nicht besänftigen lassen. Sforza stampfte aus dem Turm hinaus und hinüber zum Haupthaus. Er war ein Gelehrter, zumindest dachte er das von sich, und es ärgerte ihn maßlos, daß ihm eine solch interessante Begebenheit einfach vorenthalten wurde. Was ihn aber noch mehr aufbrachte, war die Tatsache, daß magische Pferde üblicherweise die Erfüllung eines Wunsches mit sich brachten, und auch das war ihm nun verwehrt. Eine solche Gelegenheit aber würde niemals wiederkehren.

Angesichts dieser Überzeugung war er vollends verblüfft, als er eine Stunde später aus Langeweile zu den Ställen ging, und dort ein weiteres weißes Roß entdeckte, das er noch nie zuvor gesehen hatte.

Es war ein Hengst und er war weiß. Zwar war das Tier nicht ganz so beeindruckend, wie er es von einem magischen Pferd erwartet hatte, doch irgendwoher wußte er, daß es ein magisches Pferd war. Ohne weiter darüber nachzudenken, schwang er sich in den Sattel.

»Jetzt werden wir weitersehen!« rief er. »Bring mich

genau da hin, wo auch immer du Menschen unter solchen Umständen hinbringst.«

Das Pferd trabte los, verfiel dann erst in leichten, später in gestreckten Galopp. *Los geht's*, dachte Lord Sforza, während er sich krampfhaft an dem davonhetzenden Tier festklammerte.

Kapitel 9

Es war noch früh am Morgen, als die Pilger sich zu ihrem morgendlichen Haferbrei mit Weizenvollkornbrot im Frühstücksraum der Herberge versammelten, während die Dienerschaft bereits die Pferde versorgte.

Azzie grübelte gemeinsam mit Aretino in seinem Zimmer über das Schauspiel. Die bisherigen Ergebnisse, die ihre Freiwilligen erreicht hatten, waren eher enttäuschend ausgefallen.

»Warum sind die anderen Pilger so zurückhaltend?« fragte Azzie sich laut.

»Vielleicht haben sie Angst«, vermutete Aretino. »Brauchen wir denn wirklich alle sieben?«

»Wahrscheinlich nicht«, sagte Azzie. »Wir werden einfach nehmen, was wir kriegen. Vielleicht sollten wir uns mit dem derzeitigen Stand zufriedengeben.«

Genau in diesem Augenblick klopfte es an der Tür.

»Aha!« rief Azzie. »Ich wußte, es würden sich noch mehr Freiwillige melden. Öffnet die Tür, mein lieber Pietro, dann werden wir sehen, wer uns nun aufsuchen möchte.« Etwas ermüdet erhob sich Aretino, durchquerte das Zimmer und öffnete die Tür. Herein kam eine wunderschöne Frau mit blondem Haar, blassem Teint, wohlgeformtem Leib und edlen Zügen. Sie trug einen himmelblauen Mantel, und ihr Haar war mit goldenen Bändern geschmückt.

»Madame«, grüßte Aretino, »können wir irgend etwas für Euch tun?«

»Ich denke schon«, entgegnete die Frau. »Seid Ihr diejenigen, die mir das magische Pferd geschickt haben?«

»Ich denke, Ihr solltet mit meinem Freund Antonio sprechen«, schlug Aretino vor.

Azzie bot ihr einen Stuhl an und gab zu, daß er etwas mit magischen Pferden zu tun hatte, und daß die Erfüllung eines Wunsches tatsächlich zu jedem dieser Pferde dazugehörte, die einzige Bedingung sei die Mitarbeit bei seinem Stück. Außerdem erklärte er, daß er ein Dämon sei, wenn auch kein besonders angsteinflößender. Man sagte sogar, er sei ein recht netter Dämon. Als Lady Cressilda sich davon nicht abschrecken ließ, erkundigte sich Azzie, wie sie zu dem magischen Pferd gekommen war.

»Es kam ganz einfach aus meinem Stall in den Hof gelaufen«, erzählte Cressilda. »Ich bin zu ihm gegangen, aufgestiegen und habe es laufen lassen, wohin es wollte. Es hat mich hierhergebracht.«

»Aber ich habe es nicht zu Euch geschickt«, entfuhr es Azzie. »Dieses Pferd war für jemand anderen bestimmt. Seid Ihr sicher, daß Ihr es nicht gestohlen habt, Verehrteste?«

Empört erhob sich Cressilda. »Ihr wagt es, mich des Pferdediebstahls zu bezichtigen?«

»Nein, natürlich nicht«, beschwichtigte Azzie. »Das paßt nicht zu Euch, nicht wahr, Pietro? Da muß sich wohl unser Freund Michael einen kleinen Scherz erlaubt haben. Nun, Cressilda, dieses Pferd ist tatsächlich in der Lage, Euch in eine Welt zu führen, in der Euer sehnlichster Wunsch in Erfüllung gehen kann. Wie sich herausgestellt hat, fehlen mir noch ein oder zwei Mitspieler, wenn Ihr Euch also freiwillig melden wollt, zumal Ihr das Pferd bereits gefunden habt . . .«

»Ja!« unterbrach Cressilda. »Selbstverständlich.«

»Wie lautet Euer Wunsch?« fragte Azzie, in der Erwartung, den üblichen schwärmerischen Schwachsinn über einen attraktiven jungen Prinzen und ein glückseliges Leben an seiner Seite zu hören.

»Ich möchte eine Kriegerin sein«, entgegnete Cressilda. »Ich weiß, das ist ein ungewöhnlicher Wunsch für eine Frau, aber es hat schon andere gegeben. Johanna von Orléans, beispielsweise, und Königin Boadicea. Ich möchte wie sie Männer in der Schlacht anführen.«

Azzie dachte darüber nach. Er überlegte hin und überlegte her. Dies entsprach nicht seinem ursprünglichen Plan, und auch Aretino schien nicht besonders begeistert zu sein.

Andererseits wußte Azzie, daß er sein Stück voranbringen mußte, und schließlich hatte er sich bereits damit abgefunden, daß er mehr oder minder jeden nehmen mußte, der sich bereiterklärte, mitzumachen.

»Ich denke, wir werden Euch helfen können«, sagte er schließlich. »Ich brauche nur ein bißchen Zeit, um die Sache einzurichten.«

»Das ist in Ordnung«, erklärte Cressilda. »Solltet Ihr übrigens zufällig meinem Ehegatten, Rodrigo Sforza, begegnen, so muß er nicht unbedingt erfahren, daß ich hier gewesen bin.«

»Ich bin die leibhaftige Diskretion«, versicherte Azzie.

Als die Dame gegangen war, setzten Azzie und Aretino sich zusammen, um eine Spielsequenz zu erarbeiten, doch noch ehe sie anfangen konnten, erschien vor dem Fenster ein dunkler Schatten, und jemand klopfte beharrlich an die Scheibe.

»Aretino, würdet Ihr Euch bitte darum kümmern«, sagte Azzie.

Aretino ging zum Fenster und öffnete es. Sofort kam ein langschwänziger Kobold aus der Familie der Teufelchen hereingeflogen, der von den Mächten der Finsternis wohl als Bote eingestellt worden war, um Informationen von hier nach dort zu bringen.

»Bist du Azzie Elbub?« erkundigte sich der Kobold. »Ich möchte schließlich keinen Fehler machen.«

»Der bin ich«, entgegnete Azzie. »Was für eine Nachricht bringst du mir?«

»Es geht um Mutter Joanna«, sagte der Kobold. »Ich fange am besten von vorne an.«

Kapitel 10

Mutter Joanna war die Straße nach Venedig hinuntergeritten. Im Wald hatte sie eine Abkürzung genommen, in der Absicht, sich später mit Sir Oliver zu treffen, um gemeinsam weiterzureisen. Es war ein schöner Tag. Der Wald war erfüllt von Vogelgesängen, und Mutter Joanna war guter Dinge. Der Himmel über Italien war strahlendblau, und immer wieder passierte sie glitzernde Bäche, die zum Bade einluden. Natürlich gab sich Mutter Joanna keinen derart unsinnigen Vergnügungen hin. Sie führte ihr Pferd zielstrebig im Schritt immer tiefer und tiefer in den Wald hinein. Als sie gerade an einer der dunkelsten Stellen zwischen den Bäumen vorbeiritt, hörte sie den Schrei einer Eule. Plötzlich empfand sie die Gegenwart einer drohenden Gefahr.

»Wer da?« schrie sie, denn sie konnte sich des Gefühls nicht erwehren, daß es jeden Moment gefährlich werden würde.

»Bleib, wo du bist!« grollte eine barsche, männliche Stimme. »Oder ich werde dich mit meiner Armbrust erschießen.«

Joanna sah sich hastig um, doch es schien keinen Ort zu geben, an den sie flüchten konnte; die Bäume standen so dicht, daß sie ihr Pferd nicht einmal zu einem leichten Galopp hätte antreiben können. Sie beschloß, vorsichtig zu sein und zügelte ihr Pferd. »Ich bin Mutter Oberin, und Ihr stürzt Euch in die ewige Verdammnis, wenn Ihr mich auch nur anrührt.«

»Schön, dich kennenzulernen«, antwortete die Stimme. »Ich bin Hugh Dancy. Man kennt mich als den Räuber aus dem Todeswald.«

Die Zweige wurden zur Seite geschoben, und ein Mann trat hervor. Es war ein gutgebauter, schwarzhaariger Bursche im besten Mannesalter, der ein Lederwams und kniehohe Stiefel trug. Nun kamen weitere Männer aus dem Unterholz hervor, bis schließlich etwa ein Dutzend Banditen vor Mutter Joanna stand. An ihren Gesichtern konnte sie ablesen, daß diese Männer schon lange keine Frau mehr gesehen hatten.

»Runter von dem Pferd«, befahl Hugh. »Du wirst uns zu unserem Lager begleiten.«

»Das werde ich nicht«, entgegnete Mutter Joanna und versetzte dem magischen Pferd einen Hieb mit den Zügeln.

Das Roß tat zwei gemächliche Schritte, bis Hugh es am Zaumzeug festhielt.

»Steig ab«, wiederholte er. »Oder ich werde dich aus dem Sattel zerren.«

»Was habt Ihr mit mir vor?«

»Ich werde eine ehrbare Frau aus dir machen«, entgegnete Hugh. »«Wir halten nichts von eurem kirchlichen Zölibat, also werden wir dich noch heute mit einem von uns vermählen.«

Joanna stieg ab. »Nur über meine Leiche«, sagte sie leise.

»Kein Problem«, entgegnete Hugh, als plötzlich ein lautes Krachen aus dem Unterholz erklang.

Die Männer erbleichten und tauschten verängstigte Blicke aus. Die Geräusche wurden lauter. Es schien, als würden sie direkt auf die Menschen zukommen. »Wir sind erledigt!« brüllte einer der Männer. »Das ist der große wilde Keiler!« schrie ein anderer. »Das ist das Ende«, jammerte ein Dritter.

Joanna, die nicht nur mit Falken gejagt hatte, schnappte sich den Speer von einem der Männer und drehte sich in die Richtung, aus der die Geräusche kamen.

Nur einen Augenblick später brach ein riesiges, schwarzes Wildschwein aus dem Unterholz hervor. Joanna stellte sich breitbeinig auf und rammte das hintere Ende des Speeres tief in die Erde. Die Speerspitze richtete sie auf das Tier.

»Komm schon, du dummes Schwein!« rief sie. »Heute abend gibt es Schnitzel.«

Das Wildschwein stürmte auf sie zu, und Joanna stützte sich auf den Speer. Das Tier spießte sich selbst auf. Zuckend lag es in seinem eigenen Blut und gab klägliche Grunzer von sich. Schließlich grunzte es ein letztes Mal und verschied.

Mutter Joanna stützte sich mit dem Fuß auf dem Kadaver ab und zerrte den Speer aus dem Körper des toten Tieres. Dann drehte sie sich zu Hugh um.

»Wir sprachen gerade über Leichen«, sagte sie herausfordernd.

Hugh wich zurück, und die anderen Männer folgten seinem Beispiel.

»Wir hatten nur an einen angenehmen Zeitvertreib gedacht«, sagte er. »Wir hoffen sehr, daß Ihr uns bald einmal zum Essen besucht.«

»Aye!« riefen die Männer und begannen, das Tier zu zerlegen.

»Vielleicht sollte ich das tatsächlich tun«, murmelte Joanna.

»Ihr seid eine wahrhaftige Diana«, schmeichelte Hugh. »Und genauso sollt Ihr auch behandelt werden.«

Kapitel 11

Die Neuigkeiten erbosten Azzie. Gerade wollte er sich auf den Weg machen, um Mutter Joanna zu retten, als es an der Haustür der Herberge klopfte. Gleich darauf betrat Rodrigo Sforza das Gasthaus.

»Seid Ihr derjenige, der die magischen Pferde ausgesandt hat?« fragte Sforza in anmaßendem Tonfall.

»Und wenn es so wäre?« erkundigte sich Azzie.

»Ich habe eines. Ich verlange, daß mir ein Wunsch erfüllt wird.«

»Ganz so einfach ist das nicht«, entgegnete Azzie. »Zuerst müßt Ihr ein bißchen was dafür tun.«

»Damit habe ich gerechnet, aber sagt mir erst, ob Ihr mir meinen sehnlichsten Wunsch erfüllen könnt. Werdet Ihr das tun?«

»Ja«, antwortete Azzie, »das kann ich. Wie lautet Euer Wunsch?«

»Ich möchte weit und breit als Gelehrter bekannt sein«, sagte Sforza. »Ich will, daß mein Name berühmter wird, als der von Erasmus, und man soll mich als Musterbeispiel der Gelehrsamkeit erachten.«

»Nichts einfacher als das«, erklärte Azzie.

»Vielleicht sollte ich noch erwähnen, daß ich weder lesen noch schreiben kann.«

»Das ist nicht von Belang.«

»Seid Ihr sicher? Ich dachte, diese Fähigkeit sei die Grundvoraussetzung, um etwas zu lernen.«

»Das ist richtig«, stimmte Azzie zu. »Aber hier geht es lediglich um die Reputation, was nicht notwendigerweise echtes Wissen voraussetzt. Hört mir nun gut zu, Ihr werdet ein Abenteuer bestehen müssen.«

»Ich hoffe, es ist nicht gefährlich.«

»Das hoffe ich auch«, brummte Azzie. »Aber zuerst muß ich noch etwas erledigen. Wartet hier auf mich, ich werde bald wieder zurück sein.«

Azzie legte seinen Umhang ab und löste seine Schwingen. Dann folgte er dem Botenkobold, der ihm den Weg zeigen sollte, in die Lüfte hinauf.

Azzie entdeckte Mutter Joanna im Lager der Banditen. Sie und Hugh saßen über eine Karte gebeugt an einem Tisch und diskutierten über etwas, das sich ganz nach einem Überfall auf eine Reisegesellschaft in zwei Tagen anhörte. Als Azzie sich anschickte, einen fröhlich betrunkenen Mann zu zerstückeln, hielt sie ihn auf. »Halt, Azzie«, sagte sie. »Das sind meine Männer. Ich bin ihre Anführerin.«

»Was?«

»Mein Wunsch ist sogar noch schneller in Erfüllung gegangen, als ich es erhofft hatte«, erklärte sie. »Dafür gebührt Euch mein grenzenloser Dank.«

»Nicht der Rede wert«, behauptete Azzie. »Seht nur zu, daß Ihr pünktlich zu unserem Fest in Venedig seid.«

»Selbstverständlich. Und ich darf meine Seele wirklich behalten?«

»Sicher. So lautete schließlich unsere Vereinbarung.«

»Gut. Ich werde dort sein.«

Kopfschüttelnd erhob sich Azzie in die Luft und war gleich darauf verschwunden.

Teil 9

Kapitel 1

Der massenhafte Ausbruch der hellenischen Götter aus dem Reich Nachglut machte sich erstmals um 013.32 siderischer Universalzeit bemerkbar, als der Dekan für dämonische Studien an der *Schwefelberg-Universität* feststellte, daß einer seiner Untergebenen nicht erwartungsgemäß von einer Expedition zurückgekehrt war. Der Assistent dieses Untergebenen berichtete, daß der Forscher von einem Rudel verlorener Gottheiten gefangengenommen worden war, als er in einem Haufen alter Knochen in einer archäologischen Grabungsstätte nahe dem Olymp herumgewühlt hatte.

Der Dekan rief beim Unterweltgefängnis im Limbus an, um sich zu erkundigen, ob in jüngster Zeit irgend etwas Besonderes vorgekommen war.

»Hallo, mit wem spreche ich?«

»Hier ist Cicero, Wachhabender im Trakt für unerwünschte Gottheiten in der Strafvollzugsanstalt für Lebewesen im Limbus.«

»Ich wollte mich nach den alten griechischen Göttern erkundigen, Zeus und diese Typen. Sind sie immer noch sicher unter Verwahrung?«

»Leider muß ich Ihnen mitteilen, daß wir einen Ausbruch hinnehmen mußten. Sie sind frei.«

»Wie lange wird es dauern, bis sie wieder dingfest gemacht werden können?«

»Das läßt sich leider nur schwer voraussagen. Diese alten griechischen Götter haben immer noch ziemlich viel Macht, müssen Sie wissen. Wir werden wohl Anankes Unterstützung benötigen, um sie wieder einzufangen.«

»Danke. Ich werde mich wieder melden.«

Kapitel 2

»Endlich sind wir wieder im realen Kosmos!« schrie Phoebus.

»Ich könnte niederknien und die Erde küssen«, rief Hephaestus aus.

Das erste, was die Götter tatsächlich taten, war, ein Freudenfest zu veranstalten. Sie trafen sich zu einem Wiederauferstehungsessen und sangen Loblieder auf Zeus. Dann vergnügten sie sich mit lustigen Imitationen von Zeus' Handlungen. Außerdem opferten sie die üblichen Tiere, wobei sie sich über und über mit Blut besudelten, da sie keine sehr versierten Metzger waren. Normalerweise überließen die Götter die Dreckarbeit bei der Opferung ihren Dienern. Schließlich waren sie alle betrunken und betrieben rege Unzucht untereinander.

Später pochte Zeus auf den Tisch, um die Aufmerksamkeit der Götter auf sich zu lenken. »Ich möchte euch allen danken. Es war sehr freundlich von euch, mir zu Ehren dieses Fest abzuhalten.«

»Er lebe hoch!«

»Danke, danke. Kommen wir nun zu einer ernsthafteren Angelegenheit. Ich habe mich der Frage gewidmet, was wir nun, wo wir aus dem Reich Nachglut befreit sind, tun können, wir alle gemeinsam.«

»Wir sollen etwas gemeinsam tun?« fragte Athene. »Aber wir tun niemals etwas gemeinsam.«

»Diesmal geht es nicht anders«, entgegnete Zeus streng. »Der Mangel an Koordination hat beim letzten Mal zu unserer Niederlage geführt. Einen solchen Fehler werden wir nicht noch einmal begehen! Wir brauchen eine Aufgabe, an der wir alle gemeinsam arbeiten können, etwas, das uns allen zugute kommen wird. Inzwischen habe ich herausgefunden, daß der derzeit bedeutendste Vorgang auf der Welt ein Schauspiel ist, das ein junger Dämon der neumodischen Glaubenseinrichtungen zur Erbauung der Welt aufzuführen versucht. Dieser Dämon, Azzie Elbub, hat die Absicht, sieben Akteuren prachtvolle Belohnungen für absolut nichts zu geben. Könnt ihr euch so etwas vorstellen?«

Zeus legte eine kurze Pause ein, um den Göttern und Göttinnen Gelegenheit zu geben, Kommentare abzugeben, doch sie saßen nur auf ihren goldenen Klappstühlen und hörten ihm aufmerksam zu. Zeus fuhr fort: »Zuerst müssen wir dafür sorgen, daß derartig finstere und zwecklose Moralstücke von Emporkömmlingen wie dem schon genannten Dämon unterbunden werden. Haben wir antiken Götter etwa nicht gesagt, daß Charakter und Schicksal miteinander verwoben sind? Und ist das etwa heute weniger wahr als damals?«

»Wenn wir uns da einmischen und das Spiel vermasseln«, sagte Hermes, »dann werden die Mächte der Finsternis uns sicher nicht besonders freundlich gegenüberstehen.«

»Die Gefühle dieser Kreaturen interessieren mich nicht«, entgegnete Zeus. »Wenn ihnen etwas nicht paßt, dann werden sie sich schon zu helfen wissen.«

»Aber sollten wir uns wirklich jetzt schon wieder Schwierigkeiten aufbürden?« fragte Hermes. »Wäre es nicht besser, nur zu schlichten? Ich bin sicher, wir können eine gütliche Einigung erzielen. In der Zwischenzeit sollten wir uns möglichst unauffällig verhalten und vielleicht sogar verstecken.«

»Das würde uns nichts Gutes bringen«, widersprach Zeus. »Die anderen, die Mächte des Lichtes und der Finsternis, werden versuchen, uns wieder in dem Reservat im Limbus einzusperren. Außerdem: wohin sollten wir denn gehen? Es gibt im ganzen Universum keinen Platz, an dem wir uns verborgen halten könnten. Die Mächte dieser Zeit werden uns früher oder später auf den Leib rücken. Amüsieren wir uns also, solange wir können. Wir werden ihnen schon zeigen, wie man solche Dinge erledigt – mit göttlicher Heimtücke.«

Göttliche Heimtücke bereitete ihnen allen Freude und war stets eine bejubelte Vorgehensweise gewesen.

Sie richteten ihre Blicke vom Olymp in weite Ferne und entdeckten Sir Olivers Truppe, die durch eine niedrige Hügelkette ritt.

»Was ist da los?« fragte Athene, als sie gemeinsam mit den anderen die große Gruppe bewaffneter Männer beobachtete, denen ganze Horden von Pilgern folgten.

»Was geschieht, wenn sie Venedig erreichen«, erkundigte sich Hermes.

»Ihr Anführer bekommt, was er sich am sehnlichsten wünscht«, erzählte Zeus. »Und womöglich gilt das auch für unsere Gegner.«

»Nun, das könnten wir natürlich nicht zulassen, nicht wahr?« fragte Athene.

Zeus lachte und rief verschiedene Windgötter herbei, darunter auch Zephyrus und Boreas. Die Windgötter jagten über Europa, Kleinasien und Teile von Asien hinweg, um streunende Brisen einzusammeln. Dann stopften sie die Winde in einen großen Ledersack und brachten ihn zu Zeus. Zeus löste die Schnur, die den Sack verschlossen hielt. Sofort steckte ein kecker Westwind den Kopf heraus und fragte: »Was geht hier vor? Wer rennt durch die Gegend und fängt harmlose Winde ein?«

»Wir sind griechische Götter, und wir fangen Winde, wann immer es uns gefällt«, sprach Zeus.

»Oh, dann entschuldige, daß ich gefragt habe. Was dürfen wir für dich tun?«

»Ich möchte, daß ihr einen anständigen Sturm zusammenbraut.«

Dem Westwind schien diese Aussicht zu gefallen. »Ach, ein Sturm, na, das ist etwas anderes! Ich hatte schon befürchtet, du willst eine von diesen sanften Brisen, von denen die Leute dauernd reden.«

»Was die Leute wollen, ist uns egal«, sagte Zeus. »Wir sind Götter, und wir wollen ein dramatisches Wetter.«

»Wo sollen wir denn stürmen?« erkundigte sich der

Westwind, wobei er sich voller Vorfreude die transparenten Hände rieb.

»Ares«, rief Zeus. »Wie wäre es, wenn du die Winde mitnimmst und ihnen zeigst, wo sie wehen sollen? Und wenn du schon dabei bist, dann könntest du auch gleich den Regen dirigieren.«

»Mit Vergnügen«, antwortete Ares. »Ganz besonders, da ich das Wetter nun als eine andere Art der Kriegsführung betrachte.«

Kapitel 3

Das Wetter war so furchtbar, wie man es in diesem Teil Europas seit Gott-weiß-wann nicht mehr erlebt hatte. Riesige, aufgequollene Sturmwolken hingen purpurnen Geschwüren gleich am Himmel und wuchsen zu monströsen Ungetümen heran, die mit einem Regen angefüllt waren, der allem Leben feindlich gesinnt zu sein schien. Der Wind war so stark, daß er sogar den Soldaten ihre Lanzen aus den Händen riß. Wenn der Wind sich von hinten in einem Schild verfing, dann verwandelte dieses sich in ein Segel, und falls sein Besitzer dabei aus dem Gleichgewicht geriet, so konnte der Wind ihn quer über das Land tragen.

Regen durchweichte alles weit und breit. Vom Wind in unendlich kleine Tröpfchen mit einer unglaublichen Geschwindigkeit gepeitscht, durchdrang das Wasser jede noch so kleine Öffnung in Rüstung und Kleidung der Männer.

Sir Oliver mußte seinen Mund direkt an das Ohr seines Assistenten bringen und laut brüllen, damit er verstanden wurde. »Wir sollten uns besser einen Unterstand suchen.«

»Aye, Sir, das wird wohl besser sein, aber wie sollen

wir den Befehl weitergeben? Wer soll uns bei dem Sturm schon hören?«

»Irgend etwas stimmt hier nicht«, schrie Oliver. »Wir sollten lieber Antonio informieren.« Sir Oliver nannte Azzie noch immer bei diesem Namen.

»Er ist nicht in der Nähe, gnädiger Herr.«

»Du mußt ihn finden, sofort.«

»Ja, Herr. Aber wo?« Die beiden Männer sahen einander an, ehe ihre Blicke über die weite, regengetränkte, graue Ebene streiften, auf der sie sich befanden.

Kapitel 4

Zeus war nicht zufrieden damit, lediglich ein bißchen schlechtes Wetter zu verursachen. Er und alle seine Kinder hatten bereits mit der Ausarbeitung verschiedener Pläne begonnen, die der Menschheit zeigen sollten, daß sie wieder da waren.

Zeus verließ die Gemeinschaft der Götter. Er wollte sich über den derzeitigen Zustand der Menschheit informieren.

Zuerst besuchte er Griechenland. Wie er befürchtet hatte, war die griechische Streitmacht seit der guten alten Zeit Agamemnons furchtbar zusammengeschrumpft.

Also sah er sich nach anderen verfügbaren Armeen um. Die übrigen Heere Westeuropas waren alle in den einen oder anderen Kampf verwickelt. Doch Zeus brauchte eine neue Streitmacht. Er wußte genau, wohin er seine Soldaten schicken würde: Sie sollten sich quer durch Europa bis nach Italien prügeln. Dort würde er sich selbst ein neues Königreich einrichten. Sein Heer würde siegen, und es würde dafür sorgen, daß alle Menschen ihm Achtung und Ehre erweisen würden – anderenfalls würde es alle niedermetzeln, die sich ihm entgegenstellten. Tod und Verrat würden sie erwarten. Das war die traditionelle Methode, und die traditionelle Methode war stets die beste, ganz besonders, wenn dabei Blut floß.

Zuerst mußte er allerdings eine Pythia finden, die ihm sagen konnte, wo er eine arbeitslose Streitmacht auftreiben konnte. Er warf einen Blick in das Prophetenverzeichnis. Dort fand er einen Hinweis auf die Pythia von Delphi, die sich derzeit in Saloniki in einem Restaurant als Tellerwäscherin verdingte.

In Saloniki füllte er die große Wolke der Finsternis, in die er sich zuvor gehüllt hatte, in einen Schlauch und verkorkte ihn. Auf diese Weise war die Wolke für ihn jederzeit griffbereit. Dann ging er zum großen Marktplatz und erkundigte sich nach den Tellerwäscherinnen. Ein Fischhändler half ihm weiter. Zeus ging an den Ruinen des Kolosseums vorbei und passierte eine verfallene Rennbahn. Dann sah er sie: eine ärmlich gekleidete alte Frau mit einem großen Schildkrötenpanzer, den die Waschfrauen als Waschkübel zu benutzen pflegten.

Die Pythia hatte sich eine Tarnung zulegen müssen und konnte nur noch im geheimen ihrer Arbeit nachgehen, weil die Kirche den Pythias verboten hatte, ihre traditionellen Prophezeiungen und Orakel zu machen. Es war sogar verboten, eine Riesenschlange zu halten, da die Kirche ein solches Haustier als Hinweis auf verbotene magische Praktiken der alten, gesetzlosen Art betrachtete. Dennoch arbeitete die alte Wahrsagerin in aller Stille weiter für ihre Freunde und einige wenige unzufriedene Aristokraten.

Zeus hatte sich in seinen Umhang gehüllt, als er zu ihr ging, aber sie erkannte ihn trotzdem auf Anhieb.

»Ich brauche eine Prophezeiung«, sagte er.

»Ach, dies ist der schönste Tag meines Lebens«, schwärmte die Pythia. »Nie hätte ich gedacht, daß ich einmal einem der alten Götter von Angesicht zu Angesicht begegnen würde ... So sagt mir doch, was ich für Euch tun kann.«

»Ich möchte, daß du dich in Trance versetzt und herausfindest, woher ich ein Heer bekommen kann.«

»Ja, o Herr. Aber sagt mir doch, wenn Euer eigener Sohn Phoebus der Gott der Prophezeiungen ist, warum fragt Ihr ihn dann nicht einfach selbst?«

»Ich möchte Phoebus nicht fragen, genausowenig wie einen der anderen Götter«, erklärte Zeus. »Ich traue ihnen nicht. Du kannst doch sicher auch noch andere Götter befragen, nicht nur uns Olymper? Da gab es doch noch diesen jüdischen Burschen, der auch schon zu meiner Zeit auf der Welt gewandelt ist.«

»Jehova hat einige interessante Veränderungen durchgemacht, aber er steht nicht für Prophezeiungen zur Verfügung. Er hat strikte Anweisung gegeben, ihn nicht zu stören.«

»Es gibt doch sicher noch andere?«

»Ja, die gibt es, aber ich weiß nicht, ob es so gut ist, sie mit solchen Fragen zu belästigen. Sie sind nicht so wie Ihr, Zeus. Mit denen kann nicht einfach jeder reden. Sie sind gemein und fremdartig.«

»Das ist mir egal«, entgegnete Zeus. »Frage sie. Wenn ein Gott nicht einen anderen Gott um einen kleinen Gefallen bitten kann, dann weiß ich wirklich nicht, was aus der Welt geworden ist.«

Die Pythia nahm in mit in ihr Zimmer, zündete heilige Lorbeerblätter an und legte den heiligen Hanf bereit. Dann holte sie noch einige andere heilige Dinge und verteilte sie im Raum, zog ihre Schlange aus ihrem Bastkorb heraus, wickelte sie sich um den Leib und verfiel in Trance.

Ihre Augäpfel drehten sich nach hinten, ehe sie mit einer Stimme, die Zeus nicht kannte, ihm aber die Nackenhaare zu Berge stehen ließ, zu sprechen begann: »O Zeus, gehe und schau nach den Mongolen!«

»Sonst noch etwas?« fragte Zeus.

»Ende der Durchsage«, entgegnete die Pythia, bevor sie bewußtlos zusammenbrach.

Nachdem sie sich wieder erholt hatte, sagte Zeus: »Ich dachte, daß die Antworten eines Orakels üblicherweise in seltsame, mehrdeutige Worte gefaßt sind. Dieses hat einfach nur geradeheraus gesagt, was ich zu tun habe, ohne mir auch nur das kleinste Rätsel aufzugeben. Ist die Vorgehensweise irgendwann geändert worden?«

»Ich glaube schon«, antwortete die Pythia. »In den höheren Kreisen herrschte eine generelle Unzufriedenheit wegen dieser zweideutigen Aussagen. Niemand konnte damit auch nur das geringste anfangen.«

Zeus tarnte sich wieder mit seiner Wolke aus Finsternis und verließ Saloniki in Richtung Nordosten.

Kapitel 5

Zeus besuchte die Mongolen, die erst vor kurzer Zeit den Süden Chinas erobert hatten. Da sie sich selbst grundsätzlich für unbesiegbar hielten, waren sie ganz erpicht darauf, Zeus' Worte zu hören.

Zeus suchte den Anführer der Mongolen in seinem Hauptquartier auf.

»Du und deine Männer habt gute Arbeit geleistet, als ihr dieses weite Land erobert habt, aber jetzt liegt ihr nur noch auf der faulen Haut und tut überhaupt nichts mehr. Ihr seid Menschen, die eine Aufgabe brauchen, und ich bin ein Gott, der Menschen braucht. Warum halten wir mit unseren Wünschen nicht zusammen und tun etwas, das uns beiden weiterhelfen wird?«

»Du magst wohl ein Gott sein«, entgegnete Jagotai, »aber du bist nicht unser Gott. Warum also soll ich auf dich hören?«

»Weil ich dir anbiete, selbst ein Gott zu werden«, antwortete Zeus. »Gerade erst war ich in dieser Angelegenheit bei den Griechen. Das sind interessante und einfallsreiche Leute, aber für einen Gott, der ihnen nur Gutes tun will, sind sie dennoch enttäuschend.«

»Was hast du anzubieten?«

Bald schon durchquerten mongolische Vorreiter mit hocherhobenen Yakschwanzbannern die Karnischen Alpen, trieben ihre Pferde über das Hochplateau von Friuli-Venèzia Giùlia und ritten schließlich durch die Zeit bis ins sechzehnte Jahrhundert. Zeus mußte seine ganze Kraft aufwenden, um sie zum Ziel zu bringen. Zwar wäre es einfacher gewesen, sie gleichzeitig durch Raum und Zeit zu transportieren, doch das hätte die Pferde erschreckt.

Schon vor der Ankunft der Mongolen hatte sich die Kunde von ihrem Vormarsch überall in Windeseile verbreitete. Panik machte sich unter der Bevölkerung breit.

Ganze Familien nahmen ihre Pferde, Esel oder Ochsenkarren und flüchteten. Die breite Mehrheit packte zusammen, was sie tragen konnte und verließ ihre Heimat auf der Suche nach einem Zufluchtsort fern von ihren Verfolgern, jenen flachgesichtigen Unholden mit den schmalen, schwarzen Schnurrbärten. Manche flohen nach Mailand, andere zog es nach Ravenna, doch der größte Teil der Flüchtlinge machte sich auf den Weg nach Venedig, der Stadt, von der die Menschen glaubten, sie wäre durch das morastige Land und die unzähligen Lagunen vor einer Invasion geschützt.

Kapitel 6

Die Mongolen rückten näher, und in Venedig wurden die ungewöhnlichsten Maßnahmen ergriffen, um die Stadt vor ihrem Zugriff zu schützen. Der Doge rief den Rat zu einer Sondersitzung zusammen, auf der verschiedene Vorschläge besprochen werden sollten. Man wurde sich einig, die Hauptbrücken, die in die Stadt hineinführten, abzureißen. Danach sollten die Venezianer sämtliche Küsten der Stadt nach Booten absuchen, die groß genug waren, um mindestens zehn Soldaten aufzunehmen. Diese Boote sollten in die Stadt gebracht oder, falls sie zu groß oder zu sperrig für die Kanäle sein sollten, versenkt werden.

Neben dem Problem der Verteidigung stellte sich auch eine ernsthafte Versorgungslücke ein. Normalerweise wurde die Stadt täglich von vielen Schiffen aus Häfen in ganz Südosteuropa und dem Nahen Osten angelaufen, die Nahrungsmittel für die Venezianer geladen hatten. Doch die jüngsten Stürme hatten die Mittelmeerländer in ein Chaos gestürzt und dem seegebundenen Handel ein Ende gesetzt. Schon jetzt mangelte es der Stadt an Lebensmitteln, und eine Besserung war nicht in Sicht.

Darüber hinaus mußten sich die Venezianer mit unzähligen Bränden abplagen. Die Menschen versuchten nur, ihre Häuser warm und trocken zu halten, aber allzu oft waren sie zu sorglos, wenn sie ihre Herde anzündeten. Nie zuvor hatte es in der Stadt eine solche Vielzahl an zerstörerischen Bränden gegeben. Unvermeidlich kamen Gerüchte auf, die besagten, daß einige der Brände von feindlichen Agenten gelegt worden seien, und die Bürger wurden angewiesen, ein wachsames Auge auf Fremde zu haben, und stets damit zu rechnen, einen Spion in ihrer Mitte zu haben.

Der Regen fiel noch immer wie ein feuchter Wind auf die Stadt hinab, als läge sie inmitten einiger schwatzender Windgötter, deren feuchter Atem sie umhüllte. Auf Mauerkronen und Simsen bildete die Feuchtigkeit Tropfen, die beim Herabfallen vom Wind erfaßt und erneut in viele kleine Tröpfchen zerlegt wurden.

Der Wasserstand in Venedig stieg beständig. Das Wasser in den Kanälen trat über die Ufer und flutete die Straßen und Piazzen der Stadt. Bald stand der Markusplatz drei Fuß tief unter Wasser, und der Pegel stieg beständig weiter. Dies war nicht die erste Gelegenheit, bei der Venedig mit Regen und Überflutung zu kämpfen hatte, doch es war bei weitem die schlimmste.

Heftige Winde aus Nordosten trugen arktische Kälte herbei und hörten ohne jegliche Ermüdungserscheinung tagelang nicht auf zu wehen. Der oberste Wetterseher gab seinen gutbezahlten, ererbten Posten auf, so sehr belastete ihn die unaufhörliche Vorhersage von schlechtem Wetter. In ihrer verzweifelten Hoffnung auf Rettung beteten die Menschen zu den Heiligen, zu Teufeln, Götzenbildern und was ihnen sonst noch einfiel. Und nur um die Lage noch schlimmer zu machen, hörte man Berichte über eine Seuche, die sich angeblich in manchen Teilen der Stadt ausbreitete. Außerdem gab es Gerüchte darüber, daß die mongolischen Vorposten nur eine Tagesreise entfernt gesehen worden seien, und niemand könne sagen, wie schnell die furchtbaren Krieger die Stadt überfallen würden.

Die ständigen Sorgen erschöpften die Venezianer. Die Menschen fürchteten sich vor dem mächtigen Heer, das sich außerhalb der Stadt formierte, und sie mißtrauten jedem, sogar ihren Mitbürgern. Die üblichen Feierlichkeiten zu Ehren diverser Heiliger waren vorübergehend abgesetzt worden, doch die Kirchen waren Tag und Nacht voller Betender, die um Schutz für ihre Stadt baten und Verwünschungen gegen die Mongolen aussprachen. Unablässig läuteten die Kirchenglocken, was wiederum manchenorts einen Hauch verzweifelten Frohsinnes freisetzte.

Dies war die beste Zeit für Partys, Maskenbälle und Gelage, die Venedig je gesehen hatte. Karneval beherrschte unbeirrt die Stadt, und nie zuvor war er so übermütig gefeiert worden. Trotz der Stürme leuchteten unzählige Kerzen in den Häusern der reichen Bürger der Stadt. Musik ertönte überall über den Kanälen, und die Menschen eilten in Mantel und Maske durch die regennassen Straßen von einem Fest zum anderen. Es war, als wäre von der stolzen alten Stadt nur noch ein letztes, verzweifeltes Aufbäumen geblieben.

Dennoch blieb es nicht unbemerkt, daß sich außergewöhnliche Dinge abspielten, Dinge, vor denen eine übernatürliche und apokalyptische Ausstrahlung ausging. Astrologen wühlten sich durch alte Manuskripte und stießen tatsächlich auf Hinweise für einen unmittelbar bevorstehenden Weltuntergang, genau, wie sie es vermutet hatten. Es hieß, die vier Reiter der Apokalypse würden schon bald über den flammenden Himmel reiten und den letzten Sonnenuntergang verkünden.

Eines Tages ereignete sich ein seltsamer Vorfall. Ein Arbeiter, den die Stadt geschickt hatte, um Sturmschäden zu reparieren, entdeckte ein Loch im Schutzwall nahe des Arsenals, doch kein Wasser strömte durch das Loch aus dem Kanal heraus. In der Öffnung leuchtete ein blendendes gelbes Licht, und der Arbeiter erkannte auf der anderen Seite die Silhouette von etwas, das jeder Beschreibung spottete und zwei Schatten zu werfen schien. Der Mann rannte fort und erzählte anderen Menschen, was ihm widerfahren war.

Bald begab sich eine Gruppe Gelehrter zu dem Loch, um das Phänomen zu untersuchen. Die Öffnung im Schutzwall wurde größer, und das helle, gelbe Licht war verblaßt.

Nun zeigte sich das Loch in einem klaren, unirdischen Blau, obwohl eigentlich die düsteren Regenwolken und die schwarzgraue Erde hinter ihm zu sehen sein sollten. Doch dieses Loch schien eine Öffnung zu sein, die sich durch alles hindurchzog, durch die Erde und selbst durch den Himmel. Voller Bestürzung betrachteten die Gelehrten das Loch, während Fragmente von Erde und Sand, die sich am Rand lösten, ins Innere der Öffnung gezogen wurden. Probeweise warfen die Gelehrten einen streunenden Hund in das Loch. Kaum hatte er die unsichtbare Oberfläche durchbrochen, da war er auch schon verschwunden.

»Aus wissenschaftlicher Sicht«, erklärte einer der Gelehrten, »muß es sich bei diesem Loch wohl um einen Riß oder Spalt im Weltgefüge handeln.«

»Aber wie soll denn das Weltgefüge reißen können«, wandte ein anderer spitzfindig ein.

»Das können wir nicht wissen«, entgegnete der erste. »Doch wir können schlußfolgern, daß in der spirituellen Welt etwas Ungeheuerliches vor sich gehen muß, etwas so Unfaßbares, daß es sogar auf die physische Ebene unserer materiellen Existenz Auswirkungen hat. Nicht einmal der Realität können wir noch weiter trauen, so sonderbar ist das Leben geworden.«

Und dieses Loch blieb nicht der einzige Riß im Weltgefüge. Überall tauchten weitere Exemplare dieses Phänomens auf, das die Gelehrten fürderhin als Anti-Imago bezeichneten. Selbst in der Markuskathedrale entdeckten die Venezianer einen weiteren Riß, der fast drei Fuß breit war, schräg nach unten zeigte und an einen Ort führte, von dem niemand jemals wieder zurückkehren konnte.

Ein Küster berichtete von einem anderen besonderen Ereignis. Ein Fremder hatte die Kirche betreten, und etwas an ihm schien irgendwie nicht ganz menschlich zu sein. Vielleicht waren es seine Ohren oder die sonderbar schrägstehenden Augen. Das Wesen lief durch die Kirche und die unmittelbare Umgebung, wobei es die Gebäude in Augenschein nahm und sich auf einer Pergamentrolle Notizen machte. Als der Küster zu erfahren verlangte, was der Fremde tat, antwortete dieser: »Ich nehme nur die Maße, damit ich den anderen Bericht erstatten kann.«

»Welchen anderen?«

»Den anderen, die so sind wie ich.«

»Aber warum interessiert ihr euch für die Gebäude in unserer Stadt?«

»Wir sind provisorische Lebensformen«, erklärte der Fremde. »Ich und die anderen, die so sind wie ich. Darum haben wir bisher auch noch keinen Namen. Möglicherweise werden wir bald die Welt – also die Realität – übernehmen, und für diesen Fall werden wir alles erben, was ihr zurücklaßt. Wir dachten, es sei wohl das beste, wenn wir uns auf diesen Fall vorbereiten, und darum fertigen wir nun eine Inventarliste an.«

Allerlei Kirchengelehrte befaßten sich mit dem Bericht über das Auftauchen des sonderbaren Fremden. Am Ende beschlossen sie, daß es nie stattgefunden hatte. Offiziell wurde das Erlebnis des Küsters als unerklärliche Halluzination abgetan. Doch dieser Beschluß kam zu spät, der Schaden war bereits angerichtet worden, denn die Menschen hatten von der Sache gehört, und sie glaubten daran. Das führte dazu, daß die Panik innerhalb der Stadt noch weiter zunahm.

Kapitel 7

Die Pilger hatten sich im Gesellschaftszimmer der Herberge versammelt und wechselten sich dabei ab, das Feuer anzufachen, während sie auf neue Anweisungen warteten. Eigentlich sollten sie sich froh und siegesgewiß fühlen, weil sie ihre Aufgabe erfüllt hatten, doch das Wetter ließ ihren Triumph verblassen.

Sie hatten Schweres durchgemacht, um so weit zu kommen, und nun saßen sie da, und nichts war so, wie sie es sich wünschten. Das war nicht das, was hätte geschehen sollen, und keiner litt mehr darunter als Azzie selbst, der sich von seiner eigenen Geschichte betrogen fühlte, obgleich er noch immer nicht wußte, was genau geschehen war.

An diesem Abend saß Azzie neben dem Kamin und versuchte nachzudenken, als es an der Haustür klopfte. Der Wirt rief: »Wir sind belegt. Versuchen Sie es woanders.«

»Ihr habt da drinnen einen Gast, mit dem ich sprechen muß«, antwortete eine wohlklingende weibliche Stimme.

»Ylith!« rief Azzie aus. »Bist du das?«

Er winkte dem Wirt gebieterisch zu, die Tür zu öffnen, was dieser wenig erfreut tat. Eimerweise ergoß sich der Regen ins Innere der Herberge, ehe eine schöne, schwarzhaarige Frau hereinkam, deren Antlitz die Züge eines Engels mit denen eines Dämons vereinte, was ihr ein besonders reizvolles Aussehen verlieh. Sie trug ein einfaches gelbes Kleid mit violetten Applikationen und einen nachtblauen Mantel mit silbrigen Säumen. In ihrem Haar hatte sie einen kecken roten Schleier befestigt.

»Azzie!« rief sie und durchquerte den Raum. »Geht es dir auch gut?«

»Natürlich«, entgegnete Azzie. »Deine Sorge rührt mich. Hast du deine Meinung in bezug auf eine kleine Liebelei etwa wieder geändert?«

»Du wirst dich wohl nie ändern«, konterte Ylith lächelnd. »Ich bin hergekommen, weil ich unter allen Umständen an Gerechtigkeit glaube, ganz besonders, wenn es um Konflikte zwischen Gut und Böse geht. Ich fürchte, jemand ist dabei, dir einen schlechten Dienst zu erweisen.« Ylith erzählte Azzie, wie sie von Hermes Trismegistus eingefangen und einem Sterblichen namens Westfall übergeben worden war, berichtete von ihrer Gefangenschaft in der Büchse der Pandora und davon, wie sie mit Zeus' Hilfe entkommen konnte.

»Ich weiß, daß du Hermes für einen Freund hältst«,

sagte Ylith, »aber wie es scheint, arbeitet er gegen dich, und die anderen Olymper könnten ebenfalls in diese Sache verwickelt sein.«

»Vom Reich Nachglut aus können sie aber nicht viel tun«, wandte Azzie ein.

»Aber dort sind die alten Götter nicht mehr. Sie sind ausgebrochen! Und ich fürchte, daß ich daran schuld bin, wenn auch nicht wissentlich.«

»Womöglich sind diese Typen tatsächlich dafür verantwortlich, daß alles schiefgeht«, sinnierte Azzie. »Ich war bisher davon überzeugt, daß Michael dahintersteckt – du weißt ja, wie sehr er darum bemüht ist, mir auch nicht den kleinsten Triumph zu gönnen –, aber das, was jetzt geschieht, geht über seine üblichen Aktionen weit hinaus. Jemand hat uns sogar die Mongolen auf den Hals gehetzt, Ylith.«

»Ich verstehe aber nicht, warum die Olymper sich gegen dich stellen«, sagte Ylith. »Was kann es ihnen schon schaden, wenn du ein unmoralisches Schauspiel inszenierst?«

»Die Götter haben ein begründetes Anrecht auf moralische Belange«, meinte Azzie. »Allerdings achten sie immer nur auf die Moral anderer, nicht auf ihre eigene. Bei diesem Eingriff muß es aber um etwas anderes gehen. Ich wäre nicht besonders überrascht, wenn die alten Götter auf diese Weise versuchen würden, die Macht zurückzuerobern.«

Kapitel 8

Das Wetter konnte so nicht mehr länger toleriert werden, also raffte Azzie sich auf, um Nachforschungen anzustellen. Aus der ersten, oberflächlichen Erkundung erkannte Azzie, daß die Stürme offenbar nicht aus einer einzelnen

Quelle gespeist wurden. Sie entstanden irgendwo im Norden, da wo das Wetter meistens herkam. Aber was sollte das bedeuten, ›im Norden‹? Wie weit im Norden? Im Norden von was? Und was war dort im Norden für das Wetter verantwortlich? Azzie beschloß, das herauszufinden und etwas dagegen zu unternehmen, falls es in seiner Macht stand.

Er erzählte Aretino, was er zu tun gedachte, ging zum Fenster und öffnete es. Sofort heulte der böige Wind durch das Zimmer.

»Das kann gefährlich werden«, wandte Aretino ein.

»Anzunehmen«, entgegnete Azzie, spreizte die Flügel und erhob sich in die Luft.

Er verließ Venedig in Richtung Norden, auf der Suche nach dem Ort, von dem das Wetter kam. Er reiste über Deutschland hinweg und sah noch viel mehr schlechtes Wetter, doch der Ursprung lag noch weiter im Norden. Azzie passierte die Nordsee und Schweden und erkannte, daß er die Brutstätte der Stürme noch immer nicht gefunden hatte. Auch das Land der Fjorde wurde nur von ihnen überrollt, während sie nach Süden unterwegs waren. Er schwenkte in die Bahn des Windes ein, und sie führte ihn nach Finnland. Die finnischen Lappen waren berühmte Wettermagier, dennoch erfuhr Azzie im ganzen Land lediglich, daß das Wetter nicht ›von dort‹, sondern von ›da drüben‹ kam, von einem Ort, der noch weiter im Norden lag.

Schließlich näherte er sich dem obersten Punkt der Erde, und die Winde zerrten mit einer ganz erstaunlichen, gleichbleibenden Geschwindigkeit an ihm. Der Sturm überzog die gefrorene Tundra in einem gleichmäßigen, nicht enden wollenden Strom, und er war so heftig, daß er die Wellen der See zu Flüssen in der Luft erhob.

Azzie kämpfte sich durch das Wetter noch weiter nach Norden, obgleich die ganze Welt zu schrumpfen und sich auf einen winzigen Punkt zusammenzuziehen schien. Endlich erreichte er den nördlichsten Punkt des Nordens und entdeckte einen steilen, hohen Berg aus purem Eis. Ganz oben auf dem Berg stand ein Turm, der so alt war, daß er schon vor allem anderen gewesen sein mochte, zu einer Zeit, als es noch nichts außer diesem einen Ort gegeben hatte.

Auf dem Turm befand sich eine Plattform, auf der ein riesiger nackter Mann mit wirrem Haar und einem unheimlichen Gesichtsausdruck stand. Er betätigte große lederne Blasebalge, und wie er sie hoch und runter bewegte, fuhr der Wind auch aus seinen Lungen heraus. Dieser Wind war der Ursprung aller Winde auf der ganzen weiten Welt.

Aus den Düsen der Blasebalge wehte der Wind in einem gleichmäßigen Strom und fuhr dann in die Röhren einer eigentümlichen Maschine.

Vor dieser Maschine saß eine sonderbare Kreatur an einer Art Orgeltastatur, und ihre Hände, die über eine Vielzahl tentakelähnlicher Finger verfügten, spielten auf den Tasten und formten die Winde, die durch die Orgelpfeifen fuhren. Es war ein allegorisches Gerät, ähnlich den Gebilden, die viele Religionen benutzten, um darzustellen, wie die Welt funktionierte. Doch diese Maschine bestimmte die Form und Richtung der Winde, die von den großen Blasebalgen erzeugt wurden, und nun ihre Reise nach Süden zu allen Orten auf der Erde, vor allem aber nach Venedig antraten.

Aber warum Venedig? Azzie aktivierte seinen Röntgenblick. Alle Dämonen verfügten über diese Fähigkeit, doch sie wurde nur selten angewandt, weil sie schwer zu bedienen war. Es war fast so, als wollte man eine komplizierte Rechnung im Kopf ausführen. Doch nun half ihm diese Fähigkeit, denn er konnte die verborgenen Linien im Boden unter dem Eis erkennen, die die Winde führten und ihre Wildheit verstärkten.

Aber was war mit dem Regen? Alles an diesem nördlichsten Punkt des Nordens war trocken, frisch und machte einen funkelnagelneuen Eindruck. Es gab weit und breit keine Spur von Feuchtigkeit oder Moder.

Azzie sah sich um, doch außer dem Mann an den Blasebälgen und der Kreatur, die die Windmaschine bediente, konnte er niemanden entdecken. »Verehrte Herren«, wandte er sich an beide, »ihr vereitelt meine Pläne in genau dem Teil der Erde, an dem ich derzeit residiere, und das kann ich nicht zulassen. Ich beabsichtige, etwas dagegen zu tun, es sei denn, ihr hört auf der Stelle damit auf.«

Er sprach forsch zu den beiden, obwohl er keine Ahnung hatte, ob er sich gegen diese Kreaturen behaupten konnte.

Doch das freche Auftreten lag in seiner Natur, und die ließ ihn auch jetzt nicht los.

Die beiden Gestalten stellten sich ihm vor. Beide waren Inkarnationen des Gottes Baal. Der, der die Blasebälge bediente, war Baal-Hadad, der andere Baal-Quarnain, kanaanitische Gottheiten, die über einige tausend Jahre im Verborgenen existiert hatten, nachdem auch der letzte ihrer Götzendiener verstorben war. Zeus hatte sie beide in seine Dienste gestellt und ihnen gesagt, daß es wohl niemand Besseren gäbe, um genau das Wetter zu kreieren, das er haben wollte. Er hatte zusätzlich noch gefordert, daß sich das Wetter auch dann noch halten sollte, wenn der erste Sack Winde verbraucht wäre. Zwar sei Zeus selbst ein Wettergott, doch sei er derzeit zu beschäftigt, um sich mit der ermüdenden Arbeit der Wetterproduktion abzugeben.

Die alten kanaanitischen Gottheiten waren eher furchtsame Götter, obwohl sie nicht danach aussahen. Sie hatten schwarzes, welliges Haar, Hakennasen, dunkle Haut und enorme Hände und Füße. Als Azzie ihnen erklärte, daß er wütend sei und ihnen eine Menge Ärger bereiten würde, waren beide sofort bereit aufzugeben.

»Wir können aufhören, Wind zu produzieren«, sagte Baal-Hadad, »aber der Regen kommt nicht von uns.

Damit haben wir nichts zu tun. Wir schicken lediglich den reinen Wind auf die Reise.«

»Wißt ihr denn, wer den Regen aussendet?« erkundigte sich Azzie. Beide zuckten die Schultern.

»Dann muß das eben noch warten«, beschloß Azzie. »Ich muß mich auf den Rückweg machen. Es ist Zeit für unsere Feier.«

Kapitel 9

Aretino sorgte dafür, daß in der Herberge alles vorbereitet wurde, ehe er Azzie in seinem Zimmer aufsuchte.

Azzie trug einen grünen Morgenrock, der mit goldenen Drachen bestickt war. Gerade beugte er sich mit einem Federkiel in der Hand über ein Pergament auf dem Tisch. »Herein«, rief er, als es an der Tür klopfte.

Aretino betrat den Raum. »Noch nicht angezogen? Verehrter Herr Dämon, die Feier wird gleich beginnen.«

»Wir haben Zeit genug«, entgegnete Azzie. »Ich bin ein wenig außer Atem, aber meine Kleider liegen bereits im Nebenzimmer bereit. Kommt und helft mir, Aretino. Ich muß entscheiden, wem ich einen Preis verleihe. Aber zuerst, sagt mir, sind alle da?«

»Sie warten alle schon«, sagte Aretino und schenkte sich ein Glas Wein ein. Er fühlte sich großartig. Dieses Schauspiel würde seine ohnehin schon beachtliche Berühmtheit ins Unermeßliche wachsen lassen. Er würde berühmter sein als Dante und bekannter als Vergil, vielleicht würde er sogar Homer in den Schatten stellen können. Dies war der beste Augenblick in seinem ganzen Leben, und er erwartete keinerlei Schwierigkeiten, als es plötzlich an der Tür klopfte.

Es war der Botenkobold Anankes. »Sie will dich sprechen«, sagte der Bote. »Und sie ist sauer.«

Ananke übte ihr Amt in einem brobdingnagischen* Justizpalast aus, der aus Steinblöcken zusammengesetzt war, von denen ein jeder größer als alle Pyramiden der Erde zusammen war. Trotz seiner Größe war das Gebäude in demselben klassischen Stil erbaut worden, der sich auch auf Erden größter Beliebtheit erfreute. Jede der vielen Säulen vor dem Palast stand auf einer Fläche, auf der man ohne Schwierigkeiten eine ganze Elefantenherde hätte unterbringen können. Auch die Freiflächen waren zauberhaft angelegt worden. Auf dem gepflegten Rasen, neben einem weißen Aussichtsturm saß Ananke inmitten ihres Teegeschirrs auf einer karierten Decke.

Diesmal hatte sie eine andere Gestalt angenommen. Es war allgemein bekannt, daß Ananke in den verschiedensten Gestalten aufzutreten vermochte, und eine davon wurde die Unbeschreibliche genannt. Dies war die Gestalt, die sie annahm, wenn sie einem Schmeichler den Wind aus den Segeln zu nehmen gedachte. Diese Form widerstand tatsächlich jeglichem Versuch der Beschreibung. Man konnte allerhöchstens über sie sagen, daß Ananke keine Ähnlichkeit mit einem Löffelbagger hatte. Genau diese Gestalt hatte sie nun zu dieser Gelegenheit gewählt.

»Du bist zu weit gegangen mit deinen magischen Pferden«, sagte sie anstelle einer Begrüßung, kaum daß Azzie bei ihr angekommen war.

»Was meint Ihr damit?« fragte Azzie.

»Du bist gewarnt worden, Bürschlein«, rügte Ananke. »Magie ist kein Allheilmittel für die Wunden in deinem maßlos ehrgeizigen Charakter. Du kannst nicht einfach für jede Kleinigkeit die Magie mißbrauchen. Das widerspricht der Natur der Dinge. Es ist nicht richtig, daß sich etwas auf widernatürliche Weise entwickelt, nur weil du es so willst.«

* Brobdingnagian bezeichnet etwas sehr Großes, Brobdingnag ist aber auch das Land der Riesen in *Gullivers Reisen*.

»So habe ich das nie betrachtet«, gestand Azzie.

»Auch du wärest wütend, wenn du mitansehen müßtest, wie der ganze Kosmos in Gefahr gerät.«

»Aber wie konnte das geschehen?« fragte Azzie.

»Es waren die magischen Pferde«, sagte Ananke. »Magische Kerzenhalter waren in Ordnung, aber als du außerdem noch die magischen Pferde in dein Spiel mit einbezogen hast, hast du ganz einfach das Gewebe der Leichtgläubigkeit überdehnt.«

»Was für ein Gewebe der Leichtgläubigkeit?« erkundigte sich Azzie. »Ich habe dich noch nie zuvor davon sprechen hören.«

»Sag es ihm, Otto!« sagte Ananke.

Otto war ein Geistwesen, das aus Gründen, die nur ihm selbst bekannt waren, in der Gestalt eines fetten Deutschen in mittleren Jahren auftrat, dessen Gesicht von einem weißen Schnurrbart und dicken Augengläsern beherrscht wurde. Gerade jetzt trat er hinter einem Baum hervor. »Glaubst du etwa, das Universum verkraftet es so einfach, wenn ständig an ihm herumgepfuscht wird?« fragte er. »Du hast mit dem Triebwerk der Metaphorik herumgespielt, und es ist egal, ob dir das bewußt war oder nicht. Du bist einmal zuviel quergeschossen.«

»Er scheint dich nicht zu verstehen«, bemerkte Ananke.

»Ist etwas schiefgelaufen?« fragte Azzie.

»Ja, allerdings. Es ist etwas schiefgelaufen mit der grundlegenden Natur der Dinge«, schimpfte Otto.

»Die Natur der Dinge? Aber so schlimm kann es doch gar nicht sein.«

»Du hast meine Worte gehört, Dämon. Wegen dir und deinen magischen Pferden ist die Struktur des Universums aus den Fugen geraten. Ich weiß, wovon ich rede, schließlich warte ich das Universum schon seit ewigen Zeiten.«

»Ich wußte nicht, daß es einen Wartungsdienst für das Universum gibt«, gestand Azzie.

»Das ist doch wohl vollkommen klar oder etwa nicht? Wenn es ein Universum gibt, dann muß es auch jemanden geben, der sich darum kümmert, und das kann kaum die Person sein, die es regiert. Ananke hat genug eigene Arbeit zu erledigen, und die Wartung ist ein eigenes Spezialgebiet, das nicht an irgendein anderes Fachgebiet angeschlossen sein muß. Du bist für das Auftauchen der magischen Pferde verantwortlich, richtig?«

»Ich fürchte schon«, gab Azzie zu. »Ich verstehe nur nicht, was falsch daran ist.«

»Du hast zu viele von ihnen eingesetzt, das ist falsch daran. Hast du denn wirklich geglaubt, du könntest ohne Folgen das ganze Land mit magischen Pferden vollstopfen, wie es dir gerade beliebt? Und das nur, damit du dich um einige schlichte Erklärungen drücken konntest, die auszuarbeiten du schlicht zu faul warst? Nein, mein lieber junger Dämon, diesmal hast du Mist gebaut. Das ganze verdammte Universum verändert sich vor unseren Augen, nachdem ich es all die Jahre instand gehalten habe, und es gibt nichts, was du oder Ananke oder ich daran noch ändern könnten. Du bist aus dem Licht des Seins herausgetreten, verstehst du? Dafür wirst du im Land des Bösen bezahlen müssen, Dämon. Du hast einmal zu oft mit der Realität gespielt.«

»Was hat das denn mit der Realität zu tun?« fragte Azzie.

»Hör mir gut zu, mein lieber junger Dämon! Realität ist die materielle Sphäre, die aus verschiedenen, aufeinandergeschichteten Substanzen besteht. Doch wenn die einzelnen Schichten gegeneinanderstoßen, dann haben wir es mit einer potentiellen Fehlerquelle zu tun, so wie jetzt auf der Erde. Anomalien schicken Schockwellen durch die Verbindungsstellen der Welten. Dein illegaler Gebrauch der magischen Pferde hat sich zu einer anomalen Bombe entwickelt. Allerdings sind noch andere Anomalien vorgefallen. Die Flucht der alten Götter ist ein Ereignis von so unmöglichem Ausmaß, daß sein Auftreten das ganze Universum erschüttert hat.

Das bedauernswerte Venedig muß nun die Hauptlast des Übels tragen, das du angerichtet hast. Die Stadt hat das Pech, sich im Mittelpunkt der Ereignisse zu befinden, und durch dein Zutun ist sie überdies zu einer Überlastung der Realität geworden. Die Fluten, die Invasion der Mongolen, die Seuchen, die bald folgen werden, all das gehört nicht zu der grundlegenden Geschichte Venedigs. Keines von diesen Ereignissen hätte jemals eintreten dürfen. Sie hätten lediglich Nebenstränge der Handlung sein sollen, für deren Eintreten es im normalen Verlauf der Geschichte nur eine verschwindend geringe Wahrscheinlichkeit geben sollte. Doch durch dein Wirken sind sie aktiviert worden, und darum ist die ganze zukünftige Geschichte von diesem Zeitpunkt an in höchster Gefahr.«

»Wie kann denn die zukünftige Geschichte in Gefahr sein?« fragte Azzie.

»Du mußt dir die Zukunft als etwas vorstellen, das bereits geschehen ist, und das immer wieder geschehen kann und dabei alles vorher Dagewesene auszulöschen vermag. Diese Vernichtung des Dagewesenen müssen wir unter allen Umständen verhindern.«

»Es gibt eine Menge zu tun«, sagte Ananke. »Aber zuerst mußt du diese Pilger wieder zurück an ihren Ausgangspunkt bringen.«

Azzie mußte sich mit der Lage der Dinge abfinden. Dennoch rührte sich in seinem Hinterkopf etwas unter der Oberfläche eines ganzen Ozeans voller Besorgnis. Ananke warf ihm vor, nicht der Realität angemessen gehandelt zu haben, doch was war die Realität anderes, als die Balance, die Übereinstimmung zwischen Gut und Böse? Wenn er Michael überreden konnte, diese Balance ein bißchen zu verschieben, zum Vorteil des ganzen Universums ... Doch zuerst mußte er sich um die Pilger kümmern.

Teil 10

Kapitel 1

Mit eingekniffenem Schwanz und verdächtig feuchten Augenwinkeln verließ Azzie den Justizpalast. Es wollte ihm noch nicht so recht in den Kopf gehen, daß sein großartiges, unmoralisches Schauspiel, mit dem er die Welt in Erstaunen versetzen wollte, niemals aufgeführt werden würde. Die Legende, die überaus wichtige Legende von den goldenen Kerzenhaltern durfte nicht zu Ende gebracht werden. So verlangten es die direkten und unmißverständlichen Anweisungen Anankes, die ihm höchstpersönlich befohlen hatte, die Akteure mitten in ihren Szenen aus dem Spiel zu nehmen.

Es mußte einfach einen Weg geben, Anankes Befehle zu umgehen. Trübsinnig ging er zu einer Tankstelle in der Nähe des Justizpalastes und füllte seinen Reisezauber auf. Auf einem nahe gelegenen Marktplatz entdeckte er eine Bude, die sich auf schnelle Fertiggerichte für Dämonen spezialisiert hatte. Dort kaufte er einen Beutel mit Teufelskatzenköpfen in einer schmackhaft geronnenen Blutsoße, die er auf dem Rückweg zur Erde verspeisen wollte. Dann schaltete er seinen Zauber ein, und schon sauste er durch die transparenten Schleier, aus denen der spirituelle Raum zu bestehen schien.

Während seines Fluges mampfte er die Katzenköpfe und dachte angestrengt nach. So sehr er sich auch bemühte, eine passende übersinnliche Spitzfindigkeit ausfindig zu machen, er fand doch keine Möglichkeit, Anankes Weisungen zu umgehen, ohne daß sie es früher oder später herausfinden und ihn hart bestrafen würde. Außerdem hatte er außer Ananke noch etwas anderes zu fürchten. Es war eine Tatsache, daß er durch seinen übermäßigen Gebrauch magischer Pferde die Balance des

Kosmos gestört hatte. Wenn er sein Spiel einfach fortsetzen würde, dann könnte das Gleichgewicht vollends aus den Fugen geraten, der ganze Kram, alles, jegliche Schöpfung könnte von der reinen, weißen Flamme der Widersprüchlichkeit verschlungen werden. Wenn dies aber geschehen sollte, dann würde der Kosmos selbst zusammenbrechen, und am Ende würden die Gesetze der Vernunft gänzlich umgestoßen werden.

Schon bald befand er sich wieder über Venedig, doch der Anblick der Stadt aus seiner luftigen Position war entsetzlich. Die tiefergelegenen Inseln waren bereits von den Wassermassen überflutet worden. Zwar hatte der Wind sich gelegt, doch die Flut stieg noch immer. Schon jetzt stand der Markusplatz zehn Fuß unter Wasser. Die älteren und weniger standfesten Gebäude stürzten unter dem Einfluß des Wassers ein, das den Mörtel aus ihren Mauern spülte.

Azzie landete vor Aretinos Haus. Der Dichter stand in Hemdsärmeln auf der Straße und versuchte, sein Haus mit Sandsäcken gegen die Flut abzudämmen. Es war ein zweckloses Unterfangen, und als Azzie gelandet war, legte Aretino seine Schaufel beiseite und folgte dem Dämon traurig ins Innere des Hauses.

Im zweiten Stock fanden sie schließlich einen trockenen Raum, in dem sie sich zusammensetzten. »Wo sind die Pilger jetzt?« erkundigte sich Azzie ohne Umschweife.

»Sie sind immer noch in der Herberge.«

Azzie mußte seine Pläne ändern. Zuerst mußte er die Kerzenhalter einsammeln und dafür sorgen, daß Fatus sie wieder in seinem Schloß im Limbus unterbrachte. Gleich danach mußte er die Pilger aus Venedig fortbringen. Allerdings sah er keine Veranlassung, dies alles auch Aretino sofort mitzuteilen. Er würde gemeinsam mit den anderen noch früh genug herausfinden, daß die Feier geplatzt war.

»Wir müssen die Pilger aus Venedig fortschaffen«,

erzählte er Aretino. »Mit den Mongolen vor den Toren und der Überschwemmung in der Stadt sieht es so aus, als sei die Stadt dem Untergang geweiht. Außerdem habe ich aus gut unterrichteter Quelle erfahren, daß die Zeitlinie, auf der dieser Teil der Weltgeschichte stattfindet, geändert werden soll.«

»Geändert? Was soll das heißen?«

»Die Geschichte der Welt läuft an einer Zeitlinie entlang, deren Ausläufer die verschiedensten Ereignisse verursachen. Beim derzeitigen Verlauf müßte Venedig zerstört werden, aber das akzeptiert Ananke nicht. Deshalb wird der Zeitfaden, auf dem Venedig sich augenblicklich befindet, an genau der Stelle gekappt werden, an der ich mit dem Stück über die goldenen Kerzenhalter angefangen habe. Es wird einen neuen Verlauf geben, eine neue Hauptlinie. Die Linie, auf der wir uns momentan befinden, wird dagegen in den Limbus verbannt werden.«

»Und was bedeutet das alles?« fragte Aretino.

»Die Limbus-Version von Venedig wird nur für den Zeitraum von einer Woche laufen, beginnend mit dem Zeitpunkt, an dem ich Euch das erste Mal gebeten habe, ein Stück für mich zu schreiben, und endend um Mitternacht des heutigen Tages, wenn die Mongolen die Stadt erreichen und die Flut über die Schutzwälle tritt. Diese Version wird zwar nur eine Woche existieren können, aber sie wird stets von neuem beginnen, sobald sie am Ende angelangt ist. Die Bewohner der Limbus-Version von Venedig werden bis in alle Ewigkeit dieselbe Woche erleben, und jedes Mal wird sie in Zerstörung und Verdammnis enden.«

»Und wenn wir die Pilger fortbringen?«

»Wenn wir sie bis Mitternacht aus der Stadt geschafft haben, werden sie ihr normales Leben wieder aufnehmen können, so als wäre ich nie hiergewesen. Sie werden in Raum und Zeit dahin zurückkehren, wo sie waren, bevor sie mich zum ersten Mal gesehen haben.«

»Werden sie sich daran erinnern können, was geschehen ist?«

Azzie schüttelte den Kopf. »Nur Ihr selbst werdet Euch erinnern, Pietro. Ich werde dafür sorgen, daß Ihr ein Stück schreiben könnt, das auf unserem Experiment basiert.«

»Ich verstehe«, sagte Aretino. »Tja, das ist alles etwas anders verlaufen, als wir alle es erwartet hatten. Ich weiß nicht, ob unsere Akteure mit den Änderungen einverstanden sind.«

»Sie müssen nicht einverstanden sein«, entgegnete Azzie. »Sie werden ganz einfach keine andere Wahl haben, es sei denn, sie wollen die Konsequenzen tragen.«

»Ich werde dafür sorgen, daß sie sich darüber im klaren sind.«

»Tut das, verehrter Meister Pietro. Ich werde Euch dann an der Kirche wiedersehen.«

»Was habt Ihr vor?«

»Mir schwebt da eine Möglichkeit vor«, sagte Azzie, »wie ich die Angelegenheit vielleicht doch noch bereinigen kann.«

Kapitel 2

Schnell durchflog Azzie das Ptolemäische System mit seinen Kristallsphären und den Sternen, die in diesem Raum fixiert waren. Die wohlgeordnete Aufstellung der Sterne und dieser festgeschriebene Aufbau der Existenz allen Seins amüsierte ihn jedesmal aufs neue. Dennoch trieb er sich zur Eile an, bis er den Besuchereingang des Himmels erreicht hatte. Dies war das einzige Tor, durch das Besucher den Himmel betreten durften, und jeden, gleich ob Mensch oder Dämon, erwartete eine harte Bestrafung, wenn er versuchte, durch eine der Engelspforten zu schlüpfen. Das Besuchertor war hundert Fuß hoch, ganz aus Bronze und eingerahmt von enormen Marmorsäulen. In der Umgebung des Tores tummelten sich unzählige zarte, weiße Wölkchen, und der Gesang der Engel, die ihren Gott lobten und priesen, erfüllte die Luft. Vor dem Tor stand ein Mahagonitisch mit passendem Stuhl, an dem ein erkahlender, älterer Herr mit einem langen weißen Bart saß. Er trug ein weißes Seidenhemd, an dem ein Namensschild befestigt war, auf welchem stand: *Sankt Zacharias zu Diensten. Verleben Sie einen gesegneten Tag*. Azzie kannte den Mann nicht, doch er wußte, daß diese Arbeit üblicherweise von Heiligen niederen Ranges ausgeübt wurde.

»Was kann ich für dich tun?« fragte Zacharias.

»Ich muß mit dem Erzengel Michael sprechen.«

»Steht dein Name auf der Besucherliste?«

»Das bezweifle ich. Er weiß nicht, daß ich hier bin.«

»In diesem Fall tut es mir furchtbar leid, lieber Dämon, aber ...«

»Es ist wirklich dringend«, sagte Azzie. »Sage ihm einfach, wer hier auf ihn wartet, und er wird es dir danken.«

Grummelnd drehte sich Sankt Zacharias zu einem goldenen Sprechrohr um, das seitlich des Bronzetores von dem Pfeiler herabhing. Er sprach einige Worte und wartete, wobei er leise vor sich hinsummte. Dann sagte jemand auf der anderen Seite etwas.

»Bist du sicher? Und das ist ganz bestimmt kein Irrtum ... Ja ... Selbstverständlich, Herr.«

»Du kannst hineingehen«, sagte Zacharias zu Azzie und öffnete eine kleine Holztür, die unten in einen der riesigen Torflügel eingelassen war. Azzie ging hinein und spazierte an den verstreuten Gebäuden vorbei, die auf den grünen Wiesen des Himmels errichtet worden waren. Bald erreichte er das Bürogebäude im Westhimmel, auf dessen Eingangstreppe Michael ihn erwartete.

Michael führte Azzie in sein Büro und schenkte ihm ein Glas Wein ein. Im Himmel gibt es bis heute den besten Wein des ganzen Universums, wogegen die Hölle den edelsten Whiskey zu bieten hat. Eine Weile unterhielten sie sich über Belanglosigkeiten, bis Michael sich schließlich erkundigte, was Azzie von ihm wollte.

»Ich will dir ein Geschäft vorschlagen«, sagte Azzie.

»Ein Geschäft? Was für ein Geschäft?«

»Hast du gewußt, daß Ananke mir befohlen hat, mein unmoralisches Schauspiel aufzugeben?«

Michael betrachtete ihn, und ein Grinsen machte sich auf seinem Gesicht breit. »Hat sie das? Die gute alte Ananke.«

»So, das gefällt dir also?« entgegnete Azzie kühl.

»Aber natürlich«, bestätigte Michael. »Sie steht zwar über Gut und Böse und soll sich stets unparteiisch verhalten, aber es beruhigt mich doch, daß sie weiß, welche Seite ihre Beachtung tatsächlich verdient.«

»Ich will dir ein Geschäft vorschlagen«, wiederholte Azzie.

»Du willst, daß ich dir helfe, gegen Ananke vorzugehen?«

»Genau das«, erklärte Azzie.

»Du versetzt mich in Erstaunen. Warum sollte ich ein Geschäft mit dir machen? Ananke hindert dich daran, dein unmoralisches Stück aufzuführen, und das ist genau das, was ich wollte.«

»Höre ich da etwa so etwas wie persönliche Ablehnung?« fragte Azzie.

Michael lächelte. »Oh, vielleicht ein bißchen. Ich bin tatsächlich verärgert über dein ständiges Theater. Aber meine Ansichten über dein Stück haben nichts mit meinen persönlichen Empfindungen zu tun. Für unsere Seite ist es ganz einfach von Vorteil, daß du dein tückisches Stück nun doch nicht aufführen kannst, das ist alles.«

»Du magst das ja ganz lustig finden«, sagte Azzie, »aber tatsächlich ist das eine sehr viel ernstere Angelegenheit, als du vielleicht denkst.«

»Ernst für wen?«

»Für euch, natürlich.«

»Warum für uns? Schließlich tut sie genau das, was wir wollen.«

»Die Tatsache, daß sie überhaupt etwas tut, ist das Problem«, entgegnete Azzie.

Michael richtete sich auf. »Wie meinst du das?«

»Seit wann mischt sich Ananke in unsere alltäglichen Streitereien, in die dauernde Rangelei zwischen Gut und Böse ein?«

»Soweit ich mich erinnere, hat sie jetzt zum ersten Mal eingegriffen«, gab Michael zu. »Worauf willst du hinaus?«

»Würdest du Ananke als deinen Richter akzeptieren?« fragte Azzie.

»Selbstverständlich nicht! Mit den Entscheidungen von Gut und Böse hat sie überhaupt nichts zu tun. Ihre Aufgabe in bezug auf den Kosmos ist die, ein Beispiel zu setzen, nicht aber Gesetze zu erlassen.«

»Und doch tut sie das jetzt«, erklärte Azzie. »Immerhin verbietet sie mir, mein Stück aufzuführen.«

Michael lächelte wieder. »Das kann mich nun wirklich nicht ärgern.«

»Das würde es aber, wenn es dabei um ein Stück ginge, das du inszenieren willst.«

Das Lächeln verschwand.

»Aber so ist es nicht.«

»Diesmal. Aber wenn du damit einverstanden bist, daß Ananke sich als Richter über das Böse aufspielt, was willst du ihr dann entgegensetzen, wenn sie das nächste Mal über das Gute zu Gericht sitzt?«

Michael runzelte die Stirn. Er erhob sich und begann unruhig im Zimmer auf und ab zu laufen. Schließlich blieb er stehen und wandte sich zu Azzie um.

»Du hast recht. So segensreich es für uns auch ist, daß sie dein Stück gestoppt hat, es bleibt doch ein Bruch der Gesetze, denen wir alle unterliegen. Wie konnte sie das nur wagen?«

In diesem Augenblick klingelte es an der Tür. Michael gestikulierte ungeduldig, und die Tür öffnete sich.

»Babriel! Gut! Ich wollte gerade nach dir schicken!«

»Ich habe eine Nachricht für Euch«, sagte Babriel.

»Das wird warten müssen«, entgegnete Michael. »Ich habe gerade erfahren, daß Ananke uns ins Gehege gekommen ist, um es einmal so auszudrücken. Ich muß sofort mit Gabriel und den anderen sprechen.«

»Ja, Herr. Sie wollen auch mit Euch sprechen.«

»Ach ja?«

»Darum haben sie mich zu Euch geschickt, Herr.«

»Tatsächlich? Was wollen sie denn von mir?«

»Das haben sie mir nicht gesagt, Herr.«

»Warte hier«, sagte Michael.

»Meint Ihr mich?« fragte Babriel.

»Ich meine euch beide.« Er verließ den Raum.

Es dauerte nicht lange, bis Michael wieder zurückkam. Er sah geschlagen aus und wagte es nicht, Azzie anzublicken.

»Leider ist es mir nicht gestattet, in diese Sache mit Ananke einzugreifen.«

»Aber was ist mit dem, was ich dir erklärt habe? Womöglich wird sie bald auch deine Macht unterwandern.«

»Es tut mir leid, aber das ist nicht unsere Hauptsorge«, sagte Michael.

»Was dann?«

»Der Schutz des Kosmos«, entgegnete Michael. »Die Sicherheit des Kosmos steht auf dem Spiel, wie mir der Oberste Rat mitgeteilt hat.«

»Michael, hier geht es um unsere Freiheit«, beharrte Azzie. »Um die Freiheit, die uns erlaubt, nach den Gesetzen unserer Vernunft zu handeln. Diese Vernunft darf nur durch die Naturgesetze begrenzt werden und nicht durch die Willkür einer gewissen Ananke.«

»Mir gefällt das auch nicht«, erklärte Michael. »Aber so liegen die Dinge nun einmal. Gib dein Schauspiel auf, Azzie! Du hast gar keine andere Wahl. Ich bezweifle sogar, daß der Rat des Bösen dich in dieser Sache unterstützen wird.«

»Das werden wir noch sehen«, knurrte Azzie, ehe er wie ein Donnerschlag davonraste.

Kapitel 3

Die Pilger waren noch immer in der Herberge, als Azzie nach Venedig zurückkehrte. Rodrigo und Cressilda hatten sich gemeinsam in eine Ecke zurückgezogen. Zwar hatten sie sich im Grunde gar nichts mehr zu sagen, doch sie waren einander die einzig passende Gesellschaft unter diesen Leuten. Kornglow und Leonore schenkten den anderen erwartungsgemäß wenig Beachtung. Puss und Quentin waren in ein Spiel vertieft, Mutter Joanna widmete sich ihrem Strickzeug, und Sir Oliver war damit beschäftigt, den juwelenbesetzten Griff seines Zeremonienschwertes zu polieren, das er bei der Feier zu tragen gedachte. Azzie begann ohne Umschweife: »Es tut mir leid, aber ich muß Ihnen mitteilen, daß wir ein paar Schwierigkeiten haben. Unser Stück wurde abgesetzt. Dennoch möchte ich Ihnen allen für ihre tatkräftige Hilfe danken. Jeder von Ihnen hat seinen Kerzenhalter sehr gut eingesetzt.«

»Antonio, was ist denn bloß geschehen?« fragte Sir Oliver. »Werden unsere Wünsche jetzt erfüllt oder nicht? Ich habe bereits eine Dankesrede aufgesetzt. Wir müssen endlich anfangen.«

Die anderen protestierten ebenfalls. Azzie brachte sie mit einer Geste zum Schweigen.

»Ich weiß nicht, wie ich es erklären soll, verehrte Herrschaften. Die höchstmögliche Stelle hat mich angewiesen, die Aufführung abzusagen. Es wird keine Feier der goldenen Kerzenhalter geben.«

»Was ist denn schiefgegangen?« erkundigte sich Mutter Joanna.

»Wie es scheint, haben wir irgendein dummes, altes Naturgesetz gebrochen.«

Verwirrung spiegelte sich in Mutter Joannas Miene. »Die Menschen brechen doch ständig Naturgesetze, ohne daß irgend etwas geschieht.«

»Üblicherweise ist das auch kein Problem«, sagte Azzie, »aber dieses Mal fürchte ich, daß wir einfach Pech gehabt haben. Man sagte mir, daß ich zu viele magische Pferde eingesetzt hätte.«

»Darum können wir uns doch sicher später noch kümmern«, nörgelte Sir Oliver. »Jetzt wollen wir erst einmal weitermachen.«

»Ich will auch weitermachen«, sagte Azzie, »aber unglücklicherweise ist das nicht möglich. Aretino wird nun herumgehen und die Kerzenhalter einsammeln.«

Mürrisch setzte Aretino sich in Bewegung und nahm den sich sträubenden Pilgern die Kerzenhalter ab.

»Wir müssen von hier verschwinden«, rief Azzie. »Venedig ist dem Untergang geweiht. Wir müssen sofort weg von hier.«

»So plötzlich?« fragte Mutter Joanna. »Aber ich hatte noch gar keine Gelegenheit, mir die berühmten Heiligengräber anzusehen.«

»Wenn Ihr nicht wollt, daß dieser Ort zu Eurem Grab wird, dann tut Ihr, was ich Euch sage«, knurrte Azzie. »Folgt nun alle Aretino! Pietro, hört Ihr mich? Wir müssen diese Leute aus Venedig herausbekommen.«

»Leichter gesagt als getan«, grummelte Aretino. »Aber ich werde tun, was ich kann.«

Er stapelte die eingesammelten Kerzenhalter in einer Ecke neben dem provisorischen Altar. »Gut. Was soll ich jetzt mit ihnen anfangen?«

Azzie wollte gerade antworten, als etwas an seinem Ärmel zupfte. Er sah hinab und erkannte Quentin, der mit Puss neben ihm stand.

»Bitte, Herr Dämon«, sagte Quentin. »Ich habe meinen ganzen Text für die Feier auswendig gelernt. Puss und ich haben ihn uns ausgedacht, und wir haben ihn beide gelernt.«

»Das ist lieb von euch, Kinder«, sagte Azzie.

»Werden wir ihn denn jetzt noch aufsagen können?« fragte Quentin.

»Du kannst mir den Text später vortragen, aber zuerst muß ich euch sicher aus Venedig fortschaffen.«

»Aber, Herr, das ist nicht dasselbe. Wir haben ihn doch extra für die Feier gelernt.«

Azzie verzog das Gesicht. »Es wird keine Feier geben.«

»Hat einer von uns etwas Böses getan?« fragte Quentin.

»Nein, daran liegt es nicht«, antwortete Azzie.

»War das Stück schlecht?«

»Nein!« kreischte Azzie. »Es war kein schlechtes Stück. Es war ein gutes Stück! Ihr alle habt ganz natürlich agiert und Euch so wie immer verhalten, und das ist das Beste, was ein Schauspieler leisten kann.«

»Wenn das Stück gut war«, hakte Quentin nach, »und wir nichts falsch gemacht haben, warum können wir es dann nicht zu Ende bringen?«

Azzie öffnete den Mund zu einer Antwort, doch dann zögerte er. Er erinnerte sich daran, wie er selbst als kleiner Dämon gewesen war. Ständig war er der Sünde und dem Erfolg nachgejagt und hatte jegliche Autorität mißachtet, ganz gleich, welche Folgen das für ihn hatte. Sicher, er hatte sich seither sehr verändert. Nun kommandierte ihn ein Weib herum und er gehorchte. Natürlich war Ananke nicht wirklich ein Weib, sie war eher eine vage, aber zwingende Verkörperung eines göttlichen Prinzips mit Brüsten. Zwingend, aber in weiter Ferne – so hatte sie sich stets bedrohlich über sie alle erhoben. Doch nun kam sie daher und brach ein Gesetz, das seit Anbeginn der Zeit nie in Frage gestellt worden war. Und wer durfte unter ihrem Rechtsbruch leiden? Azzie Elbub.

»Mein liebes Kind«, sagte Azzie, »wenn wir mit dieser Feier fortfahren, dann kann das für uns alle den Tod bedeuten.«

»Ich schätze, wir müssen so oder so alle irgendwann sterben, Herr«, entgegnete Quentin. Azzie starrte ihn an, denn der Bursche hatte die Frechheit eines Dämons und die Kaltblütigkeit eines Heiligen. Azzie fragte sich, ob er ihm überhaupt widerstehen durfte.

»In Ordnung, Junge«, sagte er. »Du hast mich überredet. Alle herhören! Nehmt Eure Kerzenständer und stellt Euch mit ihnen auf die Bühne!«

»Wir machen weiter«, rief Aretino entzückt aus. »Ich bin ja so dankbar, verehrter Herr Dämon. Denn was hätte ich sonst für ein Ende niederschreiben sollen, wenn ich mich an die Vorgänge der Realität halten soll.«

»Nun habt Ihr genug, worüber Ihr schreiben könnt«, entgegnete Azzie. »Ist das Orchester bereit?«

Die Musiker waren in der Tat bereit und außerordentlich gut gelaunt, denn Aretino hatte ihnen die dreifache Gage bezahlt, damit sie herumhingen und auf Azzie warteten, obwohl die Stadt unter Wasser stand und sie ohnehin keine anderen Konzerte geplant hatten.

Das Orchester spielte einen Tusch, und Azzie winkte mit der Hand. Die Feier konnte beginnen.

Kapitel 4

Das Fest war pompös und genau auf den Geschmack von Dämonen und Bürgern der Renaissance abgestimmt. Unglücklicherweise mußten die Anwesenden auf ein sichtbares Publikum verzichten. Diese Angelegenheit war eine reine Privatsache. Dennoch war die Feier in der sonst so verlassenen Herberge, auf deren Dach noch immer der Regen prasselte, enorm beeindruckend.

Die Pilger marschierten durch den Raum. Jeder trug seinen besten Sonntagsstaat und einen der goldenen Kerzenhalter, die Aretino ihnen wieder zurückgegeben hatte. Sie durchschritten den ganzen Raum, ehe sie auf die Bühne stiegen. Azzie, der nun ihr Zeremonienmeister war, stellte einen nach dem anderen vor und sprach einige freundliche Worte über ihn oder sie.

Plötzlich geschahen sonderbare Dinge. Merkwürdige Geräusche hallten durch den Raum, und der Wind heulte immer furchtbarer und unheimlicher. Gleichzeitig erfüllte ein beißender, unirdischer Geruch die Luft, doch das Schlimmste blieb der Wind, der sich anhörte wie eine gemarterte Seele, die versuchte, sich Einlaß zu verschaffen.

»Derartige Windgeräusche habe ich noch nie gehört«, sagte Aretino.

»Das ist nicht der Wind«, entgegnete Azzie.

»Wie bitte?«

Doch Azzie antwortete ihm nicht. Er erkannte eine Heimsuchung, wenn er sie hörte. Viel zu oft hatte er selbst Heimsuchungen begleitet, um sich nun davon täuschen zu lassen. Eine unirdische Kälte ließ sich auf dem Gebäude nieder, und von überall her erschallten unheimliche Klopfgeräusche.

Azzie konnte nur hoffen, daß diese fremde Macht, wer immer sie auch war, sich das Erscheinen noch eine Weile verkneifen würde. Sie schien Probleme damit zu haben, den Weg zu finden. Wirklich teuflisch an der Sache war, daß Azzie keine Ahnung hatte, wer oder was auf der Jagd nach ihm war. Für einen Dämon war es schon ziemlich ungewöhnlich, von etwas, das ein Geist zu sein schien, verfolgt zu werden. Allmählich begriff Azzie, was auf sie zukam. Eine tiefe Schlucht der Unvernunft bedrohte das fragile Konstrukt aus Logik und Kausalität. Scheinbar reichte ein winziger Stoß aus, um diese Dinge enden zu lassen.

Nach der Ansprache folgte ein kurzes Zwischenspiel durch den örtlichen Knabenchor, den Aretino zu diesem Anlaß gebucht hatte. Knaben aus ganz Europa sangen gemeinsam in diesem Chor. Als sich in der Nähe der Tür die vagen Umrisse einer schmalen Gestalt zu manifestieren begannen, glaubten manche, der Geist des heiligen Sankt Gregor persönlich wollte erscheinen. Doch was auch immer es war, es versagte. Noch bevor die Gestalt sich ganz materialisiert hatte, löste sie sich auch schon wieder auf, und das Fest konnte weitergehen.

Nun stellten die Akteure ihre Kerzenhalter auf den provisorischen Altar, steckten Kerzen hinein und zündeten sie an. Azzie hielt eine kurze Rede, in der er seinen Freiwilligen gratulierte und darauf hinwies, daß sie die Grundlage seines Stückes hervorragend herausgearbeitet hätten, in dem sie weiter nichts getan hatten, als ihrem natürlichen Drängen nachzugeben. Sie alle hätten ein großes Glück erfahren, ohne viel dafür zu tun, und dieses große Glück wäre keineswegs von einem guten Charakter oder guten Taten abhängig. Das Gegenteil sei der Fall. Glück sei ein neutraler Umstand, der jedem begegnen konnte. »Um das zu beweisen«, sagte Azzie, »sind meine Akteure angetreten und haben heute abend eine wunderbare Belohnung erhalten, für die sie nicht mehr getan haben, als nur sie selbst mit all ihren Fehlern zu sein.«

Während dessen saß Aretino vor der Bühne und machte sich eifrig Notizen. Er überlegte bereits, wie er aus dem vorliegenden Material ein Bühnenstück ausarbeiten konnte. Zwar war es ein guter Gedanke von Azzie gewesen, eine Art von göttlichem Spiel zu inszenieren, doch Kunst bedeutete etwas anderes. Wahre Kunst wurde sorgsam geplant, nicht improvisiert, und genau das beabsichtigte auch Aretino nun zu tun.

Der Dichter war so sehr damit beschäftigt, seine Notizen niederzuschreiben, daß er das Ende der Feier so lange nicht bemerkte, bis alle Pilger sich um ihn herum versammelt hatten, ihm auf die Schulter klopften und sich erkundigten, ob ihm ihre Vorstellung gefallen hatte. Aretino zügelte seinen naturgegebenen Zynismus und erklärte, sie hätten sich alle gut geschlagen.

»Und nun«, rief Azzie, »ist es Zeit, von hier zu verschwinden. Sie werden Ihre Kerzenhalter nun nicht mehr benötigen. Stapeln Sie sie bitte wieder in der Ecke, dann werde ich ein unbedeutendes Mirakel herbeirufen und sie in den Limbus zurückbringen lassen. Aretino, seid Ihr bereit, diese Leute hier in Sicherheit zu bringen?«

»Das bin ich«, versprach Aretino. »Wenn es eine Möglichkeit gibt, diese Menschen aus der Stadt zu bringen, dann werde ich sie finden. Werdet Ihr uns nicht begleiten?«

»Ich habe die Absicht, Euch zu begleiten«, entgegnete Azzie, »aber es ist möglich, daß ich durch Umstände, die sich meiner Kontrolle entziehen, aufgehalten werde. Sollte das geschehen, so wißt Ihr, Pietro, was Ihr zu tun habt. Bringt diese Leute in Sicherheit.«

»Aber was ist mit Euch?«

»Ich werde mein Bestes geben, um mein eigenes Leben zu erhalten«, sagte Azzie. »Das beharrliche Verfolgen unserer ureigensten Interessen ist nämlich eine besonders ausgeprägte Eigenschaft aller Dämonen.«

Azzie, Aretino und die kleine Pilgergruppe gingen in die stürmische Nacht hinaus, in der die Verdammnis über Venedig kam.

Kapitel 5

Hastig verließen sie das Gasthaus und rannten hinaus in den Sturm. Die Straßen waren voller Menschen, die versuchten, aus der Stadt zu flüchten, wobei sie sich durch das inzwischen hüfttiefe Wasser kämpfen mußten, das noch immer weiter anstieg. Aretino hatte eine große Menge Bestechungsgeld eingesteckt, doch er konnte keinen Bootsmann finden, der sich bestechen ließ. Die verschiedenen Anlegestellen am Canal Grande waren schon seit Stunden vollkommen verlassen.

»Ich weiß nicht, was wir tun sollen«, gestand Aretino Azzie. »Sämtliche Boote in der Stadt scheinen zerstört oder bereits anderweitig gebucht zu sein.«

»Es gibt noch einen Weg, unsere Pilger in Sicherheit zu bringen«, beschwichtigte Azzie. »Das wird zwar zweifellos zu einer weiteren Anomalie führen, für die man mich wieder verantwortlich machen wird, aber wir werden es trotzdem versuchen. Wir müssen Charon finden. Er sucht mit seinem Boot stets die Orte auf, an denen viele Menschen sterben werden oder gerade gestorben sind. Er ist ein wahrer Experte für umfangreiche Tragödien.«

»Der Charon aus der griechischen Mythologie ist hier?« fragte Aretino.

»Ganz bestimmt. Irgendwie hat er es geschafft, auch während der christlichen Ära weiterhin seinen Fährbetrieb aufrechtzuerhalten. Das ist zwar auch eine Anomalie, aber die kann mir keiner in die Schuhe schieben.«

»Wird er denn lebende Menschen mitnehmen? Ich dachte, Charons Boot wäre nur für die Verstorbenen da.«

»Ich kenne ihn recht gut. Wir haben schon einmal zusammengearbeitet, und ich nehme an, er wird eine Ausnahme machen, zumal es sich bei dieser Sache um eine Art von Notfall handelt, die ihm gefallen wird.«

»Wo können wir ihn finden?«

Azzie führte die Gruppe in irgendeine Richtung, und Aretino erkundigte sich, warum sie die Pilger so eilig aus der Stadt bringen mußten. »Steht es wirklich so schlimm?« fragte er.

»Allerdings. Der Untergang Venedigs ist erst der Anfang; er ist der Vorbote für den Untergang des ganzen Universums. Sowohl das kopernikanische als auch das ptolemäische System ist in Schwierigkeiten, die Auswirkungen der Anomalieschockwellen zeigen sich überall auf der Welt, und die Straßen sind voller Mirakel und Wunder. Andererseits ist jeglicher Handel eingeschlafen, und sogar die Liebe selbst hat sich zu einer Pause gezwungen.«

»Ich verstehe das nicht«, sagte Aretino. »Was sind das für Anomalieschockwellen? Was geschieht mit der Welt? Wie wird sich diese Katastrophe zeigen? Woran kann man sie erkennen?«

»Ihr werdet sie erkennen, wenn sie da ist, das steht außer Zweifel«, antwortete Azzie. »Es wird zu einer plötzlichen Diskontinuität im Lebensverlauf kommen. Ursache und Wirkung werden nicht mehr länger aufeinander folgen. Ergebnisse werden nicht mehr einfach durch auslösende Bedingungen erzielt werden. Wie ich Euch schon erzählt habe, wird sich die Realität in zwei Richtungen verzweigen. Eine Richtung wird der Geschichte von Europa und der Erde weiter folgen, als hätte es den Pilgerzug nie gegeben, während die andere als Folge der Pilgerfahrt das fortsetzen wird, was gerade jetzt geschieht. Diese zweite Richtung, das Desaster, wird in den Limbus geschickt werden, wo es sich in einer unermeßlich großen Schleife immer und immer wieder ereignen wird. Wir müssen die Pilger von hier fortbringen, ehe das geschieht.«

Doch Charon war nicht aufzutreiben. Aretino und Azzie hörten nicht auf, ihre Pilger von einem Ort zum nächsten zu führen, stets in der Hoffnung, einen Weg zu finden, um sie in Sicherheit zu bringen. Einige Menschen versuchten bereits, das Festland schwimmend zu erreichen und ertranken. Viele wurden von anderen Schwimmern unter Wasser gedrückt.

Auf den wenigen zurückgebliebenen Gondeln drängelten sich die Passagiere. Jene, die das Glück gehabt hatten, einen Platz an Bord zu ergattern, hatten ihre Schwerter gezogen und bedrohten jeden, der sich ihnen näherte.

Azzie und Aretino durchsuchten viele Straßen und Kanäle nach Charon, bis sie schließlich sein holzbeplanktes, unförmiges Boot entdeckten. Azzie schritt an der tabakbraunen Reling entlang, setzte einen Fuß an Bord und rief: »Ho, Bootsmann!«

Ein großer, magerer alter Mann mit eingesunkenen Wangen und überirdisch strahlenden Augen trat aus einer kleinen Kabine in das Licht der Fackeln am Ufer. »Azzie!« sagte er. »Du tauchst auch an den sonderbarsten Orten auf.«

»Was tust du hier in Venedig, Charon? Du hast dich weit von deiner üblichen Reiseroute auf dem Styx entfernt.«

»Wir Fährleute der Toten sind abkommandiert worden, unsere Dienste auf diese Gegend auszudehnen. Ich weiß aus gutunterrichteter Quelle, daß es hier bald ein Massensterben geben wird, wie man es seit dem Untergang von Atlantis nicht mehr gesehen hat.«

»Ich würde gern deine Dienste in Anspruch nehmen.«

»Jetzt? Muß das wirklich sein? Ich wollte noch ein wenig schlafen, ehe die große Evakuierung beginnt.«

»Das ganze Weltgefüge ist in Schwierigkeiten«, sagte Azzie. »Ich brauche deine Hilfe, um meine Freunde von hier wegzuschaffen.«

»Ich helfe niemandem«, entgegnete Charon. »Ich habe

meine eigenen Probleme. Hier gibt es eine Menge sterbender Leute, die in das Reich der Toten eingeschifft werden müssen.«

»Du scheinst den Ernst der Lage nicht ganz zu begreifen.«

»Für mich ist die Lage nicht ernst«, widersprach Charon. »Der Tod ist stets nur in der Oberwelt ein Problem. Im Königreich der Toten bleibt alles heiter und ruhig.«

»Das versuche ich dir ja gerade zu erklären. So wird es nicht mehr lange bleiben, auch im Reich der Toten nicht. Ist dir noch die der Gedanke gekommen, daß sogar der Tod selbst sterben kann?«

»Der Tod? Sterben? War für eine lächerliche Bemerkung!«

»Mein lieber Freund, wenn Gott sterben kann, dann kann auch der Tod sterben und zwar furchtbar qualvoll. Ich versuche, dir klarzumachen, daß das ganze Weltgefüge in Schwierigkeiten ist. Sogar du selbst könntest mit allem anderen einfach ausgelöscht werden.«

Charon war noch immer skeptisch, doch allmählich war er bereit, sich überzeugen zu lassen. »Was willst du von mir?«

»Ich muß diese Pilger aus der Stadt und wieder zurück an ihre Ausgangsposition bringen. Nur wenn das erledigt wird, hat Ananke eine Chance, die Normalität zurückzubringen.«

Charon war durchaus fähig, sich mit großer Geschwindigkeit zu bewegen, wenn er es nur wirklich wollte. Kaum waren die Pilger an Bord, da stand er auch schon wie eine Vogelscheuche mit Umhang auf dem Achterdeck, die Ruderpinne in der Hand. Das verrückte alte Boot würde schnell Fahrt aufnehmen, getrieben von den Rudern der toten Ruderer, die im Rumpf des Schiffes saßen. Überall in der belagerten Stadt brannten Feuer und erzeugten schaurige rote und gelbe Lichterscheinungen am schwarzblauen Himmel. In der Ferne erkannte Azzie jenseits der Bucht Sumpfland und Riedgras in einer ganz und gar fremden Umgebung. Charon beabsichtigte, eine Abkürzung durch eine wäßrige Verbindung von einer Welt zur anderen zu nehmen. »War es am Anbeginn der Zeit überall so wie dort?« fragte Aretino.

»Ich war am Anbeginn der Zeit noch nicht dabei«, erzählte Charon, »aber bald danach. So wie da hat die Welt ausgesehen, ehe es die Gesetze der Physik gegeben hat. Alles war Magie. Es hat eine Zeit vor allem anderen gegeben, in der Magie die Welt beherrschte und Vernunft noch nicht existierte. In unseren Träumen besuchen wir diese längst vergangene Welt noch immer. Manche Landstriche bringen noch die Erinnerung an diese Welt in den Menschen hervor. Diese Welt ist älter als Gott, älter als alle Schöpfung. Es ist die Welt vor der Erschaffung des Universums.«

Aretino ging auf dem Achterdeck die Liste der Pilger durch, um sicherzustellen, daß alle an Bord waren. Bald fand er drei gerissene Venezianer, die sich die allgemeine Verwirrung zunutze gemacht hatten, um sich an Bord zu schleichen, doch das war kein Problem. Das Schiff bot genügend Platz für alle, zumal Kornglow und Leonore unauffindbar waren. Aretino fragte jeden, ob er die beiden gesehen hatte, denn sie waren bereits seit der Feier nicht mehr aufgetaucht.

Alle anderen waren an Bord, alle mit Ausnahme von Azzie, der am Pier stand und die Leinen löste.

»Ich kann Kornglow und Leonore nicht finden«, rief Aretino Azzie zu.

»Wir können nicht länger warten!« sagte Charon. »Der Tod hat einen engen Fahrplan.«

»Dann müssen wir eben ohne sie ablegen«, erklärte Azzie.

»Und was ist mit Euch?« fragte Aretino.

»Da ist etwas, das mich aufhalten wird«, sagte Azzie. Erst in diesem Augenblick bemerkte Aretino den Schatten hinter Azzie, der sich an seinen Nacken zu klammern schien.

»Können wir irgend etwas für Euch tun?« erkundigte sich Aretino.

»Nein«, entgegnete Azzie. »Geht einfach nur fort, weit weg von hier!«

Er sah zu, wie das Boot durch das dunkle Wasser glitt, bis es in dem Sumpf und dem Riedgras an der Küste der anderen Welt verschwunden war.

Die Pilger machten es sich so gemütlich wie möglich, wenn auch das Gedränge zwischen den toten Ruderern nicht eben die angenehmste Atmosphäre bot.

»Hallo«, sagte Puss zu einer ausgermergelten Gestalt mit einer Kutte, die neben ihr auf der Bank saß.

»Hallo, junge Dame«, antwortete die Gestalt. Es war eine Frau, und sie schien tot zu sein, obwohl sie aus unerfindlichen Gründen noch immer sprechen konnte.

»Wohin wollt Ihr?« fragte Puss.

»Unser Fährmann Charon bringt uns in die Hölle«, erklärte die Kuttengestalt.

»Oh! Das tut mir leid!« bedauerte Puss.

»Kein Grund, sich zu grämen«, entgegnete die Gestalt. »Das ist der Ort, an dem wir alle enden.«

»Ich auch?« fragte Puss.

»Ja, du auch. Aber du mußt dir keine Sorgen machen. Du hast noch viel Zeit.«

Quentin, der auf der anderen Seite der Gestalt saß, fragte: »Gibt es hier an Bord irgend etwas zu essen?«

»Nichts Gutes«, sagte die Kuttengestalt. »Was wir haben, ist bitter.«

»Ich möchte wirklich gern etwas Süßes haben«, klagte Quentin.

»Hab Geduld!« mahnte Puss. »Niemand bekommt auf dem Schiff der Toten zu essen, ohne es mit seinem Leben zu bezahlen. Ich glaube, ich kann die Küste schon erkennen.«

»O ja«, sagte Quentin. Heimlich wünschte er sich, noch immer als Bote im Geisterreich zu arbeiten. Das hatte wenigstens Spaß gemacht.

Teil 11

Kapitel 1

Venedig schien dem Untergang geweiht zu sein, doch Azzie gab die Hoffnung nicht auf, daß er noch immer eine Möglichkeit finden konnte, um die Stadt zu retten. Er würde sich hinter die Kulissen des Universums begeben müssen, an den Ort, an dem die kosmische Maschinerie gelagert wurde, der Teil des Kosmos, der von der Symbolik beherrscht wurde.

Um diesen Ort aufzusuchen, mußte er eine Reihe von Ritualen ausführen, die er noch nie zuvor genutzt hatte und von denen er stets geglaubt hatte, sie auch niemals nutzen zu müssen. Nun aber brauchte er sie doch. Er verkroch sich an einen geschützten Platz unter einer Balustrade und führte eine komplizierte Beschwörungsgeste aus.

Eine körperlose Stimme, die zu einem der Wächter des Weges gehörte, sagte: »Bist du sicher, daß du das tun willst?«

»Das bin ich«, bestätigte Azzie.

Und verschwand . . .

Azzie materialisierte sich in einem kleinen Wartezimmer. An einer Wand stand eine langgezogene gepolsterte Bank, an der anderen zwei Stühle. Eine große Lampe verbreitete ihr weiches Licht über einem Tisch, auf dem einige Zeitschriften lagen. An der dritten Wand saß eine Empfangsdame vor einem Tisch mit einer Gegensprechanlage. Zwar wies die in eine Toga gekleidete Bedienstete alle Merkmale einer Frau auf, doch auf ihren Schultern ruhte ein mächtiger Alligatorenkopf. Ihr Anblick überzeugte Azzie restlos davon, daß die Realität keine

Macht über diesen Ort hatte und nur die Symbolik diese Welt beherrschte.

»Was können wir für Euch tun, Herr?« fragte die Empfangsdame.

»Ich bin hier, um die symbolische Maschinerie zu überprüfen«, behauptete Azzie.

»Geht nur hinein, Ihr werdet bereits erwartet.«

Durch eine Tür gelangte Azzie in einen Raum, der die unangenehme Eigenschaft hatte, ebenso endlos wie beengend zu sein, ein vollkommen ausgefüllter Raum, der alles mögliche zu beinhalten schien. Der Raum erinnerte zwar an eine Fabrik, sah aber eher wie eine bösartige, wirklich gewordene Ironie einer Fabrik aus, deren Umfang sich dem Auge vollends entzog. Dieser Ort jenseits von Raum und Zeit war angefüllt mit Maschinen, einer endlosen Vielzahl von Zahnrädern, Spindeln, Antriebsachsen und Riemen zur Kraftübertragung, die anscheinend alle mitten in der Luft hingen und mit zischenden, summenden und klirrenden Geräuschen ihre Arbeit verrichteten.

In alle Richtungen stapelten sich die Maschinen, nur durch schmale Stege voneinander getrennt. Auf einem dieser Stege stand ein großer, hagerer Mann in einem grauen Overall mit weißen Rangabzeichen und einer Mütze aus dem gleichen Material. Er ging mit einer Ölkanne zwischen den Maschinen hin und her und sorgte dafür, daß sie stets mit möglichst geringen Reibungsverlusten liefen.

»Was geschieht hier?« fragte Azzie.

»Hier wird die ganze Erdgeschichte in einem einzelnen schmalen Band zusammengefaßt und zwischen Walzen geglättet. Später kommt sie dann hier hinten als hauchdünner, breiter Streifen Wirkware zum Vorschein.«

Der alte Mann zeigte Azzie die breiten Walzen, aus denen die miteinander verwobenen Zeitlinien herauskamen, die die Geschichte der Welt bis zu diesem Augenblick repräsentierten und gewissermaßen tatsächlich auch waren. Azzie untersuchte den Stoff und fand eine geflickte Stelle.

»Was ist das hier?« fragte er.

»Ach, das ist die Stelle, an der Venedig zerstört worden ist«, erklärte der alte Mann. »Die Stadt stellte einen der Hauptfäden im Gefüge der Zivilisation dar, versteht Ihr? Darum folgt nun ihrem Untergang eine kleine Abweichung im kulturellen Aspekt des Raum-Zeit-Gefüges, die dann beendet sein wird, wenn eine andere Stadt Venedig ersetzt hat. Aber vielleicht wird auch der ganze Stoff seinen Zusammenhang verlieren, nachdem eine seiner edelsten Stellen verlorengegangen ist. Es ist nicht leicht vorherzusagen, wie sich ein so schwerwiegender Fehler auswirken wird.«

»Scheint mir eine Schande zu sein, nichts dagegen zu tun«, meinte Azzie, wobei er die einzelnen Fäden untersuchte, die zu der Flickstelle führten. »Schaut doch nur, wenn wir ein Stück weiter zurückgehen und diesen einen Faden herausziehen, wäre Venedig wieder in Ordnung.«

Er hatte den Faden gefunden, an dem er mit seinem Stück über die Pilger und die sieben goldenen Kerzenhalter begonnen hatte, die Stelle, an der der Untergang Venedigs besiegelt worden war. Er mußte nur diesen Faden aus der Kausalkette entfernen, um die kosmische Zerstörung ungeschehen zu machen.

»Mein lieber junger Dämon, Ihr wißt sehr wohl, daß wir nicht mit dem Lauf der Zeit herumspielen dürfen. Ich stimme zu, daß es einfach wäre, doch ich kann Euch nur davon abraten.«

»Was wäre, wenn ich es trotzdem täte?«

»Versucht es, und Ihr werdet es herausfinden.«

»Werdet Ihr versuchen, mich aufzuhalten?«

Der alte Mann schüttelte den Kopf. »Es gehört nicht zu meinen Pflichten, irgend etwas aufzuhalten. Meine Aufgabe ist es lediglich, dafür zu sorgen, daß der Stoff ohne maschinelle Störungen gewebt wird.«

Azzie streckte die Pfote aus und zog mit einem einzigen, kräftigen Ruck den Faden heraus, der sein Zusammentreffen mit den Pilgern markierte. Kaum war er aus dem Gewebe gelöst, ging der Faden auch schon in Flammen auf, und Azzie konnte die Auswirkungen seiner Tat beobachten. Das Gewebe reparierte sich auf der Stelle selbst. Venedig war wiederhergestellt. So einfach war das.

Azzie wandte sich zum Gehen, als ein eisiger Finger ihm auf die Schulter tippte. Er sah sich um. Der Monteur war fort.

Eine unheilverkündende Stimme sagte: »Azzie Elbub?«

»Ja. Wer ist da?«

»Nenn mich den Namenlosen. Sieht so aus, als wärest du hingegangen und hättest es wieder getan.«

»Was wieder getan?«

»Eine neue inakzeptable Anomalie ausgelöst.«

»Nun ... was geht dich das an?«

»Ich bin der Anomalienfresser«, entgegnete der Namenlose. »Ich bin die besonderen Umstände, die im Todeshauch des Universums eintreten, wenn die Dinge allzu haarig werden. Ich bin derjenige, vor dem Ananke dich zu warnen versucht hat. Durch deine Taten hast du mich ins Sein gerufen.«

»Tut mir leid, das zu hören«, erklärte Azzie. »Ich hatte nicht die Absicht, dich aus dem Schlaf des Nichterschaffenen zu wecken. Wie wäre es, wenn ich dir verspreche, nie wieder eine neue Anomalie zu verursachen?«

»Das reicht mir nicht«, entgegnete der Namenlose. »Diesmal bist du dran, mein Kleiner. Du hast einmal zu oft mit der Maschinerie des Seins herumgespielt. Wenn ich schon dabei bin, dann könnte ich vielleicht auch gleich das ganze Universum zerstören, Ananke stürzen und mit mir als oberster Gottheit alles noch einmal von vorn beginnen lassen.«

»Das ist die schlimmste Überreaktion, von der ich je

gehört habe«, grollte Azzie. »Um eine Anomalie zu zerstören, willst du eine viel größere auslösen.«

»Na ja, so zerbröselt eben das Universum«, meinte der Namenlose. »Ich fürchte, ich werde dich zerstören müssen.«

»Ich nehme an, das mußt du versuchen«, antwortete Azzie. »Aber warum klärst du die Angelegenheit nicht gleich mit Ananke. Sie ist unsere Vorgesetzte.«

»Das ist nicht die Art, in der ich meine Geschäfte erledige«, widersprach der Namenlose. »Ich werde mit dir beginnen. Nachdem ich deine Seele gefressen und mit deinem Blut nachgespült habe, werde ich mir überlegen, wen ich mir als nächsten vornehme. So lautet die Tagesordnung!«

Kapitel 2

Der Namenlose winkte mit etwas, das möglicherweise einen Arm darstellen sollte, und noch ehe Azzie Gelegenheit hatte, sich von dem Monteur zu verabschieden, befand er sich auch schon an einem der Tische eines Straßencafés in einer Stadt, deren Architektur stark an Rom erinnerte.

Azzie war beeindruckt davon, daß der Namenlose einen so schnellen Transport ganz ohne sichtbare Hilfsmittel bewerkstelligt hatte, doch er bemühte sich, seine Bewunderung zu verbergen.

Der Namenlose schien auch so schon eingebildet genug zu sein. Jetzt saß er neben Azzie und trug einen übergewichtigen menschlichen Körper und einen grünen Tirolerhut. Ein weißgekleideter Kellner kam an ihren Tisch. Azzie bestellte Cinzano und wandte sich dem Namenlosen zu.

»Gut, reden wir über unser Duell. Werden wir nach

irgendwelchen Regeln kämpfen oder ringen wir gänzlich im Freistil gegeneinander.«

Natürlich wußte Azzie, daß er gegen den Namenlosen, den er für eine neugeborene Supergottheit hielt, keine Chance hatte, dennoch trat er ihm kühn entgegen, in der Hoffnung, ihn bluffen und dadurch einen Vorteil erringen zu können.

»Welcher Kampfstil sagt dir mehr zu?« fragte der Namenlose.

»Man kennt mich als einen Meister im Kampf ohne Regeln«, behauptete Azzie.

»Ist das so? Nun, dann werden wir ein paar Regeln aufstellen.«

Azzie wußte, daß er mit Regeln gut zurechtkommen würde. Schließlich hatte er von klein auf gelernt, die Ausnahmen der Regel zu nutzen. Er hatte bereits den ersten Vorteil für sich herausgeschlagen. Er bemühte sich redlich, sich seine Verzückung nicht anmerken zu lassen.

»Nach welchen Regeln willst du kämpfen?« fragte der Namenlose.

Azzie sah sich um. »Sind wir in Rom?«

»Ja, das sind wir.«

»Dann sollten wir die üblichen Regeln der Gladiatoren befolgen.«

Er hatte die Worte kaum ausgesprochen, da wurde ihm plötzlich für einen Augenblick schwindelig. Als der Nebel in seinem Kopf sich lichtete, erkannte er, daß er mitten in einem großen Amphitheater stand. Rund um ihn herum erhoben sich die kreisförmigen Reihen leerer Sitzplätze. Er sah an sich herunter und stellte fest, daß er bis auf einen Lendenschurz vollkommen nackt war; offensichtlich neigte die neue Gottheit zur Prüderie, ein Faktum, das er sich merken wollte.

Azzie stellte weiterhin fest, daß er mit einem alten Schild und einem römischen Kurzschwert ausgerüstet war.

»Das ging aber schnell«, sagte Azzie.

»Ja, ich bin schnell«, entgegnete der Namenlose, dessen Stimme sich nicht orten ließ.

»Was jetzt?« fragte Azzie.

»Mann gegen Mann«, erklärte der Namenlose. »Nur du und ich. Und jetzt geht's los.«

An einer Mauer des Amphitheaters wurde eine Tür geöffnet.

Dann ertönte ein donnerndes Rattern, und aus dem Tor rollte ein großes, metallisches Objekt mit Ketten. Azzie hatte schon einmal so ein Ding gesehen. Das war auf den Schlachtfeldern des Ersten Weltkrieges in Frankreich gewesen.

Vor ihm rasselte ein ganz normaler Panzer mit der üblichen Bewaffnung heran.

»Bist du in dem Panzer?« fragte Azzie.

»Ich bin der Panzer«, korrigierte ihn der Namenlose.

»Das ist keine besonders faire Ausgangsposition, nicht wahr?« sagte Azzie.

»Nun sei kein schlechter Verlierer«, entgegnete der Namenlose.

Der Panzer rollte vor, blaue Auspuffgase entwichen pfeifend und herausfordernd. Zu beiden Seiten wuchsen Tentakel aus dem Panzer heraus, und ein jeder endete in einer wirbelnden Kreissäge. Azzie zog sich zurück, bis er die Mauer in seinem Rücken spürte.

»Warte!« rief er. »Wo ist das Publikum?«

»Was?« fragte der Panzer und hielt an.

»Ohne Publikum ist das kein echter Gladiatorenwettstreit«, klagte Azzie.

Die Tribünentüren öffneten sich, und die Ränge begannen sich zu füllen. Azzie kannte alle, die hereintraten. Zuerst kamen die griechischen Götter in ihren weißen Gewändern. Dann folgte Ylith in Begleitung von Babriel. Wenige Schritte hinter ihnen betrat auch Michael das Theater.

Der Namenlose betrachtete die Zuschauer. Offensichtlich gefiel ihm nicht, was er sah.

»Nur einen Augenblick«, sagte er. »Eine kleine Auszeit, in Ordnung?«

Azzie fand sich gemeinsam mit dem Namenlosen in einem Wohnzimmer des neunzehnten Jahrhunderts wieder.

Kapitel 3

»Paß auf«, sagte der Namenlose. »Du weißt selbst, daß ich dir weit überlegen bin. Das ist kein Grund, dich zu schämen. Ich bin nun einmal das neue Paradigma. Niemand kann sich gegen mich behaupten. Ich bin das sichtbare Zeichen von dem, was kommen wird.«

»Warum bringst du mich dann nicht endlich um?« fragte Azzie.

»Nein. Ich habe da eine viel bessere Idee. Ich will dich am Leben lassen. Ich möchte, daß du mich in dem neuen Universum begleitest, das ich erschaffen werde.«

»Wozu brauchst du mich?«

»Das tue ich nicht. Darüber solltest du dir wirklich keine Illusionen machen. Mir geht es nur darum, einen Gesprächspartner zu haben, wenn ich erst einmal die Macht übernommen habe. Jemanden aus der guten alten Zeit, die jetzt gerade noch existiert. Jemanden, den ich nicht selbst geschaffen haben werde. Ich nehme an, daß es ermüdend ist, immer nur mit selbsterschaffenen Wesen reden zu müssen. Ich glaube, das ist der Grund, warum euer Gott fortgegangen ist – Er war es einfach leid, mit niemandem reden zu können. Niemandem aus der alten Zeit, meine ich. Niemand, der nicht in der einen oder anderen Hinsicht doch er selbst war. Ich will diesen Fehler nicht wiederholen. Du hast andere Ursprünge und Ansichten, und ich könnte sie nutzen. Deshalb würde es mir gefallen, wenn du bei mir bliebest.«

Azzie zögerte. Das war natürlich eine große Chance, aber dennoch ...

»Was überlegst du noch? Ich kann dich vollkommen vernichten, ganz einfach so, aber ich biete dir die Möglichkeit, mich zu begleiten. Du, nur du, als der einzige aus dieser Welt, Azzie, wirst die Zerstörung von allem anderen überleben. Wir werden sie alle auslöschen – Götter, Teufel, Menschen, Natur, Schicksalsmächte, Zufall, das ganze Gefüge. Wir werden mit einer lustigeren Besetzung noch einmal neu anfangen. Du kannst mir helfen, die neue Welt zu entwerfen. Wir können sie so gestalten, wie es uns gefällt. Du wirst an der Erschaffung eines ganz neuen Universums beteiligt sein! Du wirst einer der Urväter einer neuen Welt sein. Mehr kann ich dir doch wohl wirklich nicht bieten oder?«

»Aber all die anderen ...«

»Ich werde sie alle töten. Sie müssen alle verschwinden. Versuche nicht, mich umzustimmen.«

»Es gibt da einen Jungen namens Quentin ...«

»Er wird in deiner Erinnerung weiterleben.«

»Und eine Hexe namens Ylith ...«

»Hast du keine Haarsträhne zum Andenken?«

»Kannst du sie denn nicht am Leben lassen?« bat Azzie. »Und den Jungen auch? Nimm doch einfach die anderen.«

»Natürlich kann ich sie am Leben lassen. Ich kann alles tun, was ich will. Aber ich werde sie nicht am Leben lassen und das Kind auch nicht und auch niemanden sonst. Nur dich, Azzie. Es ist eine Art der Bestrafung, verstehst du?«

Azzie sah den Namenlosen an. Er konnte sich des Gefühls nicht erwehren, daß die Dinge sich unter einem neuen kosmischen Management nicht viel anders entwickeln würden. Aber er würde nicht dort sein, um es sich anzusehen. Es war Zeit zu kämpfen, Zeit zu sterben.

»Nein danke«, sagte er.

Kapitel 4

Der Panzer donnerte voran. Nun war er zu einer wundervollen Maschine aus anodischem Aluminium und glänzendem Chrom geworden, die sich glühendheiß und mit rasender Geschwindigkeit auf Azzie zubewegte. Die Hitze brachte das empfindliche Metall zum Schmelzen, und die Räder verloren ihre Form. Plötzlich fiel es dem Panzer schwer, sich weiterzubewegen. Diese Kleinigkeit hatte der Namenlose offensichtlich nicht bedacht.

Der Panzer feuerte seine Kanone ab. Aus der Mündung kam ein klumpiger Plastikball geflogen, der sich beim Kontakt mit dem Sandboden zerlegte und blutsaugende Milben und Mäusebabys freigab, die gleich darauf eine Art Feuergrube zu buddeln begannen, gerade passend für ein Barbecue. Azzie beobachtete die Attacke mit äußerster Vorsicht, wußte er doch nicht, was im Kopf des Namenlosen vorging, falls dort überhaupt etwas vorging.

Die Kanone wurde wieder abgefeuert, doch dieses Mal flatterte ein Stapel beschrifteter Notenblätter heraus, wie Musiker sie zu benutzen pflegten. Azzie konnte den Namenlosen murren hören: »Kanone, nicht Kanon!«

Der Namenlose schien Probleme damit zu haben, seine ausgeprägte Vorstellungsgabe in die richtige Richtung zu lenken. Wieder feuerte er die Kanone ab. Dieses Mal brachte sie blubbernde, gurgelnde Kolbenspritzen in allen möglichen Farben hervor, die ein bösartiges Zischen von sich gaben.

Der Panzer erreichte die Mitte der Arena. Dort zögerte er einen Moment, denn er hatte inzwischen festgestellt, daß Azzie ein recht unbedeutender Gegner zu sein schien. Der größte Feind des Namenlosen war zweifellos er selbst. Azzie griff nach einem Stein und holte aus.

Eine Reihe kopfloser Gestalten von großer historischer Bedeutung marschierte aus der Ecke des Namenlosen hervor: Blackbeard, Anna Boleyn, Lady Jane Gray, der kopflose Reiter, Jean Le Baptist, Louis XVI, Marie Antoinette, Maria Stuart, Medusa, Sir Thomas More und Maximilien de Robespierre. Alle trugen sie die Köpfe unter dem linken Arm und lange Lanzen mit silbrigen Spitzen in der rechten Hand, und sie bildeten eine militärisch vorbildliche Phalanx. Robespierre führte die Front der Kopflosen an, und er sagte später, daß das die schwerste Aufgabe während seines gesamten Daseins gewesen wäre. Azzie rief seine eigenen Leute herbei, die sich schwer bewaffnet materialisierten, sich jedoch gleich im nächsten Augenblick wieder auflösten. Eine der wenigen Regeln des Namenlosen lautete, daß Azzie diese Sache alleine hinter sich bringen sollte.

Schließlich kauerte der Namenlose über ihm, öffnete ein Maul voller Schmutz und Geröll und versuchte, nach Azzie zu schnappen.

»Du bist verrückt!« schrie Azzie.

»Nein«, widersprach der Namenlose. »Warum stirbst du nicht?«

»Du bist eine erbärmliche Kreatur«, rief Azzie.

»Bist du sicher, daß dieser Kampf wirklich notwendig ist? Könntest du nicht einfach sterben, und alles ist vorbei?«

»Tut mir leid«, murmelte Azzie.

Kapitel 5

Azzie sah sich um. Die zwölf Olymper, angeführt von Zeus, saßen auf den Marmorstufen ganz in der Nähe von Babriel, Michael und Ylith. Nun hatten sich noch weitere Leute hinzugesellt: Der Märchenprinz und Prinzessin Rosenrot, Johann Faust und Marguerite. Wie auf Kommando erhoben sie sich und stürmten in die Arena.

»Das ist nicht fair«, beschwerte sich der Namenlose. »Du bist nicht berechtigt, Hilfe herbeizurufen.«

»Ich habe sie nicht herbeigerufen«, entgegnete Azzie. »Sie kommen aus eigenem Antrieb.«

»Ich hatte doch noch keine Zeit, mir Freunde und Verbündete zu erschaffen!« jammerte der Namenlose.

»Ich weiß«, sagte Ylith, »du hast dich entschieden, allein zu bleiben.«

»Nun ist es zu spät«, erklärte der Erzengel Michael, der die himmlischen Heerscharen anführte. »Ich denke, wir alle sind uns darüber einig, daß du, Namenloser, dich nicht zur Obersten Gottheit eignest. Wir aber werden zusammenhalten und uns deiner entledigen.«

Gesang ertönte im Amphitheater, eine einzelne, machtvolle, männliche Stimme, die eine mitreißende Melodie anstimmte. Es war Aretino, der eine Renaissance-Version von ›*Auf in den Kampf*‹ zum besten gab. Dem Einzelgesang folgte ein Chor der Pilger – Quentin und Puss, Kornglow und Leonore, Sir Oliver und Mutter Joanna, Rodrigo und Cressilda. Gemeinsam stellten sie sich in einem engen Kreis um die beiden Gegner und feuerten Azzie an. Doch Azzie sah keinen Sinn in ihren Anfeuerungsrufen, denn es gab nichts, was er tun konnte. Die Macht dieser Kreatur finsterster Herkunft hatte sich schon längst als weit überlegen erwiesen.

»Du mußt nicht sterben«, sagte Ylith zu ihm. »Ananke ist nur dann besiegt, wenn du es bist. Du hattest genug Courage, um dein Stück aufzubauen, also gib jetzt nicht auf!«

Kapitel 6

»Gut, ringen wir also. Griechisch-römischer Stil«, sagte der Namenlose und nahm eine wenigstens teilweise menschliche Gestalt an. »Wir kämpfen bis zum Tod«, entschied er und hielt Azzie in eisernem Griff gefangen.

Quentin schrie: »Du kannst ihn nicht töten!«

»Ich kann nicht? Warum nicht?«

»Weil er mein Freund ist.«

»Junger Mann, du scheinst dir nicht darüber im klaren zu sein, in welch lächerlicher Lage du dich befindest. Ich bin der Seelenfresser, mein Junge. Deine Seele wird die Maraschinokirsche auf dem Sahnehäubchen des Eisbechers dieses dummen Dämonen hier sein.«

»Nein!« Quentin schlug dem Namenlosen mit der flachen Hand ins Gesicht. Er taumelte zurück und entblößte die Zähne, woraufhin Puss der Supergottheit einen Hieb in den Magen versetzte. Der Namenlose brach auf dem Sand der Arena zusammen. Sir Oliver trat an ihn heran, nahm eine Lanze und stieß sie mit Mutter Joannas Hilfe dem Namenlosen ins Auge.

»Oh, das ist zu viel!« stöhnte der Namenlose, als die Lanze seinen Kopf durchschlug, und starb.

Am Himmel über ihnen erschien Ananke mit einem lächelnden Altweibergesicht.

»Gut gemacht, meine Kinder!« rief sie. »Ich wußte, ihr würdet zusammenhalten, wenn der Anlaß nur bedeutend genug ist.«

»Also hast du diese Sache deswegen ausgeheckt!« brüllte Azzie.

»Das war einer meiner Gründe, mein Kind«, antwortete Ananke. »Es gibt immer Gründe für Gründe, und jeder Grund für einen Grund kann geprüft werden, so wie die vorhergehenden Gründe für diesen Grund bewiesen werden können. Hinterfrage es nicht, mein Freund. Du bist am Leben, ihr alle seid am Leben.«

Nun hielten sie einander an den Händen, tanzten gemeinsam und stiegen immer höher und höher in die Luft hinauf, flogen gemeinsam immer schneller über den Himmel und waren alle vereint, bis auf ...

Kapitel 7

Prustend erwachte Aretino. Er setzte sich ruckartig auf und sah aus dem Fenster. Venedig lag in strahlendem Sonnenschein, und neben ihm, auf dem Bett, lag ein Manuskript mit dem Titel: *Die Legende von den goldenen Kerzenhaltern.*

Er erinnerte sich, einen ganz phantastischen Traum gehabt zu haben. Das war zumindest eine mögliche Erklärung.

Eine andere lautete, daß es Azzie gelungen war, Venedig vor dem unendlichen Untergang im Limbus zu bewahren.

Wieder sah er zum Fenster hinaus. Viele Menschen gingen auf der Straße vorbei. Unter ihnen entdeckte Aretino Kornglow und Leonore.

»Was ist los?« rief er.

Kornglow sah auf. »Gib acht, Aretino! Man sagt, die Mongolen müßten jeden Augenblick hier sein.«

Dann war Venedig also verdammt? Doch plötzlich wußte Aretino, daß alles seine Ordnung hatte. Er hatte nichts weiter zu tun, als sich ein ruhiges Plätzchen zu suchen und mit der Arbeit an seinem Stück fortzufahren.

Aretino erwachte an einem herrlichen Morgen und erinnerte sich, in der vorangegangenen Nacht einen unglaublichen Traum gehabt zu haben, in dem ihn ein Dämon besucht hatte, für den er ein Stück schreiben sollte. Das Schauspiel handelte von Pilgern und goldenen Kerzenhaltern, und seine Aussage war so erschütternd, daß die Mächte, die die Welt beherrschten, Venedig zum Untergang verdammten. Doch dann entschied Ananke, es zu retten. Deshalb wurde der Zeitstrang, der auf das Auftauchen des Dämons folgte, aus der Weltgeschichte herausgeschnitten und an einen Ort namens Limbus verbannt, während er, Aretino, im Venedig der realen Welt wieder aufgewacht war.

Aretino stand auf und sah sich um. Alles war so, wie es immer war. Er fragte sich, was wohl mit diesem anderen Venedig, dem Venedig im Limbus geschehen war.

Kapitel 8

Eine sonderbare Unruhe befiel Fatus, als er hörte, daß ein neuer Ort im Limbus aufgetaucht sei. Der Limbus beherbergte viele Orte, die einmal gewesen waren oder niemals existieren sollten. Der Garten der Hesperiden befand sich hier, ebenso wie König Arthus' Tafelrunde und die verlorene Stadt Lys.

Der neue Ort war Venedig, das Venedig der Katastrophen. Fatus ging hinüber und bewunderte die Schönheit der alten Stadt. Die Menschen wußten nicht, daß die Stadt immer wieder aufs neue vergehen, sterben und wiedergeboren werden sollte. Fatus ging durch die Straßen und passierte die Bilder des Todes und des Sterbens. Er wünschte sich, er könnte den Menschen sagen, daß es keinen Grund für ihre Angst gab, denn schon nach einer Woche würde alles wieder neu beginnen.

Doch niemand wollte ihm zuhören, und so lebten sie für alle Zeiten in ständiger Furcht, die jede Woche wieder neu begann. Schließlich begegnete Fatus einem jungverliebten Paar, Kornglow und Leonore. Der Anblick jener zwei Menschen erfreute Fatus. Für die beiden war das Leben und ihre Liebe zueinander eine beständige Offenbarung und ein unermeßliches Glück. Fatus sagte ihnen, sie sollten hingehen und die anderen Menschen ebensolches lehren, doch sie lachten ihn nur aus. Zu leben wäre ganz einfach, erklärten sie ihm. Jeder könne das, da gäbe es nichts zu lehren.

Fatus kehrte zu seinem Schloß zurück und vergrub sich unter all seinen alten Andenken. Er fragte sich, was wohl als nächstes geschehen würde.

Kapitel 9

In Venedig, jenem im Limbus, sprachen Kornglow und Leonore über Aretino.

»Ich frage mich, ob er das Stück wohl jemals schreiben wird.«

»Vielleicht. Aber es wird nicht so sein, wie es wirklich geschehen ist. Es wird nicht die Geschichte sein, in der wir jede Woche wieder sterben und jede Woche wiedergeboren werden. Ich hoffe, du fürchtest dich nicht, mein Liebling.«

»Vielleicht ein bißchen. Aber schließlich werden wir nächste Woche schon wieder leben, nicht wahr?«

»Das nehme ich jedenfalls an. Trotzdem wird der Tod sich im Sterben ganz einfach wie der Tod anfühlen.«

»Müssen wir jetzt sterben?«

»Heute nacht wird alles in Venedig sterben.«

Hufgetrappel wurde laut. Reiter waren in die Stadt gekommen. Mongolen!

Kornglow kämpfte heldenhaft, doch er wurde von einer Lanze durchbohrt. Die Mongolen versuchten, Leonore gefangenzunehmen, doch sie war zu schnell für die Angreifer. Kein Mongole hätte sich jemals schneller bewegen können als Leonore, schließlich war sie die Tochter eines Elfen. Sie lief durch die Straßen und sprang in die Fluten, und schwamm immer weiter weg von der Stadt.

Die Wellen waren hoch, Mauern stürzten ein, und Venedig brannte. Für einen Augenblick sah sie zu, doch sie konnte sich nicht mehr länger über Wasser halten. Zum ersten Mal mußte sie nun sterben, und obwohl es eine schwierige Sache war, wußte sie, wie sie es machen mußte. Ihr Kopf glitt langsam unter Wasser.

Kapitel 10

Azzie fühlte eine gigantische Hand, die sich immer fester um ihn schloß. Dann war nur noch Dunkelheit. Als er erwachte, lagen kühle, zarte Finger auf seiner Stirn. Er öffnete die Augen.

»Ylith! Was tust du hier? Ich wußte nicht, daß Dämonen und Hexen ein Leben nach dem Tod haben.«

»Wie es aussieht, sind du und ich noch am Leben.«

Azzie sah sich um.

Er befand sich in der *Freundlichen Herberge* im Limbus, einem der neutralen Orte, an dem die Geistwesen von Gut und Böse zusammenfanden.

»Was ist mit dem Universum geschehen?«

»Dank deiner Hilfe war Ananke in der Lage, es zu retten. Wir alle schulden dir Dank, aber ich fürchte, daß einige Leute eher wütend auf dich sind. Der Rat des Bösen überlegt, ob man dir einen Verweis erteilen sollte, weil du die ganze Angelegenheit ausgelöst hast. Aber ich bin immer noch auf deiner Seite. Ich fürchte fast, so wird es immer sein.«

Er nahm ihre Hand.

»Tochter der Finsternis«, sagte er mit einem schwachen Lächeln. »Wir sind doch aus demselben Holz.«

Lächelnd drückte sie seine Hand. »Ich weiß«, sagte sie.

ENDE

Band 20 275

Roger Zelazny
Robert Sheckley

Bringt mir den Kopf des Märchenprinzen

Deutsche Erstveröffentlichung

Im Mittelalter fürchteten die Menschen, daß die Welt zur Jahrtausendwende enden würde. Und damit hatten sie nicht ganz unrecht. Sie endet tatsächlich alle tausend Jahre – nur merkt es niemand außer den Mächten des Guten und Bösen, die dann jedesmal um die Vorherrschaft im Universum streiten.

Diese Geschichte handelt von den Bemühungen eines gewissen Azzie Elbub, Dämon, der den ersten Preis im Millennium-Wettbewerb der Besten Bösen Tat zu gewinnen trachtet, um dem Bösen damit den Sieg über das Gute zu verschaffen. Sein Plan ist genial einfach: Er wird einen Märchenprinzen und eine schlafende Prinzessin erschaffen. Ganz nach alter Tradition wird der Prinz sich auf den gefahrvollen Weg zu dem bezaubernden verzauberten Wesen machen – und dann eine böse Überraschung erleben. Indes: Obwohl Azzie sogar mit einer ›Kreditkarte für Böse Taten‹ gerüstet ist, hat er nicht mit etwas so Profanem gerechnet wie beispielsweise der Bürokratie ...

BASTEI LÜBBE

Sie erhalten diesen Band im Buchhandel, bei Ihrem Zeitschriftenhändler sowie im Bahnhofsbuchhandel.

Band 20 297

Roger Zalazny's

Am Ende aller Märchen

Deutsche Erstveröffentlichung

Was machen die Helden, wenn alle Abenteuer bestanden und das Böse besiegt ist? Leben sie tatsächlich glücklich und zufrieden bis ans Ende ihrer Tage? Fünf Meister der Fantasy geben in diesem Roman eine überraschende Antwort!

Der Kampf zwischen Gut und Böse ist vorüber, die Helden sind zu Herd und Heim zurückgekehrt, und wenn sie nicht gestorben sind ... Doch halt, da gibt es noch ein kleines Problem! Um den Kampf gegen das Böse zu gewinnen, mußten vier mächtige Artefakte zum Leben erweckt werden. Nun versetzen ihre vereinten Kräfte das ganze Land in Aufruhr, Realitäten überlappen sich, niemand ist mehr seines Lebens sicher. Und so bleibt den Helden nur eines übrig: noch einmal auf die gefahrvolle Reise zu ziehen, um die Artefakte dorthin zurückzubringen, wo sie ursprünglich verborgen lagen. Doch harrt ihrer noch manche Überraschung, bevor es endgültig heißen kann: Ende gut, alles gut!

BASTEI LÜBBE

Sie erhalten diesen Band im Buchhandel, bei Ihrem Zeitschriftenhändler sowie im Bahnhofsbuchhandel.

Band 20 322

Rebecca Bradley

Die Heilige der Insel Gil

Deutsche Erstveröffentlichung

Siebzig Jahre leben die Skionen schon im Exil, vertrieben von den blutrünstigen Sherank. Bei der Flucht von ihrer Heimatinsel mußten sie die magische Statue der *Heiligen von Gil* zurücklassen. Die Sage geht, daß das Exil erst dann beendet ist, wenn die Heilige zu ihrem Volk zurückgekehrt ist. Alle Jahre schicken die Skionen einen speziell ausgebildeten Kämpfer nach Gil, der die Herrschaft der Sherank durchbrechen soll. Doch Arkolef, der diesmal an der Reihe ist, bricht sich ein Bein, als er in die Rüstung steigt. Und so muß sein Bruder Tig für ihn einspringen. Doch Tig ist kein Krieger, sondern ein Bücherwurm, und er wird leicht seekrank ...

BASTEI LÜBBE

Sie erhalten diesen Band im Buchhandel, bei Ihrem Zeitschriftenhändler sowie im Bahnhofsbuchhandel.